【台灣客家研究叢書05】

語言接觸下客語的變遷

賴文英◎著

中大出版中心 ｜ 遠流
National Central University Press

《台灣客家研究叢書》
總序

　　客家做為臺灣的第二大族群，長期以來在文化、經濟與政治各方面均有相當程度的貢獻。客家族群的文化與實作對臺灣多元文化的貢獻、民主發展的影響，清楚的鑲嵌在臺灣歷史發展的過程中；近年來在客家文化園區、客家電視電台、學術研究機構、民間社區及各級客家公共行政機構的出現之後，客家族群的能見度出現了級數的增加，這些都是客家文化論述的結果，也是客家文化論述的一環。

　　客家族群文化論述，除了媒體、熱情的鄉親及行政資源的挹注外，亟需客家知識體系作為後盾。離事不能言理，客家行政方針的制定、文化產業的經營、族群認同的建構各方面，都需要以客家研究為基礎。

　　最近十年客家研究漸漸豐富起來，在族群理論、歷史論述、語言文化及公共政策等各層面都累積了相當多的成果；特別是跨學科研究觀點的提出、年輕學者的加入，打開了許多客家研究的新視窗，提出了不少新的見解，增益了客家文化論述的豐富性，也加強了與行政部、文化實作的對話強度。如果要深耕客家、豐富客家，以客家來增益臺灣社會的多元性，客家知識體系的經營是不可或缺的一環。

　　個人很高興有機會協助《台灣客家研究叢書》的出版，叢書的出版是中央大學出版中心的理想，也是臺灣客家研究學界的願望。這個理想與願望的實現，除了要感謝叢書的撰稿人之外，特

別要感謝國立中央大學李誠副校長、國立中央大學出版中心張翰璧主任的支持，讓一個縹渺的理想結晶成具體的叢書系列。

　　《台灣客家研究叢書》，歡迎各類學門背景、觀點及方法，針對客家及相關議題所從事的經驗研究、意義詮釋及實踐反思的學術論著。在遵循學術審查規範，一流大學出版社學術水準的要求下，進行客家知識體系的論述，以期對客家、人類社會文化之深耕做出貢獻。

張維安

國立交通大學客家文化學院院長、人文與社會科學研究中心主任

國立中央大學客家語文暨社會科學學系合聘教授

語言接觸下客語的變遷

賴文英 著

目錄

《台灣客家研究叢書》總序／張維安

自序 15

第一章 緒論 19

第二章 語言接觸論 29

一、語言接觸的研究 29

二、語言接觸與語言類型的研究 30

三、語言接觸的類型 34

四、語言接觸的現象 45

五、本章結語 55

第三章 音韻接觸 59

一、音韻演變的層次問題 59

二、古次濁聲母、全濁上聲與客語陰平調的來源 61

三、古上去聲於客語的分合條件 82

四、大埔客語特殊35調的來源 91

五、本章結語 107

第四章 詞彙接觸 113

一、借詞 114

二、漢語與非漢語方言的借詞 117

三、借詞的策略與層次問題 127

四、本章結語　　　　　　　　　　　　　　　　134

第五章　語法接觸　　　　　　　　　　　　　　　137
一、語法結構層次與接觸關係　　　　　　　　138
二、客語特殊的詞法與句法　　　　　　　　　139
三、客語語法結構的層次問題　　　　　　　　148
四、客語人稱方面的幾個語法差異點　　　　　174
五、本章結語　　　　　　　　　　　　　　　189

第六章　臺灣客語四海話　　　　　　　　　　　193
一、語言演變的方向與四海話　　　　　　　　193
二、臺灣客語四海話的音韻系統　　　　　　　195
三、四海話定義探討　　　　　　　　　　　　202
四、橫向滲透與縱向演變　　　　　　　　　　208
五、四海話與優選制約　　　　　　　　　　　223
六、本章結語　　　　　　　　　　　　　　　232

第七章　客語祖源論　　　　　　　　　　　　　239
一、語言混同理論　　　　　　　　　　　　　240
二、語言地理類型的推移　　　　　　　　　　241
三、客語祖源的混同關係　　　　　　　　　　244
四、本章結語　　　　　　　　　　　　　　　248

第八章 結論   251

    一、綜觀客語的語言接觸   251

    二、語言接觸理論的思維   256

    三、餘論   261

引用書目   265

圖次

【圖2.1】中介語的形成過程　　　　　　　　　　　　　36

【圖2.2】方言接觸下語音與詞彙的疊置式變化方向　　　55

【圖3.1】客語聲調演變過程（古濁上）　　　　　　　　81

【圖3.2】梅縣、四縣、大埔客語的接觸鏈關係　　　　104

【圖3.3】大埔客語特殊35調的衍生過程　　　　　　　106

【圖4.1】詞彙之借用關係　　　　　　　　　　　　　129

【圖4.2】客語詞源層次之構擬圖　　　　　　　　　　135

【圖5.1】客語「V」+「麼个」→「V麼个」的重新分析與
　　　　　類推+語用強化　　　　　　　　　　　　　152

【圖6.1】四海話音節結構的兼容性　　　　　　　　　209

【圖6.2】效攝　　　　　　　　　　　　　　　　　　215

【圖6.3】蟹攝　　　　　　　　　　　　　　　　　　215

【圖6.4】山攝　　　　　　　　　　　　　　　　　　215

【圖6.5】優選理論的基本架構　　　　　　　　　　　223

表次

【表1.1】臺灣客語聲調表　　　　　　　　　　　　　　24

【表2.1】音韻、詞彙、語法上的「臺灣國語」　　　　38

【表2.2】華語的洋涇濱語―英語詞例　　　　　　　　41

【表2.3】華語的洋涇濱語―英語句例　　　　　　　　41

【表2.4】上海的洋涇濱英語例　　　　　　　　　　　42

【表2.5】現代粵語的洋涇濱英語例　　　　　　　　　42

【表3.1】客語聲調比較表　　　　　　　　　　　　　63

【表3.2】具陰平和去聲兩讀的全濁上聲字　　　　　　65

【表3.3】閩客語次濁上聲字的比較　　　　　　　　　66

【表3.4】客贛方言古濁上今讀陰平字的地理分布（一）　71

【表3.5】客贛方言古濁上今讀陰平字的地理分布（二）　72

【表3.6】漢語方言聲調演變的規律與類型　　　　　　73

【表3.7】新屋豐順客話古上去聲的分化　　　　　　　85

【表3.8】新屋豐順客話古上聲的分化　　　　　　　　87

【表3.9】古去聲於新屋豐順客話的分化　　　　　　　90

【表3.10】聲調比較表　　　　　　　　　　　　　　101

【表4.1】同源詞比較舉例之一　　　　　　　　　　122

【表4.2】與漢語不同源但與畬語同源的詞彙舉例　　123

【表4.3】同源詞比較舉例之二　　　　　　　　　　124

【表4.4】日語借詞舉例　　　　　　　　　　　　　126

【表4.5】同源詞比較舉例之三　　　　　　　　　　132

【表4.6】同源詞比較舉例之四　　　　　　　　　　132

【表4.7】同源詞比較舉例之五 133

【表4.8】同源詞比較舉例之六 133

【表5.1】人稱複指標記（們） 175

【表5.2】第一人稱複指形式（我們） 176

【表5.3】人稱領格的聲調走向（我的／你的／他的） 180

【表5.4】人稱屬有構式 182

【表5.5】旁稱代詞──人／僑／人僑／人家的用法 184

【表6.1】聲母比較表 197

【表6.2】韻母─陰聲韻 197

【表6.3】韻母─陽聲韻 199

【表6.4】韻母─入聲韻 199

【表6.5】成音節鼻音 200

【表6.6】聲調 200

【表6.7】四海話的定義比較 203

【表6.8】四海話的類型與音變方向 207

【表6.9】各類韻母的疊置或取代 210

【表6.10】知章組與精莊組聲母的融合與對立 212

【表6.11】聲母3-與介音-i-的互動 213

【表6.12】古止深臻曾梗攝與精莊知章組的組合變化 214

【表6.13】古效、蟹、山攝的兩可或三可性 216

【表6.14】古流、效攝的分分合合之一 217

【表6.15】古流、效攝的分分合合之二 217

【表6.16】唇音合口韻母反映的假象回流演變　　218

【表6.17】詞彙、語法系統的消長之一　　219

【表6.18】詞彙、語法系統的消長之二　　220

【表6.19】「豬仔」（豬）為例的四海話情形　　227

【表6.20】母語背景與四海話形成的可能組合性　　229

【表6.21】語言接觸的縱聚合關係　　236

【表7.1】客語與《切韻》系韻書或官話體系大體之比較　　242

自序

　　本書集結了筆者過去正式、非正式發表，抑或未發表過之單篇論文，並彙整以系統性分別從語言接觸論、音韻、詞彙、語法、四海客語、客語祖源等主題來論。然而，作為客語變遷、語言接觸之學術專書，本書於研究方法、全書之主題骨架架構，仍有不足之處，但特色與貢獻為強調語言的內部演變與外部接觸成分之間互協變化的機制，同時主張或提出語言接觸論新的思維，包括客語陰平調的來源、四海話的混同性、接觸鏈的可能性、客語祖源問題等議題，此些議題在以往單篇論文發表時，大致都還能被認為是見解具創新之作。

　　本書以語言接觸議題，又以過往論文集結彙整成篇章的寫法，實為一大挑戰，原因是客語的研究面臨以下的四大問題，但無論是從出版此類書籍抑或提出相關問題的客語研究，卻是刻不容緩，故在此提出供參：

　　1.「客家學」是否已成一門學問？

　　「客家學」是近年來才慢慢被提出或形成的學科，還不算是一門具基礎又穩定的學門，因為研究的範疇、研究的問題等，都還存在著許多的爭議，因而也牽連以下的問題，包括如果連「源流」都未清，又如何能形成所謂的「客家學」？相信，真理在不同視角的多元論述當中，會越辯越明。

　　2. 客語源流的問題？

　　一直以來，客語的源流存在不同的看法，似未有定論。從早

期非漢具歧視性的「獦」，到羅香林主張從中原漢族南下的「五次遷移說」，以及後來南方少數民族起源論等，前述不同主張，在在都被推翻、被質疑，或提出新看法、新觀點、新主張，仍無定論，何以如此？此又牽連以下的問題。

3. 客語字源為何？語法結構源為何？

客語語法結構的源流問題，或可從東南方言或南方少數族群中的語言類型分析，得到解釋，但這是一件龐大的工程。對於許多的客語字，在古漢書中，往往找不到源流，反而與南方少數族群的同源詞對應。然而，究竟要存在多少的字源或語法源量對應，才足夠將之劃分成某一類語？這或又牽連下述問題。

4. 客語的語言接觸觀該如何看待？

「語言接觸」作為一門學科，歷史短暫，雖有學者提出有關定義，但鑑於東西方文化差異，筆者於此拙作中，亦未能好好為其下一定義。尤其客語源流未清，其語言接觸議題更有待學者從不同視角漸為其立論。因而客語的語言接觸觀該如何看待？實為一大挑戰。

學術的研究，需大膽假設、小心求證。本書之論證非採西方語言學微觀單一主題聚焦性的貫穿全書，亦非平鋪式的描寫性論作，而是以宏觀性的多元視角，但在語言接觸的大主題架構之下，審視客語許多帶有挑戰性觀點的研究，觀點或存有正、反兩極式的評價，筆者均將虛心受教。

客語研究還存有許多爭議性的問題，本書試從多元視角來理解客語研究的不同問題，以及提供閱讀者、研究者從其中發掘相關的研究議題，以為後續對客語進行更多元的研究面向。

第一章　緒論

　　語言接觸（language contact，本書指稱語言接觸時，含括方言接觸）指的是：不同的語言系統在時間、空間因素之下相互接觸之後，進而在音韻、詞彙、語法方面產生某種大大小小程度上的社會性語言變化。

　　客家與客語的來源，學術界的觀點至今仍有爭議，但伴隨著爭議卻可從其中看出幾個問題的關鍵點：一、「客」一字的來源？而「客」的來源是否就能代表現今所指的「客家」？二、客家族群的形成並不與客家語言同步，或可推論族群的定型通常早於語言定型約兩百年左右，而且非是整批客家族群語的延續；三、客家族群並非長期於一地所形成，期間經歷了不同族群語族的接觸；四、客家語與其他漢語族方言的分片關鍵，通常在於音韻條件的演變發展，但唯獨「客」非以區域來命名，且「客」字的來源亦有不同的說法。漢語族的分片由原本的七大漢語方言，至今區分出有十大漢語方言，且多是以區域來命名方言名稱，分別是：官話（官方代表語）、吳（江蘇、浙江地區，於上古吳地居民，屬於百越部落）、湘（湖南簡稱）、粵（廣東簡稱）、閩（福建簡稱）、客（非由哪一省或區域的命名而來）、贛（江西簡稱）、徽（安徽簡稱）、晉（山西簡稱）、平（於宋朝時派軍隊平定南方因廣西平南長期居住而來）。

　　客家源流的脈動，大體以羅香林（1992）提出客家族群的五次遷移說為基準，分別為：

（一）東晉至隋唐時，因匈奴族及其他外族入侵，對漢族大
　　　肆蹂躪，迫使漢族人從并州、司州、豫州等地南遷避
　　　難，遠者達江西中部，近者到達穎淮汝三水之間。

（二）唐末到宋時，因黃巢起義，為戰亂所迫，從河南西南
　　　部、江西中部北部及安徽南部等地南遷避難，遠者遷
　　　循州、惠州、韶州，近者達福建寧化、上杭、永
　　　定，更近者到達江西中部和南部。

（三）宋末到明初時，因蒙古人南侵，從閩西、贛南等地南
　　　遷避難，到達廣東東部和北部。

（四）清朝康熙中到乾嘉之際，主因客家人口繁殖，而客地
　　　山多田少，逐步向外發展，從廣東東部北部、江西南
　　　部南遷，部分到四川，部分到臺灣，部分進入廣東中
　　　部和西部，部分遷入湖南和廣西。

（五）清朝乾嘉之後，因土客械鬥，調解後地方當局協調一
　　　批客民向粵中（新興、恩平、臺山、鶴山）外遷，近
　　　者到粵西（高、雷、欽、廉諸州），遠者到達海南島
　　　（崖縣、安定）。

　　此五次遷移說的立論，與早期文獻中出現相關的「客」文獻，
也大致吻合。故而以下從魏晉南北朝至清代文獻中提及有關的
「客」來做一整理，大致上，文獻中所談的「客」多半指向「客」
族群而言，而非「客」語言。（以下整理自施添福 2013）。

（一）魏晉南北朝：《南齊書‧卷十四‧志第六‧州郡
　　　上‧南兗州》載「南兗州，鎮廣陵。……時百姓遭
　　　難，流移此境，流民多庇大姓以為客。」東晉時期亦

出現「給客制度」。曹魏時期亦出現「客戶」一詞。

（二）唐代：唐代在均田制下，曾經為均田農民規劃一個靜
態和穩定的鄉村社會。然而，立國不到八十年，均田
農民就逐漸湧現逃亡或脫籍潮，此時期「客戶」等名
稱乃不斷出現，主要是作為劃分土戶與客戶的基準。

（三）宋代：宋代制訂戶籍時，指稱自外地遷徙作客他鄉的
移民，以「客戶」對照原住地的「主戶」，此時期
「客戶」為法定的戶名，其界定，基本上在無產、無
土地之外，依然具有僑寓他鄉的含義。

（四）元明時期：從明朝始終存在的逃戶和流民現象中，產
生了各種客稱，如：客、客戶、客民、客丁、客人
等。這些客稱，基本上是與土、土戶、主戶、稅
戶、土民、土著等對稱。

（五）清朝：客稱持續明朝時期的多元化指稱，包括客
戶、客籍、客家、客子、來民或僑寓，而土則指土
著、土籍或土戶等。基本上，客與土仍然是對稱。此
時期開始，漸以方言主義來界定客家的意涵，其追溯
期則可更早於清朝。

　　族群通常早於該族語言的形成與定型，是故語言的形成不見
得是由該族群原原本本的語言樣貌所形成，但也許或通常在大原
則之下，是由該族群語為基底而發展、形成。若說客家族群是一
支東方的猶太人，不斷的遷徙再遷徙，似乎居無定所，直至第三
次宋明之際的遷徙才稍稍在閩、粵、贛交界地，形成較屬一大「
族群」的遷徙並定居下來。閩、粵、贛交界地域的客家土樓群亦

為證，唯有打算長住在該處，才會建構大型的土樓群。學術界也大致認可客語大約初定型在南宋時期，也唯有族群定居後才有可能發展成具體的音系特色，由此音系特色而與其他漢語方言區別，族群部分人士由此再往其他地區遷移時，才能帶著基本的特色而行走各地。是故，客家族群應在此前推兩百年左右，就形成了較為具體的客家族群。至於客語當中，許多音系符合代表隋唐時期的中古讀書音體系——《廣韻》，但一部分音系或詞彙語法系統卻無法符合韻書的規範，此說明，客語形成之際，應同時受到當時文化中心的讀書音與邊緣地區的口語音、底層詞、底層文化雙重的影響，因而相對於「土」的「客」來說，這個「客」的成分已夾雜太多多元層面的語言、文化，甚而土著族群的元素，並由此形成了後來所謂的「客家」、「客話」。甚至在一些區域，更因客語中的「𠊎」[ŋai^2]（我）、「麼个」[ma^3 ke^5]（什麼）語詞語音具獨特性，而將客語俗稱為「𠊎話」或「麼个話」。

因著客家族群人口的空間遷移，在該區域長時間居住下來，成為社會性的團體，一來語言總是會具有自行演變的能力，二來族群總是會與其他族群語言產生互動而接觸，因而在閩、粵、贛交界地的各區之間產生了不同的客語次方言，包含嘉應州屬的梅縣、蕉嶺（鎮平）、興寧、五華（長樂）、平遠，後四個縣在移民到臺灣之後，便俗稱為四縣，四縣話為臺灣客語的強勢腔，目前位居臺灣各地的四縣腔，各有特色，含北部的桃園、苗栗，甚至分布在南部高雄、屏東六堆地區的南四縣，都各具差異性，除此之外，也有零星的五華腔被單獨另外稱呼著；另有惠州府屬的陸豐、海豐兩縣，到臺灣之後，或統稱為海陸，抑或稱陸豐、陸河、海豐，陸豐、海豐兩縣在大陸地區，四周環境即屬閩語系統，

目前來說，尚未知海陸腔的音系、詞彙等，有多大程度是受閩語影響而來；尚有潮州府屬的饒平、大埔、豐順、揭揚（河婆話為主要）等縣，到臺灣後，除大埔聚集在臺中東勢等地區為大宗，或泛稱東勢腔，其他則散居各地，或成家庭語言；漳州府屬的詔安，在臺灣則集中在雲林崙背、二崙等地區，人口族群數也不多了；汀州府屬的永定、武平等，在臺灣分布更是零散。客語在長期的流動、變動、接觸之下，次方言間漸趨異，趨異的原因或時間變化因素，但也會因空間的地域因素而變，而空間的地域因素，往往則與其他方言的接觸有關。語言系統在時空交錯的牽動之下，究竟會產生什麼樣的變化？本書第三章至第五章將分別討論有關音韻、詞彙、語法接觸的問題。

客語次方言遷移至臺灣之後，除各腔差異與分布區域上的方言差異之外，較為特別的可能算是四海話的形成了。四海話是唯獨一腔不以大陸來源為命名，它主因為臺灣客語兩大強勢腔——四縣與海陸，因接觸而融合成四海話，然而，四海話的成分實也包括其他弱勢腔的成分。令人好奇的是，早在一百多年前的《客英大辭典》，裡頭某些類的字詞，除聲調外，在聲母、韻母部分往往即系列性的呈現出兩讀音的情形，其情形非關文白異讀，但卻和臺灣的四海話現象剛好不謀而合。此書是由當時的英國長老教會外國傳教協會的傳教士在廣東地區傳教時，因為接觸了很多的客家人，故有製作此一辭典的構想。《客英大辭典》究竟和臺灣的四海話是否具源流關係？相關的四海話問題，於本書第六章臺灣客語四海話來討論。

在今全球地球村的網絡環境之下，有語言存在的地方就不免具有多種語言相互接觸、相互影響，應該也無法產生真正與世孤

絕的方言島（dialect island），只能說，語言或可從歷時與共時比較出該語言受到外來語言的影響程度有多大，以及語言異質性成分的多與寡罷了。當語言因時、空因素，而導致語言異質性成分逐步增多，甚而挑戰語言類型學、語言的譜系問題時，又該如何去切分或界定語言的歸屬問題，這也是本書第七章客語祖源論欲討論的問題。

本書標音，除引用語料不確定調類上的轉換另做說明外，其餘採國際音標（IPA）。使用聲調說明如下：

【表1.1】臺灣客語聲調表

調類	陰平		陽平	上聲	陰去	陽去	陰入	陽入
調號	1		2	3	5	6	7	8
海陸調值	53		55	24	11	33	5	2
四縣調值	24		11	31	55		2	5
大埔調值	33	35	113	31	53		21	54
豐順調值	53		55	11		33	5	2
例字	夫 fu		湖 fu	虎 fu	富 fu	父 fu	拂 fut	佛 fut

本書架構如下：第一章、緒論；第二章、語言接觸論；第三章、音韻接觸；第四章、詞彙接觸；第五章、語法接觸；第六章、臺灣客語四海話；第七章、客語祖源論；第八章、結論。以下呈現本書內容與以往單篇論文之關係及不同之處，正式發表過的文章以篇名號〈〉或書名號《》表示；然而，本書有許多篇章實整理自未正式發表過的文章，以引號「」表示。各章節內容、架構大體和原文不同，除整合變動之外，也加入一些不同於以往的新觀點，分述如下：（若未顯示篇章，則為本書新論）

第一章，緒論。本章討論客家與客語的來源問題，含前人觀點與本書所提出之問題討論，並呈現各章架構。

第二章，語言接觸論。本章著重在二至四節的探討，主要從比較語法的討論當中來看待語言接觸與語言類型學的問題；接著依語言接觸的程度、範圍而將語言接觸後呈現的類型與現象整理成十五種類，並對其中一些種類賦予與前人不同之見解，此亦為本書貢獻之一。

第三章，音韻接觸。客語音韻接觸當中，比較具疑惑之處應在於聲調的演變問題。由來以久無法解釋的問題是：漢語方言的聲調，含次方言間的調類數與調值，為何不一致？因何而變？以及客語聲調的來源問題？故而本章所提三個有關客語聲調的問題，則充滿許多令人質疑與解疑之推論，含 2006 年研討會發表的「客語聲調演變的層次問題初探：古次濁聲母與全濁上聲母」，文中提及客語強勢陰平的來源與構擬問題，本書更加補充李方桂（1980）與馬學良（2003）的觀點，並分別從上古的鼻邊音聲母，以及藏緬語族、壯侗語族、苗瑤語族豐富的複輔音聲母、清鼻邊音與濁鼻邊音等，來加強論證原始客語當可構擬出清、濁鼻邊音，抑或因前置輔音的脫落造成次濁聲母字在客語聲調方面呈現分化；另外，2005 年〈試析新屋呂屋豐順腔古上去聲的分合條件〉、2010 年〈大埔客語特殊 35 調來源的內外思考〉此兩篇於本書整合過後，更可從共時與歷時比較，看出聲調經接觸後的變化，含整個調類與其他調類的合併，以及連讀調與單字調在次方言中的分合情形，並於小稱音方面產生的變化，同時也為漢語方言小稱音的來源與研究，注入新的思維模式，這也是語言內部演變與語言外部接觸互協變化、以今釋古的最好例證。

第四章，詞彙接觸。本章主要整理自未正式出版的碩論「新屋鄉呂屋豐順腔客話研究」（2004）第七章第一、二節。本章在基礎上又再補充加強分析一些語詞的例證，以更符合本書語言接觸之整體架構。

第五章，語法接觸。本章第二、三節主要整理自 2014 年研討會發表的「客語特殊語法結構及其層次問題初探」，本章對內容與語料則稍做補充加強分析的觀點，其中第二節內容也與 2015 年專書《臺灣客語語法導論》具有關連性；第四節主要整理自 2015 年工作坊發表的「臺灣四縣與海陸客語在人稱方面的幾個語法差異點」，本章對先前發表有關人稱方面具許多未解的疑問點，除增強其中的分析點，另外也修改一些推論的觀點，尤其在第一人稱複指形式的層次問題，以及旁稱代詞的照應問題，以使問題觀點更加清晰。

第六章，臺灣客語四海話。由於筆者先前已發表過好幾篇有關四海話的論文，如 2004 年研討會「共時方言的疊置式音變與詞變研究」，2008 年〈臺灣客語四海話的橫向滲透與縱向演變〉，2012 年〈論語言接觸與語音演變的層次問題〉，2013 年〈四海話與優選制約〉，相關單篇論文並集結整理於 2012 年專書《語言變體與區域方言：以臺灣新屋客語為例》之其中一章。但就本書題名《語言接觸下客語的變遷》，「四海話」則是臺灣客語語言接觸中得以「以今釋古」的重要共時議題之一，因而無法割捨此一單元，又 2012 年之看法至今已逾數年，相關論點看法仍可再論，大致有六點不同處：（一）2012 年專書對於四海話與《客英大辭典》之源流關係，持保留態度，本書則主張此種共時與歷時均呈現類同的四海話現象並非歷時源流的演變關係，而是共時

語言變化的普遍語法情形，並形成臺灣客語本土化的特色；（二）將本書第二章提及主張的兼容語概念，融入本章之中，使前後文更具連貫性；（三）將四海話之章節架構再重新整合，以更深入探討而完整探討四海話的演變形成過程，含整合出本章關注的五項議題——透過共時方言比較探討臺灣客語四海話特色、經由一系列的實證來觀察四海話演變中的「過程」、透過古今音雙向條件的縱橫探索以進一步掌握語言變遷的成因與機制、提出四海話定義的四項原則以對廣狹義的四海話做一定義、以土人感「聲調」認知立場出發從優選觀點說明臺灣四海話的異同現象並以此呈現語言演變普遍的現象；（四）對四海話部分音位的認知，重新界定；（五）對四海話聲調上的錯落演變，補強分析點；（六）對四海話優選制約的觀點，主張大體不變，但修正語言使用者對聲調學習或習得方面的看法，以及修正四海話定義的其一原則看法——即土人感對「聲調」認知的立場觀點。

第七章，客語祖源論。本章基本架構來自於 2005 年的兩篇文章：〈客語祖源的混同關係初論〉，以及〈語言混同理論與客語祖源關係論〉。本書主要結合中西方學者有關混同語、語言地理類型的推移、客語語言的論證等，含另外整合本章與前述各章之間的關連，以及從「以古釋今」、「以今釋古」的觀點來加強論證客語祖源的混同關係論。

第八章，結論。此章整合本書有關客語的語言接觸，含摘要第二章至第七章論述的重要論點；第二節語言接觸理論的思維，主要思維本書所提出、主張的語言接觸理論，抑或理論應用上新的思維模式，含括從音韻理論的優選制約來探究四海話的形成機制，也從語言接觸鏈及其與標記理論的關連來探討客語聲調方面

的變化，以及提出客語祖源可能具有的混同理論；第三節餘論，此節討論本書語言接觸學術專書之貢獻與未來有待開發以及可供繼續討論、研究的語言接觸議題。

第二章　語言接觸論

　　各章論及的接觸理論基本上分入各章討論，由於博論與拙著（2008、2016）有過一章節專論語言接觸，本章首節先以概論方式呈現語言接觸的研究，並另將重點放在二至四節新議題的探討。本章架構如下：一、語言接觸的研究；二、語言接觸與語言類型的研究；三、語言接觸的類型；四、語言接觸的現象；五、本章結語。

一、語言接觸的研究

　　語言接觸的研究，近年來漸受重視，尤其在接觸的範圍與程度上，逐漸對發生學上的譜系理論產生了挑戰。由於拙著專書（2015）於第五章語法的理論與實務，提及過語言接觸論，如其中三小節：描寫語言學、衍生語法學與功能語法；同質性與異質性；社會語言學與語言變異論（含詞彙擴散論、疊置式音變論），因而此處不再重複贅述，又其一小節雖論及到客語祖源研究方法上的思考，但論述未完整，因而此部分於第七章專論。此外，拙著（2016）於第一章中語言接觸與方言變體的研究一小節，提及過相關學者的語言接觸論，如阿錯（2001, 2002）指出倒話是一種藏漢混合語；陳保亞（1996, 2005）提出語言聯盟論；劉秀雪（2004）從優選理論解釋閩語的語言接觸現象；趙元任（1934

〔2002〕）、連金發（1999）、黃金文（2001）、洪惟仁（2003）等學者，均討論過語言、方言變體。另外，拙著（2016）第一章的理論架構一節，亦討論過層的定義與範圍界定、層次分析法的概念、區域方言語言區域與區域特徵、語法化與語法化輪迴層，相關主張的學者如：Gumperz & Wilson（1971）、Thomason & Kaufman（1988）、何大安（1988a, 1996, 2000）、Heine 等人（1991）、Hock（1991）、Hopper（1991）、劉堅 & 曹廣順 & 吳福祥（1995）、Thomason（2001）、曹逢甫等人（2002）、曹逢甫 & 劉秀雪（2001, 2008）、鄭張尚芳（2002）、劉澤民（2005）、曹逢甫（2006）、陳秀琪（2006）、賴文英（2014, 2015）等等。

二、語言接觸與語言類型的研究

　　語言接觸的研究往往涉及到語言或方言比較法，而語言接觸的研究卻也往往也涉及到語言類型的研究。本節將從比較語法的觀念來談相關的問題。

　　從《馬氏文通》（1898）到趙元任《中國話的文法》（Chao 1968）的語法研究，基本上奠基了華語描述語法的成就，在此之後，漢語方法語法研究的路線並未跳脫西方早期語法的研究模式，雖然運用了西方的語言學理論，卻仍難建構起漢語本身的語法特色。早期的語法研究以釋義為主，較不著重在結構本身的剖析，因而在當代語言學中，便陸陸續續有學者思索不同於傳統語法學的研究方法，或許，這牽涉到兩個關鍵點：一、因漢語與西方語言體系差距大，以致於以西方語言學理論較無法詮釋漢語的

某些現象；二、若我們不局限以北京官話為主體的華語語法體系研究，而把格局放在更大的漢語方言框架之中，那麼我們所能理解的漢語語法特色是否就更能一一浮現？並建構出漢語方言語法的特色與研究方法。余靄芹（1988）指出：「趙元任一九二六年關於北京、蘇州、常州語助詞的文章可算是方言比較語法研究的鼻祖。」近年來已有學者陸續從不同的語法點從事方言比較語法的工作，包括八十年代朱德熙（1980, 1985）的兩篇文章，此為方言語法的比較研究及語法研究奠定了基礎，但相較於以北京官話體系為主體的華語語法研究以及漢語方言音韻方面的研究成果，漢語方言語法與語法比較方面的研究，顯然還有很多值得努力的空間。

因為從語法比較的過程當中，才有可能一一釐清歷史上一些難解的語法源流與接觸上的問題。余靄芹（1988）指出漢語方言比較語法的重要性可從六個方面來理解：

（一）要全面瞭解漢語語法的性質，必須瞭解漢語方言語法的異同，否則我們的理解只是片面的。

（二）方言語法的比較研究可以助長歷史語法的研究，有助於構擬漢語語法史。

（三）透過方言語法的比較研究，各大方言的語法特點可作為劃分各大方言區的參考標準，有助於傳統上以音韻標準為方言區的劃分。

（四）方言語法的比較研究可以助長以北方官話為主的漢語語法研究。

（五）方言語法的比較研究可以使我們瞭解漢語語法類型的分布，以及漢語語法類型和鄰近非漢語語法類型的異

同。

（六）方言語法的比較研究有助於文學的研究，例如，同一
　　　種語法結構使用不同的類型，反映了寫作年代的不
　　　同、作者的不同、或地域的不同等等。

　　以上六項優點息息相關。然而，本文另外試圖從比較語法的
觀點來思索語言接觸以及語言類型學上有關的問題。語言接觸的
研究實涉及到方言語法與非漢語方言（中國少數民族語）的比較
研究，但語法比較研究需要靠長期累積的研究成果才能有較具體
的立論，包括共時面與歷時面的語法比較。其中，歷時比較語法
指的是在特定的長時間過程當中，分析某一方言、某一語法點的
演變過程及其規律的變化，近年來漢語方言盛行的「語法化」
（grammaticalization）研究，基本上多數循此路線而發展，例如，
楊秀芳（2002）論閩南語作為疑問代詞的「當」、「著」、「底」
都是由表示「在」的動詞虛化而來。另外，共時比較語法指的是
在特定的短時間中，特定語法現象的方言比較，例如，李英哲
（2001）從歷時角度與共時角度分析華語的語法變化，連金發
（2007）有關方言之間約量詞的比較探討，抑或邵敬敏（2010）
漢語方言疑問範疇的比較研究。方言比較語法結合歷時與共時的
研究，除了橫切面可以瞭解方言之間的語法異同之外，結合縱向
面的歷時分析或更能看清楚單一語法點演變的全貌及其規律，相
關研究如：鄭縈（2001, 2003）從方言比較分別看「有」與情態
詞的語法化；江敏華（2006-07）國科會研究計劃案的「東勢客
家話共時與歷時語法研究」及「東勢客家話共時與歷時語法研究
（Ⅱ）——東勢客語動貌範疇的語法化及類型研究」等等。

然而，若從方言比較語法看語言類型學的研究，我們發現這部分的文獻不多，主要原因可能有兩點：一為語言類型學的研究較需同時站在微觀面與宏觀面才好審視，所謂的微觀面，指的是比較的方言點要多、要繁、要細；所謂的宏觀面，一來指的是比較的方言點要較全面，另一指的是比較的語法點也要具類型學上的代表性，在執行上雖有其難點，因語言中的語法現象有太多面向，不可能都一一探討到，故而一般較從某類語法現象來探討語言之間的類型學關係；相關文獻不多的另一個原因為語言通常必須同時經由共時與歷時比較才能得出類型上的異同，但語言又帶有社會變遷或接觸變化的因子。因此，語言類型學的研究常要結合語言或方言不同面向的共時與歷時層面的交叉分析，抑或集結不同學者的研究成果，累積長期的研究才有可能得出類型學上較具體的成果，因而不管是語言類型或語料的運用，均講求大量的語料，例如，Comrie（1989）強調語言共性的研究，並提供豐富語料來分析不同語言之間的類型，Comrie 亦提及語言類型學最著名的研究代表莫過於洪特堡從語言的形態（morphology）特徵對語言分成四類，即孤立語（isolating）、黏著語（agglutinating）、屈折語（inflecting）、綜合語（synthetic）。（Comrie 1989: 4）當西方學者在語言類型方面有豐碩的成果之後，一些學者便從華語角度思索類型學的問題，例如，石毓智（2004）從類型學視野分析華語不同的語法面向；徐杰主編（2005）《漢語研究的類型學視角》便是集結不同學者從類型學視角研究不同漢語方言的語法現象。但是，世界上的語言何其多，漢語方言在地理環境因素之下，因接觸而可能互有影響的漢語方言與非漢語方言又何其多，如何從這些語言或方言當中找出語言之間的共性與殊性，並

分析、解釋語言類型學的意義，實為一大挑戰。

　　語言有所謂共性與殊性的研究，從語言共性的研究當中，往往可以從中發現語言殊性的部分，Greenberg（1966）從功能語法學派的類型學角度，以大量語言的語料為基礎進行跨語言現象的類型學變異研究，亦即著重從語言的外部來對具體語料進行解釋，抑或在語言形式之外的功能認知來解釋語言，較形式學派而言，講求的是在更大量語料的範圍之下，廣度與深度並行的分析語言。另外，Comrie（1989）也強調語言共性的研究，並提供豐富語料來分析語言的類型，含不同學派和方法論的背景介紹、語言類型學的概念、語序、主語、格標記的分布規律、關係從句與使成構式的類型學意義等，此是繼 Greenberg 之後對當代語言類型學的發展起極大推動作用的學者之一。本書或還無法達到以「量」來分析客語語言接觸的程度，但先就部分漢語方言的內部比較以及外部的非漢語方言比較來說，卻可先釐清客語在語法結構與語序的方言類型與層次問題，包括和非漢語方言做一初步比較，從中瞭解其間的異同關係，以作為類型學方面進一步研究的基礎。

三、語言接觸的類型

　　語言視接觸的程度、範圍而可能產生不同的現象，含語言產生系統性的變化而形成不同的語言類型，如下之（一）至（四），抑或局部性變化而形成某些語言現象，如下一節之（五）至（十五）。在時間久遠之下，前者容易與語言譜系的發生學關係產生挑戰，同時也會對語言類型學產生挑戰，後者若是局部系統性變

化也會產生類似的問題，因為一來前者與後者之間的界線有時不易釐清，二來當產生後者之變化時，要變化到何種程度才能界定為前者呢？此些從共時層面來看，都是不易釐清的歷時問題。

（一）中介語

中介語（Interlanguage）是由 Selinker 於 1972 年所提出，指的是從第一語言（即 L1，一般為母語〔mother tongue〕），到習得或學習[1]到第二語言（即 L2，或稱標的語）為止，其中間的過渡階段語，即稱之為中介語。所謂的過渡階段語，一般是指可預測會犯的語言學習上的錯誤，而這些系統性的「錯誤」卻可能另行獨立成一類的語言體系。

美國教育學者 Brown（2000）曾整理英國語言學家 Corder（1973）的理論，指出中介語發展的四個階段：

I. 隨機錯誤階段或系統形成前期：只有實驗性質，屬隨機試誤。

II. 形成階段：內化部分語言的結構，但即便被指出錯誤尚無法自行試出對的用法。因而容易退步到前一階段的特點。

III. 系統形成階段：已能固定產出第二語言，且被指出錯誤便能自行修正。在 Pit Corder 的三階理論中，「形成

1　習得（acquisition）指的是語言是透過生活環境中的人事物，語言自然而然就會了；學習（learning）指的是語言是透過教學或特定環境中的人事物，刻意性的來學會該種語言。由於臺灣華、閩、客、原住民語的語言環境較為特殊，含母語的界定問題，以及第二語言往往是藉由習得而來，反而第一語言要透過教學而來的奇特現象，因而本章暫不區分習得與學習上的差異。

階段」與「系統形成階段」被化約為一系統階段。

IV. 穩定階段或系統形成後期：與前階段不同處，在於即便未被指出錯誤，亦能自我修正。此階段雖趨於穩定，但若穩定太快而未查疏忽之處，可能會形成不良習慣，即固化、石化現象的一種。

以下為中介語的形成過程：

【圖 2.1】 中介語的形成過程

中介語的例子有許多，其中各國非英語人士在學習英語時，大體會產生中介語的階段，而各國非華語人士在學習華語時，大體也會產生中介語的階段。除此之外，生長在華語地區，如臺灣地區的母語（或第一語言）人士非為華語時，臺灣的母語如原住民語、客語、閩語，這些族群人士在學習華語時也容易產生中介語的階段。前面我們說過，中介語的產生是可預測性的，也就是和第一語言的音系或語法結構有關，而臺灣的閩、客語結構上較為接近，又臺灣閩語人口為大宗，但教學語或文化中心語以華語為大宗，因而「臺灣國語」（本書暫以「臺灣國語」表在臺灣學習華語而形成的中介語）的形成，很大程度上，便是從閩語整個系統性的結構為基礎而發展出來的。「臺灣國語」的音韻方面，大都折合成閩語音韻系統中具有的結構、成分為主要，若其中屬客語音韻系統所獨有的，則折合成客語音韻系統所規範的，此類

也屬臺灣國語，例如，閩南語無 f 聲母、客語無 h+u 的結構，舉凡「花、華、回」等等，客家人所說的臺灣國語易轉成 f 聲母，而閩南人則保有 hu 的結構，但閩人所說的臺灣國語則不允許 f 聲母的存在；又華語本無舌根音聲母與 i 的結合，但在臺灣國語則容許出現此類組合，如下表「起笑」之「起」音；詞彙方面，臺灣國語以閩語音為結構主體，但形態上卻以與華語音同或音近的字彙來呈現，變成是報章雜誌新聞中，常是臺灣國語看到「凍蒜」就是近於華語「凍蒜」之音，但意義卻是「當選」之義，實際上，閩、華語的本字應都同為「當選」；詞彙的部分反而較少看到客語特有的詞彙用詞進入到華語當中而成臺灣國語，除非少數如「粄、粄條」等詞，具有其特殊或無可取代性；語法方面，大多也都折合成閩客語特有的語法結構。以下僅舉其中少數例子，如【表 2.1】所示。（以下不涉及聲調者暫省略，[2] 不涉及音者亦暫省略。且所舉例雖屬借詞，但大量的借詞也已成中介語的特色之一。）

　　令人好奇的是，在臺灣普遍的華語當中，有些音實際上已成一種普遍性，亦即某些音實非「臺灣國語」所獨有的現象，例如，臺灣華語中普遍也具有聲母的去捲舌化，以及韻母去雙元音化的現象等等，那麼，此時應被挑戰的是：華語的「音位」該如何認知與處理？或許臺灣的華語還處在不穩定性的發展階段，教學上暫未處理此類音位上的問題。

2　聲調部分亦有臺灣本土化的傾向，如華語的 [214]，於臺灣國語中均折合為 [11]，此是因閩、客語基本聲調中，不存在 [214]，此類聲調則近於基本聲調中的 [11]。在本表中暫不刻意列出有關的調值。

【表2.1】音韻、詞彙、語法上的「臺灣國語」

音韻		詞彙（或含音韻其中）		語法	
華語	臺灣國語	華語	臺灣國語	華語	臺灣國語
國語 [kuo y]	國語 [ko ji]	發瘋	起笑 [kʻiⁱ⁵⁵]	我吃過了。	我有吃了。
方法 [faŋ fa]	方法 [huaŋ hua]	當選	凍蒜	我去過了日本。	我有去過日本。
吃魚 [tʂʻʅ y]	吃魚 [tsʻʅ ji]	配偶	牽手 [so]	你管我。	你給我管。
偷走 [tʻou tsou]	偷走 [tʻo tso]	行春	走春 [tso tsʻun]	把衣服洗一洗。	給衣服洗洗。
石獅 [ʂʅ ʂʅ]	石獅 [ʂʅ ʂʅ]	小角色	小咖	被爸爸吃了。	給爸爸吃掉了。
破費 [pʻuo fei]	破費 [pʻo fe]	好處	好康	我們去看電影。	我們來去看電影。
很美 [hen mei]	很美 [hun me]	年輕無知	幼齒 [jo tsʻʅ]	我好想吃。	我好想吃說。

　　實際上，臺灣國語的形成應不止來自於臺灣這片土地的閩客語結構，應該還包含日治時期或晚近時期的外來語，含「做秀」的「秀」（show）、「馬殺雞」（massage）等等的用法，此類語詞普遍和臺灣華語的用法相同，較為特別的應是，臺灣國語較常習用的語詞通常為來自日語的外來詞，如習於說「運將」，反而不常說「司機」，諸如此類的用詞等等，均屬臺灣國語較為特色的詞彙用法。

　　臺灣在學習客語方面似乎較產生不出真正的中介語，一來客語在臺灣為弱勢腔，會願意學習客語的人士不多，即便有人學，

尚無法構成一種普遍性而有能力獨立成一類的語言體系。不過，嬰兒、小孩子在習得母語階段時，一定也會有一階段會學得不好、不標準的錯誤情形，此階段則類似於中介語的階段，但這又涉及到第二原因了，即二來臺灣的小孩子在習得客語母語的階段時，因媒體發達與環境的人事物使然，故而他們同時也習得華語、閩語，甚而華語往往說得較所謂的母語——客語來得好了，因而也較不容易產生出客語的中介語。

中介語是一種過渡階段語，是過渡性的，其終極目的就為了導正錯誤並學得所謂的標的語，因而，中介語應當是不穩定性且短暫性的存在階段，故而當語言導正之後就應當可以學好標的語。但問題是，當這些音韻、語法上系統性的「錯誤」若一一被固化成獨立的語言體系時，並以母語的方式傳至下一代，它還能是中介語嗎？以臺灣國語為例，其語言系統的固化有其普遍性，此種中介語似乎也是今日臺灣各地語言普遍存有的現象之一，學界大都尚未持認可的態度，但未來它是否會成為教學主流之一，並持續成為下一代的母語？其詞彙、句法是否會形成為另一種規則化？且被「約定俗成」母語化成一種新語言或新方言？華語教學者或許不希望見到這種現象的發生，但臺灣語言所處的環境、社會、歷史背景，以及政策發展的特殊性，其未來的發展實有待觀察。

不過，兼語、克里歐語（見後文）也都是在「錯誤」的語言使用之下固化成獨立的語言體系，且後者還成為了母語而使用著。只是對於臺灣華語與臺灣國語來說，前者為教學規範性的語言，後者則是描寫性的語言，兩者處在不穩定性的競爭當中，尤以臺灣國語的各類結構演變速度不一，例如，華語整套的捲舌音

於成人或年輕人當中，多半均逐漸消失，但年輕人卻多半仍可保留 -uo 韻，而一般人則或認為，若 -uo 說成了 -o 韻似較為不雅，如「我」，故多半還會保留 -uo 韻的說法，但若 -ou 說成了 -o 韻，或音差別小，故而較無覺雅或不雅的問題，如「頭」，此種音類演變速度不一的發展與競爭情形，也處在其他聲韻類型的發展當中，並形成臺灣華語演變發展上有趣的現象。

（二）洋涇濱語

洋涇濱語（pidgin language），或稱涇濱語，其來源是將英文的 business 讀成 pidgin 而來的，或有人將 pidgin 直譯成皮欽語，抑或稱之為兼語，是截合至少兩種差異甚大的語言以簡化成容易溝通的一種或兩種交際性的語言。[3] 洋涇濱語起源於十七世紀至十九世紀間的上海租界地，以及廣東沿海岸之華洋人交際時，不諳外語的中國人，為了通商交際，以自己的語言模式，簡易音譯口說外語，為一種臨時性的語言變體，故而其語法結構簡單，詞彙混雜，基本上會循某種原則而形成語言變體，故具某種程度的穩定結構，但其目的是為達成溝通交際，因而通常不似母語具有穩定性而系統性的發展結構。後來的學者則陸續發現，其實洋涇濱語是一種世界性普遍的語言現象，通常發生在英語系的殖民地區，故而為其定名 pidgin language。我們參考內田慶市（2009）所舉洋涇濱語的例子如下：[4]

---

3 所謂兩種交際性的語言，以華、英語為例，或構成以英語為導向的華語式英語，以及以華語為導向的英語式華語。

4 這是作者引當時十九世紀廣東地區為主的非正規英語，也就是所謂的「紅毛番話」類課本中的語料。

【表2.2】華語的洋涇濱語—英語詞例

華語	涇濱英語	英語	華語	涇濱英語	英語
一	溫	One	二	都	Two
三	地理	Three	四	科	Four
五	輝	Five	六	昔士	Six
七	心	Seven	二十	敦地	Twenty
賣	些林	sell	洗	嘩時	wash
坐	薛當	sit down	睡	士獵	sleep
走	論	run	香	士羊蝥	smell
淨	記連	clean	大	喇治	large
麵頭	叭咧	bread	麵頭片	多時	toast
麵餅	卑士結	biscuit	鉛筆	邊臣	pencil
出去	哥區西	go outside	入來	今因	come in
去了	哈哥	have go	上去	哥喔士爹	go upstairs
反轉	丹阿罷	turn a back	過海	哥阿罷思	go a pass sea

【表2.3】華語的洋涇濱語—英語句例

華語	涇濱英語
我不看你。	I no see you.
你要多少？	You want how much？
你幾時走？	You go what time？
不要忘記。	No want forget.
不能進城。	No can inter city.
你什麼時候來？	You what time come here？

【表2.4】上海的洋涇濱英語例

上海涇濱英語	英語	上海涇濱英語	英語
康姆	come	谷	go
也司	yes	雪堂雪堂	sit down sit down
發茶	father	賣茶	mother

現代粵語當中還留有許多當時洋涇濱語式的詞彙，有些例雖和前述例同，可能是因漢字用字上未規範的問題，故在此一併列出以參考比較。

【表2.5】現代粵語的洋涇濱英語例

粵語涇濱英語	英語	粵語涇濱英語	英語
波士	boss	波	ball
多士	toast	朱古力	chocolate
忌廉	cream	梳化	sofa
荷蘭	Holland	咕臣	cushion
的士	taxi	沙律	salad
咖啡	coffee	希臘	Greece
白蘭地	Brandy	威士忌	Whisky

臺灣是否存在洋涇濱語？四海話是否可屬洋涇濱語？抑或屬與之有密切關連的克里歐語？以本書之定義，答案是否定的，四海話與兩種差異甚大的語言截合而成簡易式的洋涇濱語，或以下即將討論的克里歐語，均不相同。雖然，「差異甚大的語言」認知上或有疑慮，但形成臺灣四海話的相關語言中，則都是同質性

較高的客語次方言。相關問題我們留待第六章臺灣客語四海話來專論。以下先繼續討論與洋涇濱語具關連性的克里歐語。

（三）克里歐語

當洋涇濱語成為下一代習得或學習的母語時，即成為克里歐語（creole language），此時音系、語法系統趨向於複雜且穩定發展，且語言系統也帶入了當地的文化特色，亦即克里歐語不再是單純的交際溝通用語而已，它還注了深層的社會文化性。一般克里歐語的形成通常在殖民地區，抑或早期的通商口埠，但除了洋涇濱語系統逐漸固化成穩定的克里歐語之外，克里歐語的形成也有可能非由洋涇濱語過渡而來，因為當至少兩種差異甚大的語言系統相互混合、截合的同時，又是母語習得、學習的對象，是有可能直接成為所謂的克里歐語。這方面的研究不多，本文暫提及至此。

只是本文仍好奇，臺灣閩、客、華語均屬漢語族的語言體系，與南島語系的原住民語，以及日治時期的日本語差異均甚大，臺灣的原住民語更為弱勢腔，其語言是否會因居住地較為強勢的閩、客、華語而引起其語言系統上類似於洋涇濱語或克里歐語的變化？又在日本語約五十年的影響之下，除了引進許多的外來詞外，閩、客、華、原住民語的語言結構，似乎卻少見洋涇濱語或克里歐語的變化，這方面的研究不多，但都是很耐人尋味且值得深入探究的議題。

（四）兼容語

不同於洋涇濱語與克里歐語截合至少兩種差異甚大的語言，

兼容語（compatible language）是由至少兩種相近的次方言為主體，因接觸一段時間，導致音韻、詞彙、語法系統混合、融合不分，或聲調除外，其他部分已由另一系統所取代或兼容使用，本文將此種語言現象稱之為兼容語。故而兼容語具三大特點：一來至少兼具兩種腔的語言特色；二來除被取代成另一結構之外，亦可容許過渡兩可性的說法；三來聲調較不容易受影響而兼容使用。兼容語若含有第三種語言，可以是另一弱勢的次方言，或另一差異稍大的語言，但不會構成兼容語的主體。不同於洋涇濱語，兼容語並非為交際溝通而產生的，其結構大致複雜、穩定，且大致符合兼容語當中兩種主體的方言結構，且文化層次仍保留在語言系統當中，其差異僅在於許多的音韻（聲調較除外）、詞彙、語法現象可以是被取代或兩可性。此外，此類兼容語也可以成為母語而使用著。以臺灣的四海話（客語）與漳泉濫（閩南）而言，即是最好的兼容語例，又如，桃園新屋當地的豐順、海陸、四縣話，三種方言部分字群的聲母，ts-、ts'-、s- 與 tʃ-、tʃ'-、ʃ-融合成無定分音，或是音位化成後一組的聲母，成為當地方言的一種特色，此也是四海話的特色之一。可以想見，兼容語當是世界語言之中，只要存在多方言的區域，當存在著兼容語的普遍現象。

　　兼容語既然是由區域中的至少兩大腔融合而成，因而是否會成為當地的通行語（有關通行語，見下文），此則令人好奇。臺灣閩南語兩大腔——漳州腔與泉州腔，進而形成所謂的漳泉濫，已成為臺灣地區的強勢腔，具有通行語的特質。而臺灣客語的四海腔是否能成為客語次方言間的通行語？目前尚未有人研究，相信此會是令人好奇的語言發展。若由語言的自然發展，四海話有

可能成為客語的通行語，但客語目前在客委會的區分中，分為六大腔——四縣、海陸、大埔（東勢）、饒平、詔安、南四縣，在各項比賽、考試認證、教學、公共場所等的推廣方面，均著重於各腔「標準音」的推廣，因而四海話非推行腔之一，此也牽涉到前文提及的問題：教學規範性的語言與客家族群普遍使用的描寫性語言，兩者處在競爭當中，何者會勝出？相信時間會說明一切。

四、語言接觸的現象

（一）語言取代與消失

語言取代（language replaced）指的是語言在自然環境或政策運作之下，被另一種語言所取代，而使得原有的語言消失（language disappeared）。

當不同的語言相互接觸時（以下提及語言接觸，均含括方言接觸），當地弱勢腔發展變化的第一步，即容易向強勢腔靠攏，例如，饒平客語分散在臺灣各處，人口數也不多，因而不同地的饒平客語，具有相當的歧異性；再如，分別分布在桃園新屋、觀音的豐順客語，前者位在海陸腔區而逐漸海陸腔化，後者位在四縣腔區而有四縣腔化的傾向。例如新屋豐順客語「笠」之韻母具兩種形式，但 -ep 較少聽到，這是筆者在與發音人聊天，數次談到華語「斗笠」一詞時，其「笠」字韻母都為 -ip，可能是後來才喚起發音人想起應為 -ep，才改以 -ep，但卻說明 -ep 較少使用了。-ep → -ip 即為弱勢向強勢腔靠攏的一個典型例子，因當地海陸腔「笠」即為 -ip 韻。所以，若是該語言整批的音韻、詞彙、

語法系統均有向強勢腔靠攏的傾向時，那麼，該語言便逐步朝向語言被取代或消失的命運。

弱勢腔向強勢腔靠攏後，接下來便是某詞或音、音類、語法等等的逐步被取代而消失，例如，苗栗四縣「瘝」[k'ioi^{55}]、「落雨」[lok^5 i^{31}] 在新屋四縣或桃園大部分的四縣客語中已消失或不存在，而被海陸客語的詞彙取代成「恬」[t'iam^{31}]、「落水」[lok^5 ʃui^{31}]，但因聲調還保有四縣腔的特色，故而非屬語言系統全面被取代或消失。以豐順客語而言，臺、海三地區豐順客語的此有彼無，從原祖源地而論，一定有某種或某類音韻或詞彙消失了，而代之以不同的說法，例如華語「起床」一詞在桃園新屋、觀音與大陸湯坑三地區的說法分別為：「好偷」[ho^3 t'eu^1]、「囥床」[hoŋ^3 ts'oŋ^2]、「投起」[t'eu^6 k'i^3]。在新屋豐順腔具海陸腔化的傾向，觀音豐順腔具四縣腔化的傾向之下，臺灣弱勢的豐順腔則似乎面臨著消失的命運。

當然，最嚴重的被取代或消失是整個語言系統的被取代或消失。這部分亦牽連到下一點將提及的語言瀕危與語言死亡。

（二）語言瀕危與語言死亡

語言消失除了自然而然的環境或政策運作使然之外，語言的消失也有可能因戰爭、族人自行放棄，抑或無族人後代了，故而我們亦稱之為語言死亡（language death）。若非突發性的導致整個族群語言產生變化之外，通常在語言死亡之前會經歷語言瀕危（endangered language），亦即該種語言使用的人數越來越少，而終將導致語言滅絕。也就是整個語言系統即將面臨死亡。若欲區分語言消失與語言死亡，前者通常是在不知覺的狀況之下而消

失，後者通常是眼睜睜的不得不看著該種情形發生，但兩者實仍可歸為同一種情形。因前一點述及，當弱勢腔向強勢腔靠攏後，接下來便是某詞或音、音類、語法等等的被取代或消失，乍看之下，此情形有可能是不知不覺受強勢腔而同化，但有心人士卻意識到語言正一步一步面臨死亡的命運，對此現象卻又像是呈現無力挽回之憾。

全世界約有五、六千種語言，其中約兩千多種為瀕危語言，每個月均有消失或死亡的語言。以臺灣原住民語而言，依據2009年聯合國教科文組織（UNESCO）發布的報告指出，臺灣就有二十四種語言已瀕危，甚至其中的七種已被認定為滅絕。臺灣原住民語計有二十八種，目前經政府認證的有十六種，亦即在政府刻意的保護之下，這十六種可能不會那麼快消失或死亡。但其他的族語則應會消失或死亡得更加快速，甚至在臺灣中部原住民族的巴宰語，在2015年經聯合國教科文組織認定已剩下一個人會說，雖然有關人士或部落盡量搶救此語，學習此語，但在有限的時間與環境之下，能救回來的語言系統一定仍無法完整且道地。其實臺灣政策執行的本土語言教學，各母語也都面臨類似的問題，而客語人士也是憂心忡忡。語言的流失，除了臺灣歷史上錯誤的政策操作之外，當今面臨的則是對自我文化的認同是否足夠，讓各母語在生活語當中可以活用、活化，各適用其所，此則是更加深化臺灣可以成為一個具有多元文化資產的寶島。

（三）借詞

在語言接觸當中，最快產生變化的，應當就是詞彙了，也就

是外來詞、借詞（loanword）。臺灣華、閩、客、原住民語當中，存在許多外來的日本語，這是因臺灣有五十年的時間為日本統治的殖民時期，其日本外來詞之多，足以編成一部大辭典。相較之下，語法的接觸變化似乎較少。因借詞的變化豐富，有關論述，我們於後文的第四章詞彙接觸專章來論。

（四）本土化

除非土本語言佔優勢，否則語言接觸之後產生本土化的情形實不易發生。所謂本土，是只站在相對的外來語而言，只是這又分語言進入臺灣的時期問題，原則上在日治之後的國民政府時期，因推行所謂的國語政策，全民學華語，而華語又常受當地大量的閩南語人口，與少量的客語人口影響，而普遍形成所謂的「臺灣國語」，由此並漸漸形成臺灣華語、臺灣國語、大陸普通話的漸行漸遠式的分化。臺灣本土化的語言以中介語形式的臺灣國語為代表，可參見前述第（一）點的中介語論述。

（五）語碼轉換

語碼轉換（code-switching），指的是語言使用者或因說話的對象、場合、話題以及心理因素等等，在同一句或同一篇章中，有時以 A 言，有時又以 B 或 C 等言，或有時以 A 言，但有時又夾雜著 B 或 C 等語言的詞彙，此常發生在語言使用者為雙聲帶或多聲帶的情形，不過也含雖為單聲帶，但對另一語卻也不陌生，原則上，發音人與聽者均有能力察覺語言使用上的不同。例如，在研討會中，若以華語為主要發言，則學術論文的發表常夾雜著英語，此或因原使用之語言詞窮，抑或原用語無此詞，抑或

個人思維上不好以原用語表達，抑或發言人習夾以英語表達之習慣。客語次方言中，以四縣、海陸二語的語碼轉換最為常見，抑或客、閩、華語間的自由轉換，也常發生在雙／多方言的區域，交談人多半亦會雙方言的能力，其語碼轉換常無固定式的語法格式，具轉換的自由度，因而語碼轉換的情形不能視為同一音系中的語言現象，也不能視為前文提及的洋涇濱語。

拙著（2004a）曾舉一些涇濱語的例子如下，如今看來應為語碼轉換，有的是屬於個人母語語詞概念勝過第二語言，有的則是屬強勢華語的思維勝過了母語。因為涇濱語是屬於較為固定的語法規則，而以下各句語詞說法則非固定如此，故而較適合歸為語碼轉換。以下底線多為會話時，語詞一時之間不易以華語或客語對譯出，而改以母語或華語表達。

（1）請把杓（客語唸成 [kʻok⁵]）子拿給我！

客家人在生活中易將華語中的詞音置換成客語的音，句中「杓」之四縣音可為 [sok⁵] 或 [kʻok⁵] 音。

（2）你愛食奶茶（以華語唸）無？

上句例以客語為主，加入華語詞「奶茶」。在閩客方言中對於新詞彙往往一時還無法習慣使用客語音時（即使有客語音可以說但一時也無華語使用上來得普及化），因此語句中便習慣以華語的音來替代，此類用語還不少。當華語詞彙語音已使用習慣時，若用另一方言的詞彙音來說，有時反而會失去原有詞彙的精

髓與普遍性，而這也是目前各方言詞彙語音使用上所面臨的問題之一。其實，即便華語新詞量產生快速，若能轉以客語音或適當之客語詞來說，說久了、自然就能成為一種固化的語言習慣。

另外在報章雜誌上，也很容易看到華語加雜閩語或英語的語句，如：

（3）報導<u>平平開</u>五千元，哪一間<u>卡好康</u>？——（大成影劇報 2002-10-21）

（4）新客家電臺是一個24小時客語發音的頻道，幽默逗趣的主持風格受到桃園新竹地區聽眾的喜愛。透過現場 <u>call-in</u>⋯⋯（民視新聞2002-10-22）

（六）語言迎合

語言迎合（language humored）指的是為了迎合對方所說的語言，而改以說和對方一致的語言，但前提是迎合者有能力說對方的語言，其因素通常有五點：一、經濟利益考量，為希望對方和自己達成某種交易，改以迎合對方所用之語言以尋求認同，容易達到交易的目的；二、趨附於上階語，相對於社會上普遍認知的低階語，上階語多由上層人士所用，因而若無經濟利益上的考量，底層人士所用的低階語，當遇合上層人士時，往往會迎合上階語而對話；三、政治考量，此種情形最易出現在選舉、選票考量，抑或為達其政治目的時而迎合對方語；四、認同，當說話者對對方所說的語言具有一種文化的認同感時，或迎合對方所使用之語言；五、對方無能力說和自己相同的語言，此種情形是不得不的一種溝通交際的語言迎合行為。

（七）通行語的產生

　　所謂的通行語（lingua franca）指的是在一社會或區域當中存在著多語言（含多方言）時，這個社會或區域就容易產生抑或選擇多語、多方言當中的其一語言為通行語，此一語言通常是大家普遍會說的，可分社會通行語、地方通行語。臺灣的社會通行語不是華語就是閩南語，而地方通行語則視區域性才有可能是客語，抑或原住語的地方通行語產生。

　　通行語往往是國家所使用且普及的國家語言，然而，臺灣的語言地位何其弔詭！以往「國語」，為國家統一使用的標準語，以有別於「方言」，而早期的「國語」也往往一枝獨秀的被理所當然的認定為北京官話體系的 Mandarin。如今，原住民語與客語已於 2017 年分別三讀通過成為正式的國家語言（national language），國家語言的制訂在於國家之中各族群的母語應受國家保護的平等語言，具有文化資產傳承發展之使命。故而，臺灣華語、臺灣閩南語、臺灣手語，應也要三讀通過成為臺灣正式的國家語言。至於官方語言（official language），應具備法定地位的語言，並由國家、政府來認定。既然是法定，然而臺灣並未以法定的方式來制訂官方語，第一官方語與第二官方語的形成只是大家約定俗成的分別以「華語」、「英語」作為官方場合與官方文書必須使用的語言而已。國家語言與官方語言應有所區別，臺灣在兩者似乎未界定清楚。

（八）文白異

　　文白異讀（literal-verbal differentiation in reading）指的是在同一語言系統之內，音韻結構產生了變體（variants），變體之

間具詞彙功能場合分布上的互補性，在讀書（以今來說，常為讀唸古詩詞文學時）、教學、文化中心場合常為文讀音，或稱書面音、讀書音，在生活中的口語、文化邊緣場合所說的常為白讀音，或稱口語音、說話音，稱之為文白異讀。在長時間的分語之下，文白之間會產生競爭，或文勝、或白勝、或文白相安、文白相混用。客語相關例子可詳見賴文英（2015）。

（九）語言趨異與語言趨同

語言趨異（language divergence），指的是本來同質性高的語言因時空變遷，分別在不同區域受到語言接觸，導致本來同質性高的語言往不同的方向演變而趨異，或稱之為分化；而在相同區域的不同語言相互接觸影響，則導致本來異質性高的語言往相同的方向演變，稱之為語言趨同（language convergence），或稱之為合流。前述各種語言接觸的類型與現象，多半也都具有語言趨同的現象。

故當語言產生分化時，兩種或數種原本具有親屬性或具有相似成分的語言或方言，可能因此漸行漸遠，終而分道揚鑣，成為不同的親屬系；同樣的，當語言產生合流時，兩種或數種原本不具有親屬性或不具有相似成分的語言或方言，可能因此而漸行漸近，終而形成具有親屬性的語言特徵。

（十）雙語或多語現象（含雙方言或多方言）

學術界對雙語、多語（雙方言、多方言）的界定，似乎還沒有取得一致性的看法，也有以多語（雙語）泛括多方言（雙方言），在此僅列舉《中國語言學大辭典》中的定義作為參考。所

謂的雙語、多語現象指的是：「某個人、某個語言集團在不同場合交替使用兩種或兩種以上語言的情況。」[5] 此種現象可指華語、英語相互使用而言；多方言現象指的是：「同一社團的居民在日常生活的不同場合使用兩種或多種不同的方言現象。」[6] 此種現象可指漢語方言之間的相互使用。而本文所論的「多方言」除含蓋不同的大方言——華語、閩南語、客語之外，亦包括客語之下的次方言——海陸話、四縣話、豐順話……等等。

本書將雙語／雙方言（bilingual/bidialectal）、多語／多方言（multilingual/multidialectal）界定在某一區域的一社會團體，抑或同一區域具有不同語言使用的多個社會團體，在不同場合或相同場合，同時存在兩種或多種語言或方言的使用。基本上，當語言趨異現象產生時，初始會形成雙語或多語現象（含雙方言或多方言），抑或殖民、外來語移入時，亦會造成雙語或多語現象。

（十一）疊置式音變、詞變與詞彙擴散

「疊置式音變理論」的形成約在 80 年代中期（徐通鏘、王洪君：1986），其理論的核心思想概括如下：

> 「一種方言可以在同一空間借助漢字的連接，通過對應規律接受另一種方言的影響，形成音類的疊置（即文白異讀），文讀和白讀的競爭以社會因素為條件，疊置方式以音系結構為條件，文讀和白讀的共存是方言接觸在同一系統中的歷時

5　見《中國語言學大辭典》（1991: 601）。
6　同上，頁476。

體現。」（陳保亞 1999: 431）

　　早期的疊置式音變理論，是以音系結構的聲母與韻母為主要條件，因為方言相互接觸而產生文讀和白讀共存在同一方言系統之中，並成此語言系統歷時體現的特徵。

　　筆者所調查的方言接觸，產生的疊置式音變與詞變卻與以上之定義有所差別，相同的是兩者均以社會因素的方言接觸為條件，除了產生文讀和白讀屬歷時體現的音系系統之外，其差別還在於後者在相同的詞彙條件下，產生不具辨義作用又讀音的共時體現，例如：「燒火」一詞之「燒」字，與「小學」一詞之「小」字，在桃園新屋客語分別有 -eu、-au 兩韻疊置共存使用；另外，類似的現象除了呈現在音系中的群類聲母與韻母之外，亦呈現在聲調及詞彙當中，例如，海陸客語的調值 [33] 與 [11] 常為疊置混用的音變現象，又四縣話或海陸話均有「韶早」、「天光日」（均指「明天」義）一詞義二形態疊置混用的詞變。新屋客語的多方言現象，其部分之音韻、詞彙走向，呈現著此消彼長的趨勢，其中，不少呈現共時方言疊置式音變與詞變（overlapping sound and lexicon changing）現象，也就是說當兩種或多種方言相互接觸時，在聲母、韻母，甚至在聲調上，以及詞彙方面，會產生一種雙重音韻或雙重詞彙並用的現象。另外，隨著共時方言地的長期接觸，新屋四縣、海陸，二者之聲、韻、調，以及詞彙方面有逐漸趨同的情形，但仍各有各的特色在，並形成另一廣義的新型方言「四海話」（賴文英 2004a）。有關四海話與相關語音、詞彙、語法例，於後文第六章討論。

　　「詞彙擴散」（lexical diffusion），此理論最早是由 Wang

（1969）所提出的一種音變方式。後續由 Chen & Wang（1975）；Wang & Lien（1993）；Lien（1994）；王士元 & 沈鍾偉（2002）等等，加以擴充奠基。簡言之，此理論最大的要點在於語音是「突變」的，而詞彙是「漸變」的，所謂的「漸變」在此也可指一種音變並非在同一類型的詞中同步進行，因此當語音產生變化時，有些詞的語音變了，但有些詞語音沒有變，有些則是處在兩讀階段，而這兩讀階段，由王士元、連金發（2000）加以擴充成「雙向擴散」（bi-directional diffusion）理論，此理論代表著共時方言中，不同層次的語言接觸、相互感染的現象。對本文所討論接觸中的兩種或多種方言而言，這是一種雙向擴散理論，也是一種疊置式音變論。其變化情形大致如下圖所示的輸出值「表層」結構：

【圖 2.2】 方言接觸下語音與詞彙的疊置式變化方向

五、本章結語

　　本章先從語言接觸的研究，以概論方式將筆者先前拙著中提及過的相關研究呈現大體的樣貌；而後在第二節語言接觸與語言類型的研究，從方言比較語法探討和語言接觸的關連性，以及探

討和語言類型之間的關連性，其中語言接觸的程度或影響語言類型的變化，此亦涉及歷時的長期接觸效應。

　　第三、四節則分別討論語言接觸的類型與現象，含常見的四種語言接觸後可能產生的類型，如：中介語、洋涇濱語、克里歐語、兼容語等，其中兼容語是筆者因應臺灣客語四海話的接觸情形而賦予的一種類型，而此類型亦符合區域內多方言接觸的普及類型。此外，語言接觸還可能產生本章提及的十一種常見的語言接觸現象，包含：（一）語言取代與消失。語言取代與語言消失實為一體之兩面，因為當某一語言被取代後，代表的是那一語言也隨之消失了；（二）語言瀕危與語言死亡。語言瀕危與語言死亡應當屬兩類現象，畢竟瀕危語言還不到死亡，不過卻已近於死亡了，語言瀕危的原因有許多，當族群願意將瀕危之語言透過各種方式復興起來時，語言便暫不會面臨死亡的命運；（三）借詞。在語言接觸的過程當中，最易受影響的現象，應是借詞，是因在音韻、詞彙、句法當中，詞彙的語義概念最容易被傳輸；（四）本土化。假若原先的在地語言仍有一傳播的力量存在，那麼，即便後來之強勢外來語進入時，也容易受本土語言的影響而具本土化的現象；（五）語碼轉換。因為在地球村概念的運作之下，又許多人具至少雙語、雙方言的能力，抑或部分的能力，一時轉以A言，一時或又轉以B言，而造成語碼轉換，語碼轉換的動機則有許多，本章均有提及；（六）語言迎合。語言迎合或因經濟、政治、階級、地位、認同、溝通等等而迎合對方所使用的語言；（七）通行語的產生。因為當一區域存在多方言現象時，通常會形成一通行語，通行語的認定通常為經濟、政治考量，抑或人口的考量，也因如此，臺灣的通行語，一般認定為華語與閩

南語並行；（八）文白異讀。因為當文化中心的讀書音進入到邊緣中心的白讀音時，便會造成文讀音與白讀音疊置並存的語言現象，而此現象也和第十一種具關連性；（九）語言趨異與語言趨同。因為語言趨異與語言趨同實為一體之兩面，而原本同一語言者可能因大量移居他處，而導致原同一語言漸趨異而終致分化的可能；反之，原異源之語言或因同一區域接觸久了漸趨同而終致合流的可能；（十）雙語或多語現象。因為語言會接觸，通常是因一區域中同具有雙語或多種語言的存在，因現今媒體傳播力量的語言影響效益很大，是故世界各地中，已很少單獨只存在一種語言的區域；（十一）疊置式音變、詞變與詞彙擴散。因為當語言接觸產生語言變化時，尤其是整個音系、詞彙或語法系統的影響時，便容易產生疊置式音變或詞變，以及詞彙擴散的現象。以上因語言接觸而產生的各種語言現象，有時並非以獨立個體存在著，而是跨現象而存在著，例如，本土化、語碼轉換、語言迎合、通行語的產生、語言趨異與語言趨同等等，此均和雙語或多語現象具密切之關係。

　　有關本書的語言接觸理論，敝人首提出四海話的形成機制在優選制約中，聲調為最高的制約層級；另外也提出語言接觸鏈、客語混同理論的主張。因各理論涉及本書各章的主題，故分入各章論，並於結論第八章再做一整合之論述。

第三章　音韻接觸

　　在臺灣客語各次方言當中，聲母、韻母接觸的部分似乎以四海話成為大宗，此於第六章再專論。對於客語的歷史源流，音韻最具特色與最具討論空間的，當屬聲調的問題，含陰平調的來源、古次濁聲母與全濁上聲母對應於客語的特殊性、古上去聲於客語的分合條件，以及大埔客語特殊 35 調的來源或涉及內外來源的層次問題。本章架構如下：一、音韻演變的層次問題；二、古次濁聲母、全濁上聲與客語陰平調的來源；三、古上去聲於客語的分合條件；四、大埔客語特殊 35 調的來源；五、本章結語。

一、音韻演變的層次問題

　　在中古平上去入四個聲調的來源中，中古次濁聲母於客語各次方言當中，往往具有相同的演變行為。此外，古全濁上與次濁聲母於客語各次方言當中，往往也有相同的演變方向。是否能同時符合其中的規律，就成了客語區別於其他漢語方言的特徵。如下為客語聲調上較為特殊的規律：

　　（一）古次濁上與全濁上於客語都有讀陰平的現象。

　　（二）部分古全濁上於客語具有今音白讀為陰平、文讀為去聲的兩讀現象。

　　（三）古次濁平於客語有固定的轄字今讀陰平。

（四）古次濁入於客語今音有的讀陰入，有的讀陽入，哪些
　　　字今讀陰入，哪些字今讀陽入，內部相當一致。

　　這些特徵有地域上的局限性，集中在客、贛語地區，但客語
更具一致性。問題是，若以上四條規律為客語大體具有的特色，
且可以據此區別於其他漢語方言，一般在探討客語聲調的演變
時，似乎都無法解釋「古全濁上」與「古次濁上」因什麼條件而
分化成陰平、陽平、上聲、去聲？或是「古次濁入」因什麼條件
而分化成陰入、陽入，且次方言間的轄字大致具有相當程度上的
一致性？另一個問題是，為什麼客語在古次濁（含平上去入）的
演變，看似特殊性較多？且很多情形往往找不到語音分化的條
件。似乎暗示著，客語的聲調夾雜著不同語言的聲調層次於其
中。以往在探討相關問題時，多以「古濁上」為主體看待客語聲
調的演變，本章試圖搭配另一主體來探討，即以客語的「陰平」
為主體來看待聲調演變的方向，並一併探討古次濁入聲母字於今
客語讀陰入、陽入的問題。本章認為陰平與陰陽入的問題具關連
性，且「陰平」、「陰入」從客語的演變來看，應屬較早的層次。
漢語方言聲調上的分化，很大一部分與聲母的條件有關。因此，
本章將透過語言地域的關連性與內部比較法的運用，試提出古客
語至少有過兩套鼻、邊音聲母，抑或是古客語的次濁聲母至少存
在過帶前綴音與不帶前綴音的時期，此論點並從藏語拉薩話中得
到支持。本章從雙向為主體的客語聲調表現當中來分析，在縱橫
交錯的演變之下，試說明或解釋有關客語聲調的來源問題。

二、古次濁聲母、全濁上聲與客語陰平調的來源

本節分別從五點來分析古次濁聲母、全濁上聲母與客語陰平調的來源關係，分別是：（一）客語今讀陰平的古濁聲母來源；（二）客語今讀陰入、陽入的古次濁入聲字；（三）客語聲調演變反映出的層次問題；（四）規律的解釋；（五）客語強勢陰平的可能來源與演變。

（一）客語今讀陰平的古濁聲母來源

在探討客語今讀陰平的古濁聲母來源的問題時，一方面要把格局放大來看，或許較能看出問題所在，其中包括三點：漢語方言聲調體系的演變、客語周邊漢語與非漢語方言少數民族語的語音轉換機制、客語陰平的來源與古濁字反映在客語的情形。有關漢語方言聲調體系的演變，何大安（1988b, 1994）已提供很好的分析材料，本章欲將問題關注在後兩點。但，把格局放大來談有時會失去文章的聚焦性，因此本章把焦點放在前文提及的四條規律上，因為這四條規律在客語次方言中普遍具有一致性。此外，本章語料臺灣客語為個人調查外，其他主要來源於李如龍、張雙慶主編之《客贛方言調查報告》（1992）所收 114 個古濁上字，其中古全濁上聲字約 64 字，劉綸鑫主編之《客贛方言比較研究》（1999）亦有全濁上聲字約 58 字，因其地點分布較廣且平均，適合作為計量與地理分布上的依據參考，如劉澤民（2005），項夢冰、曹暉（2005）在這一方面做出可觀的成果，也提供了很好的分析材料。

「濁上歸去」與「次濁上歸上」為多數漢語方言共有的音變

規律，簡而言之，這兩條規律都將聲調簡化了。然而在南方多數的漢語方言中，卻同時見得到普遍規律與非普遍規律的同時並存。巧的是，普遍規律從北而南遞減，從類型學來看，此反映了在聲調層次上，至少有兩種類型在競爭著，且北方官話強勢的文讀音逐漸往南擴散。在最南的粵語，其聲調數高達九調，且多數的粵語次方言聲調也不隨普遍規律運行。至於客語，古全濁上與次濁上反映在客語有讀成陰平、上聲、去聲，甚至還有少數讀成陽平，到底它們之間具有什麼樣的演變關係？這問題倒是耐人尋味。

大體上，客語反映出強勢陰平調的現象。黃雪貞（1988, 1989）指出客語：「古次濁上聲與全濁上聲都有讀陰平的現象」，此規律並成為學術界的準則。（至於客、贛方言在這方面的共性與區分原則，於後文說明）然而，客語的陰平反映在古次濁聲母方面，有次濁平、次濁上的來源。若以古次濁入客語也有今讀清調來看，那麼，在古次濁去的部分似乎就形成了一道空缺。實則不然，若我們再仔細檢視客語各次方言的聲調演變，我們會發現，古次濁去於客語今讀陰平的，可以在大埔桃源、大庾、南康鏡壩、上猶等地發現。關於客語各次方言的聲調比較可以參考何大安（1994: 277），其中，客語也存在古次濁平今讀陰平的情形，如「毛、拿、蚊、聾」，但在何大安的文獻表中並未顯示出。為方便說明，本章另加上臺灣客語海陸腔聲調 [7]（賴文英 2004a:

7　本章所舉臺灣客語海陸腔分布於桃園新屋，在聲調演變上，很大一部分與臺灣兩大客語通行腔——苗栗四縣與新竹海陸相同。此表選取新屋純因語料取得方便上的考量。

108）、梅縣客語聲調（黃雪貞 1995）於下：

【表3.1】客語聲調比較表

方言點	資料來源	平 清	平 次濁	平 濁	上 清	上 次濁	上 濁	去 次濁	去 濁	去 清	入 清	入 次濁	入 濁
永定下洋	黃雪貞 1962	A1	A2		B	B A1	C A1	C, B		B	D1	D2	
長汀	羅美珍 1982	A1	A2		B	B A1 C1	A1 C1 C2	C2		C1	A2	C2	
瑞金	羅肇錦 1977	A1	A2		B	B A1		C			D1	D2	
寧都	顏森 1986	A1	A2		A1/ A2/ C1	A1 A2	A1	C2		C1	D1	D1 D2	D2
大埔桃源	李富才 1959	A1	A2		B	B A1		C, A1		C	D1	D1 D2	D2
美濃	楊時逢 1971a	A1	A2		B	B A1	A1 C	C			D1	D2	
成都龍潭寺	黃雪貞 1986	A1	A2		B	B A1	B A1 C	B, C			D1	D1	D2
萬安	張振興 1984	A1	A2		B			C2		C1	C2	D2	
興國高興	顏森 1986	A1	A2		B	A1		C			D1	D1 D2	D2
大庚	顏森 1986	A1	A2		B	A1 C		C, A1		C	A1		

安遠	顏　森 1986	A1	A2	B			C2	C1	D C2	A1, C2
南康 鏡埧	顏　森 1986	A1	A2	B	A1 C	A1		C	D	
上猶	顏　森 1986	A1	A2	B1, B2	A1 B2	A1	B1, A1	A1	A1 D	D
梅縣	黃雪貞 1995	A1	A1, A2	A1, B	A1 C	B, C		D1	D1 D2	D2
臺灣新 屋	賴文英 2004	A1	A1, A2	A1 B	A1 B C1	A1 B C1C2	C2		B C1	D1	D1 D2	D2

　　通體來看，古次濁的平上去入，在客語次方言間聲調的表現上，似乎有某種共性的演變行為，全濁上於客語的演變行為可以看做與次濁同[8]，甚至在全濁去、次濁入方面也有今讀成陰平的現象。筆者認為這些現象不是巧合，客語確實反映出強勢陰平調的現象，但如何解釋這樣的一個現象，便是本章要突破的地方。

　　另外，客語在文白異讀當中，也常反映出客語兼讀陰平、去聲的古全濁上聲字。古全濁上字今音白讀為陰平、文讀為去聲的多音現象在客語內部具有一致性，差別在於轄字的多寡與範圍。不過，這種具文白兩讀的字比贛方言要少，其原因應是受北方官話影響的多寡所致。（劉綸鑫 1999, 2001）因為北方官話的文讀音持續進入客贛方言之中，贛方言首當其衝，受到的衝擊較大，文讀音較多，若其白讀音還存在，則文白兩讀的轄字就較客語為

8　甚至全濁的平去入在少數點中也都可以看出客語具類似的對應關係（即於客語讀成陰平），但本章著重在具普遍性的次濁與全濁上方面的探討。

多。古全濁上在臺灣海陸客語今讀陰平的約有 38 字，以下舉具有文白兩讀的字例：

【表3.2】具陰平和去聲兩讀的全濁上聲字

#	字	陰平（白讀）	陽去（文讀）
1	上	上山	上背
2	下	下去	等下
3	丈	姨丈	一丈
4	巨	巨扇（扇子）	巨人
5	坐	坐下來	坐位
6	在	還在	現在
7	近	當近（很近）	近來
8	社	社會	社區
9	後	後日（後天）	背後
10	弟	老弟	兄弟
11	淡	當淡（很淡）	淡水魚
12	重	當重（很重）	重要
13	被	被（被子）	被動
14	斷	斷烏（晚了）	斷定
15	動	動毋動	運動
16	辯	辯解	辯論
17	腐	腐腐（腐朽）	豆腐

　　「社會」一詞兼兩讀音，一為陰平，一為陽去，在地名「社仔」，當地地名也讀成陽去。可見「社」的文讀音已漸取代白讀音。

我們知道，通常白讀層為固有層，也是口語音；文讀層為外來層，也是讀書音。從方言詞彙形式上的表達，並與鄰近強勢方言比較，一般來說是很容易釐清何者為白、何者為文。因此，從文白異讀的分析中，往往也可以區分出方言所具有的不同層次。故而，古全濁上聲字反映在客語各次方言有兩讀音時，口語音多為陰平，書面音多為陽去（四縣腔則為去聲），白讀的陰平調層次應早於文讀的陽去（或去聲）。此外，在客贛方言中，只贛語的安福、遂川、蓮花三處方言的全濁上有陽上調。且今有陽上調的客家話並不多，如江西上猶東山「近動旱佳懶斷」今讀陽上調（劉綸鑫 1999: 95），到底客語底層有沒有陽上調？是有，而後併入了其他調類當中？還是底層就不存在陽上調？這些地點的聲調現象其實不太能說明客語的情形，因這四區集中在贛西的邊界。反而是臨近的湘方言，全濁上聲字在具有文白異讀的次方言當中，分陰陽去的往往是白話音，文讀音則不分陰陽去。（何大安 1988b, 1994）臨近贛西四處方言的陽上，較有可能是反映了湘方言有過濁上（今音陽上），之後歸濁去（今音陽去），再之後文讀音的陰陽去合併成去聲。

　　文白異讀在客語讀陰平的問題，還可以從中古次濁上聲字體現在閩、客語的情形來看。先看下表的比較（語料取自何大安 1994，客語符合臺灣今讀音）：

【表3.3】閩客語次濁上聲字的比較

中古次濁上	客	今音	陰上		陰平	
		例字	米瓦雨卵老五		軟馬尾冷暖買	
	閩	今音	陽上（陽去）	白讀音	陰上	文讀音
		例字	耳瓦雨卵老五		軟馬尾米我買	

中古次濁上在客語今讀陰平的轄字量非常多（約 60 字），也多為口語常用字。今讀成上聲或去聲的字明顯少很多（各約 36 字、8 字），但多數也為常用字。閩語若有兩讀音的字時，往往白讀為陽上（或陽去）、文讀為陰上。

　　上表中，我們可以看出有趣的現象：閩語的文白兩讀正好與客語呈現交叉分布。也就是說，客語今讀為陰上、陰平的部分字群，對應於閩語白讀為陽上、文讀為陰上。閩客的陰上應同為晚來層的文讀音，但對應的字群卻相反，如何解釋此一現象？以客語來看，「米瓦雨卵老五」等字屬陰平調的現象，其實還散見在其他客語次方言中。（參見劉澤民 2005）從另一方面來看，屬陰平的大量字群，卻少見於其他的次方言的陰上調中，這說明了客語的陰平調是固有的，陰上調則是後起的，陰上調主要是受北方官話文讀音影響而進入內部體系，而這兩種讀音仍處於競爭當中，導致某些字在各次方言歸屬上的異同。

　　還有一個問題是：如果客語的陰平是固有的，那麼，看似與客語相對立的閩語文白讀，要如何解釋呢？其實跳脫轄字的範圍來看，說穿了，這些文白讀的字群，無論在閩或在客語，原先均應歸屬在同一調，即：閩為陽上（陽去）、客為陰平。因為這類字在官話只顯現出一種優勢的文讀音（即陰上），當陰上進入閩客語系統中時，導致不同地域的字群受到不同程度的影響，因而閩客語的轄字不同。若是如此，接下來又呈現出另一問題，即：代表早一層的白讀音，即閩的陽上（或陽去）與客的陰平，兩者的關連性為何？我們知道，古音正常的演變流程通常為：古次濁上→陽上→陰上。那麼，陰平會在哪個階段形成呢？早於陽上或晚於陽上，或另有其他？陽上調的存在以南方居多，尤以粵語最

為完整，閩、吳語次之。陽上有其語音的分化條件，那麼，客語陰平的分化條件為何呢？

　　客語的陰平不太可能是由陽上演變而來，理由有二：一、客語處在北方官話優勢的上聲與南方優勢的陽上之間，從整個漢語聲調格局來看，很難說明弱勢的陰平從何而來，並形成客語的強勢陰平；二、若以調型上的趨同來串聯今讀陽上、陰平、陰去的古濁上字（嚴修鴻 2002），並以「詞彙擴散」[9]音變中斷的理由來說明客語的陰平現象（鄧曉華 1997、藍小玲 1997、劉澤民 2005），仍然無法說明為什麼在部分次濁平字，也有今讀陰平的一致性，而且次濁去、全濁去在部分方言今讀陰平的情形，也不見音變中斷後可能產生的中間地帶的兩讀音：陰平與陽上。從以上兩點分析，客語的陰平應另有其源，且這源流早於陽上，或許更早於客語定型前。以下，我們再看客語今讀陰入、陽入的古次濁入聲字問題，整體格局將更明顯。

（二）客語今讀陰入、陽入的古次濁入聲字

　　客家話入聲字最主要的特點是：古次濁聲母入聲字今音有的讀陰入，有的讀陽入，哪些字今讀陰入，哪些字今讀陽入，內部相當一致。如次濁入讀陰入的有「月末沒捋綠麥玉篾入納」；次濁入讀陽入的有「日袜木笏六脈額肉」。（黃雪貞 1988, 1997、謝留文 1995）又，贛語古次濁聲母入聲字各地的走向不如客家話具一致性與規律性，有的地方基本上不隨清聲母走，有的地方

9　相關理論說明參見Wang（1969, 1979），或參見本書第二章。

則有大量的次濁入聲字隨清聲母走。（劉綸鑫2001、謝留文2003）看來，客語古次濁聲母入聲字的分化有其規律性，但又似乎無法解釋「規律」為何存在。

藍小玲（1997）更早就注意到古次濁聲母反映在客語的問題，他說：「在平上去入四聲中，次濁聲母都有分為兩類的，一類跟清音讀，一類跟濁音讀，只是地區不同，界限不同。」他把客語次濁的分化時期定在唐代，並把次濁聲母的語音特色歸在介於全濁與清之間，因而一類跟清音讀，一類跟濁音讀。之後隨著地域的變遷而有讀法上的差異，完成分化的時間較晚，因而各地的演變就不是那麼的完整而一致，也因此就影響到之後聲母清化的變化。在這裡，「次濁聲母都有分為兩類」似乎說到了重點，但這種語音現象為什麼只在客語，且普遍分散於古次濁的平上去入，本章對此於後文另有解釋。

古次濁聲母，體現在客語的情形，一大部分與今讀陰平（含陰入）有很大的關連：古次濁平、上、去、入，都有讀成陰平（含陰入）；甚至，在古全濁平、上、去、入，也都有今讀陰平或陰入。從客語的微觀來看，各次方言在某些聲調中已逐漸失去一致性，但在某些點或聲調中仍可見其一致性；若從客語的宏觀來看，古平上去入反映在客語系統上的一致性，不同於其他漢語方言，這應該都不是一種巧合。

（三）客語聲調演變反映出的層次問題

基本上，客語聲調的演變，反映出不同的層次問題，主要為固有層與外來層的疊加。

趙元任（1968: 99）在論〈方言跟標準語〉時，指出了縱橫

之間的關連性，他說：「原則上大概看得見的差別往往也代表著歷史演變的階段。所以橫裡頭的差別往往就代表豎裡頭的差別。」因此，當內部語音出現了不同調的演變現象時，首先要能釐清哪些是固有的，哪些是外來的，具有外來現象的，往往可以從周邊的方言特色找到來源。但是也要小心，不能將方言間共有的演變行為均視為外來層的疊加，因此，進行方言的分層時要注意到內部音變與外來疊加之間的關係。

「陰平」（含陰入，下同）在客贛方言中反映的是更早的層次，今讀去聲的全濁上聲字與今讀上聲的次濁上聲字，可以看做是北方官話影響的外來層，而今讀陰平的古次濁上聲與全濁上聲字，則可以看做是客語的固有層。因此，語言接觸的地理分布，是導致語音變化的一個因素，非只是古濁「歸」陰平的純內部音變，客語同時受到北方官話與南方方言雙重力量的影響。

客語濁上讀陰平的現象，以往多在《切韻》音系的基礎上，視為從上聲分化而來，因而學術界多以濁上「歸」陰平來述說客語聲調的一種演變。Lien（1987）在分析漢語或客方言的聲調系統時，即認為有不同層次的聲調系統，共存在同一音系之內。何大安（1988b, 1994）在分析漢語「濁上歸去」的類型時，亦看出類型上的不同，其實這便是南北方言結構差異的反映。而張雙慶、萬波（1996）考察南城方言的古全濁上聲的今讀後，也看出層次上的不同，並對部分全濁上字今白讀為陰平、文讀為陽去的多音現象，歸結為：「全濁上聲字今讀陰平是南城方言自身的演變方向，而讀陽去是受北方官話影響的結果。」另外，謝豐帆、洪惟仁（2005）從方言地理學的角度來檢視古次濁上聲在現代客家話裡分布的情形，且這分布在廣東境內客家話中，大致呈現了

由南向北遞減、由邊緣到中心逐漸遞減的**趨勢**，並從南部客家次濁上讀成陰平與上聲的比例相當而認為客語是由 A、B 兩種類型的方言融合而成的結果。類似的地理分布在劉綸鑫（1999,2001）的分析中也已看出大概，但同時也看出了讀陰平的全濁上聲字，與讀陰平的次濁上聲字具有相反的地理分布，今整理成表如下：

【表3.4】客贛方言古濁上今讀陰平字的地理分布（一）

語言	讀陰平的次濁上聲字	讀陰平的全濁上聲字	地理
贛	少	多	北
客	多	少	南

　　若以地理分布解釋客語古次濁上的演變層次，那麼，對於古全濁上聲母在客贛的地理分布卻呈現與次濁上相反，如何解釋這種地理分布上相反的情形，這部分於項夢冰、曹暉（2005）有很好的說明，他們認為濁上歸陰平的性質，客語內部相對而言較一致，差別只在轄字的多少，即使轄字少的也多半是口語用字；但濁上讀陰平的性質對贛語而言，缺乏內部的一致性。項、曹以地理分布上的特徵，加以量化、比較並繪圖，今將其結果整理成表【表 3.5】。

　　贛南越近客語區，讀陰平的現象越多，一部分與客語分布在閩粵贛三省地帶有關，另一部分與贛語受北方官話影響較深有關，其特色並從北而南遞減。

【表3.5】客贛方言古濁上今讀陰平字的地理分布（二）

分布點以佔 6% 為標準		客	贛
		分布點	分布點
I	古全濁上（陰平）	94%	25%
	地理分布	較具一致性	集中在東部、南部邊緣地帶，乏向內縱深度，呈帶狀延伸
II	古次濁上（陰平）	87%	2% － 14%[10]
	地理分布	較具一致性	集中在東南部、南部邊緣區

（四）規律的解釋

　　下表為漢語方言聲調演變規律的類型表，前三條與後三條是參考何大安（1994）八個漢語方言聲調比較表而製作的，括弧（）表少數點具有此特色，不具典型性。

　　由下表來看，表南方型的特徵由左而右遞增，相反的，表北方型的特徵由左而右遞減，也不難看出南方型的方言在某種程度上正受到北方型勢力的影響而逐漸變化著。贛客語的特色處在南、北型之間，客語表面上看似次濁上非歸陽上的南方型，實際上是因陽上這個位置已先被陰平佔去，或是說這個位置已由陽上「轉變成」陰平，但從規律演變來看，我們都很難找到語音條件來說明為什麼次濁會演變成陰平、或是陽上演變成陰平？不過，次濁上與全濁上在客語中均有讀成陰平，在某個角度來看又是屬於次濁上與濁上部分同類的南方型。中間 4-8 條規律則是本章針

10　「14%」的情形是以少於 6% 的標準，以 3%～5% 來計。

【表3.6】漢語方言聲調演變的規律與類型

	官	湘	徽	贛	客	吳	閩	粵
次濁上與清上同類（北方型）	＋	＋	＋（－）	＋（－）	＋－	－（＋）	－＋	－＋
次濁上歸陰上（北方型）	＋	＋	＋（－）	＋（－）	＋（－）	－（＋）	－（＋）	－（＋）
濁上歸去（官話型：不含次濁上）	＋	＋	－（＋）	＋	＋	－	－（＋）	－（＋）
次濁上今讀陰平	－	－	－	－（＋）	＋	－（＋）	－	－（＋）
全濁上今讀陰平	－	－	－	＋－	＋	－	－	－
次濁平今讀陰平	－	－	－	－（＋）	＋	－	－	－
次濁去今讀陰平	－	－	－	＋	－（＋）	－	－（＋）	－
次濁入今讀陰入或陽入	－	－	－	－（＋）	＋	－	－	－
次濁上與濁上同類（南方型）	－	－（＋）	－＋[11]	－（＋）	－＋	＋（－）	＋－	＋（－）
次濁上歸陽上（陽去）（南方型）	－	－	－（＋）	－（＋）	－（＋）	＋（－）	＋（－）	＋（－）
濁上歸去（吳語型：含次濁上）	－	－	－	－	－	＋	＋（－）	－[12]

對客語而設計的，從表中也看出這五條規律具有相當的地域性特徵，而客語內部較贛語內部更具一致性。另外，藍小玲（1997）也提到，古全濁上讀陰平的特點，客語在唇舌齒牙喉五音俱全，贛語只有一部分具備此特點，且不夠全面，故而也是一致性與否的區別要點。

有關古全濁上與客語今讀陰平的時間層次，學界大致有兩派看法：1. 濁上歸去早於濁上歸陰平；2. 濁上歸陰平早於濁上歸去。這是以漢語為主體來看的。若以「濁上歸去」音變規律的發生大約在盛唐以後來看，客語在唐宋之後也逐漸成形，又，從此類字群（古全濁上）的文白兩讀來看，陰平為白讀，且多為口語用字，應早於文讀的去聲，因此「濁上歸陰平」的音變規律應早於「濁上歸去」，亦即客語這部分字的「陰平」是先有的。或以地域、漢語方言聲調演變的格局來看，客語的「陰平」應是屬自身的層次。故而從本章觀點來看，便有第三種看法：陰平為固有層，且這個層次早於客語定型前。客語的陰平之後受到整個漢語方言聲調演變的影響：南部漢語方言濁上多歸陽上，北部官話的濁上歸去、濁音清化規律則由北往南擴散。因而導致客語除固有層的陰平外，很大一部分的字群，分派到上聲、去聲。規律強弱的不同，也會導致分派至各聲調轄字量的不同。同樣的問題也呈現在古次濁入客語讀成陰入或陽入。至於有關古次濁反映在客語的陰平與陰入，其可能的來源與演變，以下從客語內部比較，試提出古客語至少有過兩套鼻、邊音聲母，抑或是次濁聲母至少存

11　這部分是因為徽語為次濁、全濁同為陰上或陽上調，或分立成陰上、陽去調。

12　這部分是因為粵語少有濁上歸去的音變現象，多為陽上調。

在過帶前綴音與不帶前綴音的時期。

（五）客語強勢陰平的可能來源與演變

本章認為客語強勢陰平具有兩大力量的抗衡。

前面提到，客語的陰平反映出更早的層次，但這層次卻跳脫了漢語方言普遍的音變格局，因此，「陰平」有可能早在客語定型前即已出現。那麼，我們接著便要問，這個來源產生的機制與過程應該為何？

從周遭的地域方言來看，客贛的臨近方言未有同歸陰平的變化[13]，又，只客贛方言有此特色，顯示這個特色應當很早就有，不然就應反映在其他方言，否則我們便很難說明處在大環境格局的弱勢陰平從何而來，並形成客語的強勢陰平。另外，從歷史源流來看，也找不到任何有關「濁上歸陰平」的文獻證據與語音條件。前面提到過的「詞彙擴散」對「濁上讀陰平」演變的中斷與殘留，也許是一個很好的解釋方法，但除非詞彙擴散發生時，客贛方言還在形成的初期，否則很難解釋目前遍布在各地客贛方言共同類似的演變行為。即使詞彙擴散發生在客贛方言形成的初期，但這仍無法解釋是什麼原因啟動了「濁上讀陰平」，而且表現在各次方言的轄字大致有其一致性，顯示在客語聲調的宏觀上，亦有其一致性（即古濁平上去入均有讀成陰平或陰入）。當我們找不到歷史文獻的支持、語音演變的條件，且周邊漢語方言

---

13 江淮官話的通泰方言看似例外點，具全濁上讀陰平的現象。但魯根據某些特徵，提出「通泰、客、贛方言同源論」、「客、贛、通泰方言源於南朝通語說」，似乎說明了三者在某一程度上的關連性。（魯國堯2003a, 2003b）

也找不到相關的演變行為或提供合理的解釋時，客語「陰平」的來源應有其他，且很有可能早於客語定型前。因此，本章認為「古次濁」聲母反映在客語特殊的演變模式，一來與漢語方言聲調演變的格局有關，二來也與客語形成之前或初期周邊非漢語方言的語音特色有關。

　　對於客語陰平的來源，本章試從內部比較來構擬與解釋。

　　謝留文（2003）指出：「從歷史來看，找不到任何有關『濁上讀陰平』的文獻證據，只能從方言內部比較研究中去推測。」謝對此問題提供了一個很好的觀察方向，即從客語內部比較來推測有關的聲母與聲調演變的問題。我們都知道漢語方言聲調的分化，很大一部分與聲母的條件有關，因此，本節將透過地域上的關連性與內部比較法的運用，試提出古客語至少有過兩套鼻、邊音聲母，或是古客語的次濁聲母存在過帶前綴音與不帶前綴音的時期。以下先就前者來分析，並於後文繼續對後者進行分析。

　　比較法與重建法原則上不仰賴歷史文獻，其重要的兩種假設為：一、一種對應關係只能來自於同一個古音形式；二、後代不同的，假設前代也不同。這兩條原則是屬於方法論而非解釋性的問題，並非絕對性。[14] Norman（1975）運用內部比較，構擬出閩北方言的第九調，並將這種現象視為「弱化聲母」（softened stops）的痕跡。但近代學者，如：平田昌司（1988）、王福堂（2005: 127-136）等則將此現象解釋為語言接觸的成分。不管如何，Norman 最大的貢獻即在於利用內部比較找出問題點。正如

14　有關比較法的探討可參考 Norman（1975）、Norman & Coblin（1995）、Crowley（1997）、張光宇（2003, 2004）。

橋本萬太郎（1985: 33）認為「音韻對應」的發現，「只是研究的起點，絕不是終點。」所以，不可否認的是，比較法在研究方法上來說雖然不是一個很好的終點，但它卻是一個很好的起點，因為我們可以藉此而發現問題、解決問題，至於對無法解釋的問題則需要另闢蹊徑以求解決之道。

運用比較法得出的結果，若不是比較法所能解釋的，往往可能是語言內部系統之外的接觸成分或移民的因素。何大安（2000）也指出，一些語音演變從青年語法學派（Neogramma-rian）的觀點來看似乎找不到答案，換個角度從語言接觸及語言融合的角度的觀點來看，語言演變往往都能得到較好的解釋。

因此，客語在次濁聲母都有分為兩類的情形之下，當找不到歷史文獻的支持與語音演變的條件，且周邊漢語方言也找不到相關的演變行為或提供合理的解釋時，我們便可假設「後代不同的，假設前代也不同」，並將古客語次濁聲母構擬成兩套鼻、邊音聲母：m、n、ŋ、l / m̥、n̥、ŋ̥、l̥。其中，清音這組的解釋，在漢語方言的整體格局中，不會只因內部構擬就可以憑空產生，在語音解釋上應要有合理的解釋性。所以，我們的解釋便要另闢蹊徑，也就是說，清鼻邊音有另外合理的來源。

因為強勢陰平現象只在客贛語區才有，且找不到任何歷史上的語音分化或合流的條件，因此，在運用內部構擬擬出的「祖語」聲母，將局限在客語本身來看。若對外無法從漢語方言得到解釋，從內部也無法解釋的，便可考慮尋求客語周邊其他非漢語方言的語音特色來看。因此，構擬出的清鼻邊音，可能的來源有兩種：一為祖語即有，或二為外來層次。何大安（1988a）透過贛方言的觀察指出一項事實：「今天的漢語方言，無論是哪一支或

哪一個方言，都不敢說是孤立地從它的母語直接分化下來的。在漢語的發展過程中，分化與接觸是交互進行的。」因此，就清鼻邊音這一套聲母來看，從以上的分析中，我們放棄憑空來自於「祖語」的可能性，故而尋求外來層次的可能，而這個來源則求助於周邊非漢語方言的清鼻邊音聲母。這裡所謂的「外來層」後來便成為客語形成時的底層，由此，並成為區別於其他漢語方言的特徵。以下，我們試從古客語清鼻邊音聲母的轉換條件來分析陰平的特性。

客家話是一種陰平調強勢的方言。從客家話聲調特色來看，本章假設客家話是以陰平調為主，且古客語聲母中有清、濁鼻音聲母的對立。古次濁聲母反映在客語有清、濁的不同，依內部比較：反映清聲母的陰聲字，當為另一個清鼻邊音；反映在濁聲母的陽聲字，當為時下的鼻邊音，且這鼻邊音與漢語方言的鼻邊音性質相同。這說明了為什麼會有一部分字的走向與大部分的漢語方言同（即濁鼻、邊音聲母的演變），另一部分字的走向不同於大部分的漢語方言，即清鼻、邊音聲母所形成的陰平字或陰入字，並形成客家話的特色。

從中國少數民族語言[15]的分布來看，偏南、西南、東南的民族語言，許多都有豐富的鼻、邊音聲母。如藏緬語族的彝語、普米語、阿昌語、怒語；壯侗語族的水語、仫佬語、毛南語、拉珈語、黎語；苗瑤語的布努語、勉語、畬語等等，都有清、濁鼻音的對立。甚至在水語，若含鼻冠、喉塞、顎化、唇化的情形，

---

15 參見《中國少數民族語言》（1987）。

具鼻邊音聲母徵性的高達九套，以 n 為例有：nd、n、ʔn、n̥、ndj、nj、ʔnj、n̥j、ndw。以彝語來看，具鼻音徵性的有四套：mb/nd/ŋg、ndz/ndʑ/ndʐ、m/n/ɳ/ŋ/l、m̥/n̥/(n̥)/ɬ 其中，後兩套為南方土語所常見。至於古全濁聲母對應於客語聲調，有沒有可能和鼻冠塞音的轉換有關，本章暫先存疑，因為古次濁的平上去入反映在客語的聲調，較古全濁的平上去入更具一致性與普遍性。

因為客語周邊非漢語方言的鼻邊音豐富，所以當漢語勢力到達時，就會面臨語音接觸及轉換上的問題。語音轉換通常會由自身語言的特色來作為選取準則或轉換準則，問題是，當少數民族無字系統的「鼻、邊音」聲母干擾很嚴重時，它會如何反映在漢字系統當中？在演變過程中，又如何與漢語聲調系統演變規律形成抗衡？因此，這類的語音轉換，顯現在字方面為漢語的系統，但少數民族語的鼻邊音系統則反映在漢語的聲調變化上。是故，據內部比較，原始客語當可構擬出清、濁鼻邊音，只是這個「原始客語」是屬於虛構的，是為了方便於解釋一些現象，在當時，客語可能還沒定型。也就是說，語音、詞彙系統是漢語的，但語音在轉換時，卻把本有的鼻邊音發音習慣帶入語音系統當中，因此導致漢語的古次濁聲母，反映在客語具有兩屬的現象。

客語次濁聲母在運用比較法得出的初步成果，除了清鼻邊音聲母的可能解釋外，本章另從前置輔音的脫落造成次濁聲母字在聲調的分化來解釋，這個解釋並得到藏語拉薩話及其他少數族群語的支持。

胡坦（1980）指出導致拉薩話聲調產生和分化的主要因素有三：（一）聲母清濁對立的消失；（二）前綴音的脫落；（三）輔音韻尾的簡化。其中，前綴音對聲調的影響，主要發生在次濁

聲母字，凡不帶前綴音的次濁聲母字，今讀低調；古音帶前綴音的次濁聲母字，今多讀高調。前綴音之所以會影響次濁聲母變成高調，一方面可能和清音前綴（s-）導致次濁聲母清化；另一方面也有可能在濁音前綴（g- d- m- r- l-）脫落前，本身變為清化喉音，從而導致聲調變高。故而這種情形與客語聲調上的分布呈現雷同，也就是說客語的次濁聲母基本上可分為兩類：一陰調、一陽調。於是聲母上可構擬出一組帶前綴音的次濁聲母，之後聲母清化（相當於上文構擬出的清鼻邊音聲母），反映在今客語聲調為陰平；另一組則為不帶前綴音的次濁聲母，反映在今客語聲調原為陽調，這個陽調後來受漢語方言聲調演變的影響而產生不同的變化。

　　另外，馬學良（2003: 16）也指出藏緬語族、壯侗語族、苗瑤語族均有豐富的複輔音聲母，今有些語言鼻音還分清鼻音與濁鼻音，而藏語的歷史音變存在著「s+ 濁鼻音」變為清鼻音的規則。此外，李方桂（1980）更主張在上古的鼻音聲母之外，可以加上一套清音的鼻音；同時也從來母字與透、徹母互諧的例子，認為上古時代來母也應當有個清音來配。若於古藏緬語存在著兩套的次濁鼻、邊音聲母，那麼，這也許可以說明客語在聲調方面規律的演變，很有可能也受到了藏緬語的影響，抑或在聲調方面部分是與藏緬語具同源關係。也就是說客語各次方言之間，古次濁平、次濁上均有固定的轄字今讀陰平，此或符合或類似於前述「s+ 濁鼻音」複輔音變為清鼻音或陰聲調的規則；而客語各次方言中，古次濁入今音有的讀陰入，有的讀陽入，哪些字今讀陰入，哪些字今讀陽入，內部相當一致。既然古次濁聲母於客語都有固定而一致的字群為陰陽調之分，至少也應該反映出古次濁聲

母於古客語中，可能也存在兩套聲母，一套是由次濁聲母於今客語為陽聲調，一套是由古複輔音聲母[16]（即類似於前述「s+濁鼻音」的結構）於今客語為陰聲調。

古客語構擬出清鼻邊音聲母是就漢語音系結構特點來說的，而構擬出一組帶前綴音的次濁聲母則是就藏、苗語來說的，這兩者在性質上可為一致。因為從宏觀整體面來看，這些都是南方少數族群語具有的特色。

以上，從客語內部的聲調演變來看，客語聲調存在了不同的層次。古次濁字反映在客語的讀音，與古全濁聲母字對應於客語陰平的部分，主要體現為漢語方言與少數民族語的雙重影響，此則成了客語區別於其他漢語方言的重要特徵之一，不論是從地理分布或歷史演化來看，都可以將這類的陰平視為固有層。因此，從客語內部看其聲調演變，推測如下所示：

【圖3.1】客語聲調演變過程（古濁上）

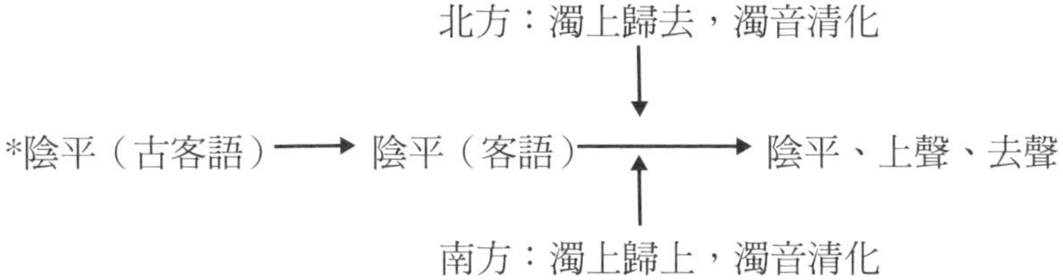

北方：濁上歸去，濁音清化

*陰平（古客語）──→ 陰平（客語）──────→ 陰平、上聲、去聲

南方：濁上歸上，濁音清化

16 本文只能先從漢藏語系與客語次方言的聲母與聲調比較構擬出古次濁聲母或全濁聲母部分字群於今客語讀成陰聲調的原因，至於構擬的複輔音結構成分為何，以及為何以陰平調於客語為特別的發展，此則有待更進一步的驗證。

語言演變有自身的方向性與規律性，亦有其內部的規約性與外部的制約性。

　　客語今讀陰平的「非典型」來源（即非中古清平聲字在今漢語方言讀成陰平的字群），成了客語區別於其他漢語方言的重要特徵。這個「非典型」為本章提供了很好的思索空間。就客語內部來說，「陰平」（含陰入）是較早的層次，古全、次濁聲母反映在客語的情形，包括陰平的本有層與其他聲調的晚起層，這兩個層次建構了客語的聲調系統。而古平聲清音聲母、古次濁上聲、古全濁上聲、古次濁平等四方面，反映在客語的陰平調具有微觀上的一致性；古濁平上去入反映在客語的聲調系統上，也具宏觀上的一致性。李榮（1983）提及漢語方言聲調的分化時，他說：「四聲在方言裡的分化往往拿清濁做條件，次濁有時跟著全濁走，有時跟著清聲走。」然而客語體現的卻似乎更為一致性，這種一致性一方面與漢語方言聲調演變格局有很大的關連性，另一方面也與周邊少數民族語的語音特點有關。

三、古上去聲於客語的分合條件

　　中古平上去入四個聲調因聲母的清濁不同，在漢語的方言系統中，各依自身的語音變化規律，而分別有不同的演變方向，其中大部分的漢語方言系統則共有「濁上歸去」的重要音變現象，但也有一部分客語次方言是往不同的方向演變的，如閩西客語系統的「濁上去歸上聲」，體現在臺灣桃園新屋呂屋的豐順腔中亦有相似的演變情形，甚至具更複雜化的傾向，含弱勢腔受強勢腔的聲調演變，本章擬針對此種現象做一探討。

（一）濁上歸去的普及性

在漢語方言系統中，如臺灣的客語、閩南語、華語等，「濁上歸去」是一個很重要的音變現象，但在桃園新屋的呂屋豐順腔中（屬客語次方言的一支，在臺灣屬弱勢客語，以下簡稱「新屋豐順」），古上聲與古去聲無論清濁，於今豐順客語大部分有合併的情形，因此在歸併調類時，一般是可選擇歸上聲調或歸去聲調，而筆者選擇了前者的作法，此一來符合客語普遍有上聲調的聲調系統，另外，高然（1999: 78）亦將豐順湯坑客方言分為六調，其中，古清上和清去合併成上聲，古濁上和濁去合併成去聲，新屋豐順亦是如此，不過卻更加複雜些，有三種變化情形，分別為：

1. 古清上、清去、濁上、濁去均有歸上聲；
2. 古濁上、濁去亦有歸去聲；
3. 部分上、去聲成無定分調（11~33）。

此外，古濁上或清去歸上聲的情形，亦出現在客語其他次方言，如五華[17]、秀篆詔安[18]等，又如，饒平及觀音豐順亦屬清去歸上聲[19]，此同於新屋豐順；新屋豐順在某些語音系統上反而較接近閩西客語（寧化、清流、長汀、連城、武平、上杭、永定等），其中「濁上去歸上聲」即為閩西客語的特色之一[20]，而不屬廣東系統（惠州、梅州的部分地區）的聲調變化。

17　五華方言參見袁家驊等（2001: 164）。
18　秀篆詔安方言參見李如龍、張雙慶（1992: 5）。
19　分別參見徐貴榮（2002）、溫秀雯（2003）。
20　參見藍小玲（1999: 61）。

畢竟，語音的演變在各地有不同的速度和方向，以下就針對上述所提的問題，探究古上去聲的演變在新屋豐順腔的分合為何，以及它和閩西客語及其他相關方言之間的關連性。

（二）新屋豐順腔與相關方言聲調系統的關係

　　為什麼新屋豐順腔的古上去聲走向看似較複雜，與四縣、海陸客方言的走向不同呢？或許這和它是偏閩西客語系統有關，與四縣、海陸腔的廣東系統不太一樣。雖然豐順縣屬於廣東省，但它與潮州、漳州系列的語音較具密切的關連，在臺灣又長期接觸四縣、海陸腔，以致於在聲調的分化上更不一致。以下便從當地海陸腔的聲調比較中，來看新屋豐順與一般客語的不同處，並從語音及詞彙上分析與閩西客語的關係，以便瞭解其古上去聲分合條件的背景。

　　下表先以廣東客語系統的海陸腔為例做比較，以作為新屋豐順客語與廣東客語系統的區別，其古上去聲走向差別如下表，**黑體字**者為其差異所在。[21]

　　下表可看出新屋豐順與閩西客語系統的關連，含閩西客語系統古上去的分化，另外我們也從古溪母字 k'- 的演化、精莊知章組的分合，以及詞彙的關連，來做一分析如下。

21　海陸、豐順的聲調比較表，參見【表1.1】。

【表3.7】新屋豐順客話古上去聲的分化

古調類	古清濁	例字 唇舌牙齒喉	豐順調類	海陸調類
上聲	清	普鳥瞼	陰平53	陰平53
		扁短古走襖 粉丑口草好	上聲11	上聲24
	次濁	武女五耳遠		
		覽蟻染		陰去11
		奶		
		買暖　軟有	陰平53	陰平53
	全濁	辮弟臼坐旱 被丈斷　上		
		父動件柿亥 婦弟　淨後	去聲33 部分字兼讀11	陽去33 部分字兼讀11
		罷道舊社杏 婦渡　淨後	上聲11 古上聲全濁字 部分字兼讀33	
		近鱔		陰平53
		觯肚　　蟹		上聲24
		笨腐　善紹混		陰去11
去聲	清	放對蓋帳愛 騙透看唱戲		
		片斷假		上聲24
	全濁	便大櫃樹畫 飯袋共壽下	去聲33 大部分字兼讀11	陽去33 部分字兼讀11
	次濁	麵路外二芋		

豐順腔與前面提過的五華及詔安客話，三腔在古上聲的分合承同一系統，均非屬「濁上歸去」，五華語音與梅縣、平遠不屬同一派，與大埔、興寧屬同一派[22]，亦即屬潮州、漳州的閩西系統[23]；秀篆詔安則屬閩西系統，亦屬上杭、武平的「濁上去歸上聲」系統。

　　豐順縣在歷史上曾分屬潮州府及梅縣管轄[24]，不過從古溪母字 k'- 的演化來看，則偏向閩西系統。

　　經學界研究，主張「贛南閩西的客家話才是客家話最近的源頭」[25]，其中之一的特點便是溪母字的讀音保留中古的次清 k'-。在閩西客語及接近閩西的大埔、饒平客話，溪母字（如：溪、褲、糠、苦、殼……等）都唸中古牙音次清 k'-，但這些字在梅縣話卻唸成喉清擦音 h-，或之後演變的唇齒擦音 f-。[26] 這一類的字在臺灣四縣及海陸腔也大都唸成 h- 或 f-，但在新屋豐順腔則大多唸成 k'-，此亦同於閩西系統的特色之一。

　　羅肇錦（2000b：126-127）透過精、莊、知、章聲母的比對，指出閩西客、漳州客、惠州客、五華、興寧等，都保有兩套齒音（ts-、ts'-、s- 與 tʃ-、tʃ'-、ʃ-）。而豐順腔也帶有兩套齒音，可見方言中有兩套齒音的現象，多集中於閩西客語區或近於閩西客語之地區。

　　詞彙方面，接近閩西的廣東客方言，有部分語詞與閩西系統

22　見袁家驊等（2001: 166）。
23　見羅肇錦（2000a: 126）。
24　見高然（1999b: 73）。
25　參見羅肇錦（2000b: 2）。
26　參見羅肇錦（2000a: 126）。

較符合，而不與廣東系統相合，如新屋豐順的「痛」說「疾（惻）」不說「痛」，屬閩西漳州系統常見用詞；「米湯」叫「糜飲」、「筷子」叫「箸」、「河」不叫「河」而叫「溪」等，都與廣東系統不太一樣。從詞彙比對，亦可清楚廣東客家話在潮州的部分（含豐順），偏向於閩西系統[27]。

（三）新屋豐順腔古上去聲的分合條件

客方言古上聲的分化，一般常見的有讀成上聲、去聲及陰平，在新屋豐順則一樣讀成上聲、去聲及陰平，不同的是在古全濁上聲字的歸屬上較不同於四縣、海陸腔，配合下表分別敘述之。

【表3.8】新屋豐順客話古上聲的分化

古調之演變條件 ＼ 豐順今調類			陰平 53	上聲 11	去聲 33	去聲兼上聲 33~11
古上聲	清		普鳥瞼	扁短古走		
	濁	次濁	買暖軟有奶	女五耳遠覽		
		全濁	弟臼坐旱	肚蟹舊社	父動弟柿	婦淨後盡

上表可看出古清上的分化、古濁上的分合情形：

27　參見羅肇錦（2000a: 222-223）。

I. 古清上今讀陰平——例：「普、鳥、瞼」等字。同當地海陸腔的演變。

II. 古清上今讀上聲——例：「扁、短、古、走」等字。同當地海陸腔的演變。

III. 古濁上今讀陰平——例：「買、暖、軟、有、奶、弟、臼、坐、旱」等字。其中「奶」不同於當地海陸，餘演變相同。

IV. 古濁上今讀上聲——例：「女、五、耳、遠、覽、肚、蟹、舊、社」等字。其中「覽、舊、社」不同於當地海陸，餘演變相同。

V. 古全濁上今讀去聲——例：「父、動、弟、柿」等字。同當地海陸腔的演變。

VI. 古全濁上今讀去聲並兼讀上聲——例：「婦、淨、後、盡」等字。部分字同於當地海陸腔的演變，但不同於新竹海陸腔成陽去、四縣腔成去聲的演變。

　　今讀上聲字的，來源於大部分的古清上、全濁上及部分的古次濁上。較不一樣的是，部分的全濁上聲字，如「舊、社、婦、淨、後、盡」在四縣腔讀成去聲、海陸腔讀成陽去，但在豐順腔會讀成上聲，甚至上、去成無定分調，這類字群為數不少。令筆者疑惑的是導致這類字成無定分調走向的原因，筆者認為有兩種可能：

　　1. 豐順腔原無去聲調（或陽去，調值 33），受到當地海陸腔的影響而產生。

　　到底豐順或海陸腔的陽去調是已有存在的呢，還是依語流的

系統性變化而產生的呢？至今仍是一個疑惑。不過，在高然（1999a）調查大陸原鄉的豐順腔，含去聲調亦有六個調類，若新屋豐順腔的去聲調原屬上聲調，那麼在聲調系統上就只有五個調類，較不符合系統性，不過各地豐順腔的聲調演變總是會存在差異性，而去聲調的調值於各地差異也甚多。

2. 豐順腔原有去聲調（調值 33），但受到自身上聲調（調值 11）而合併，或受同一區域四縣腔陽平調（調值 11）或海陸腔陰去調（調值 11）調值的影響而變低，成為部分字兼有上聲與去聲二調類。

此類字的聲調從中古演變至四縣為去聲，四縣的聲調系統無調值 33，且新屋豐順的去聲對應到四縣為去聲，對應到海陸為陽去，若豐順的陽去（調值 33）不見了，以其聲調呈「海陸腔化」的特徵來看，加上自身系統本有調值 [11]（上聲調），故其最有可能的走向便是朝向調值 [11] 而合併，或與調值 [33] 成無定分調。

桃園新屋當地雖是海陸腔方言區，但四縣腔在此地的勢力亦不小，故豐順腔也可能受到四縣腔聲調的影響而產生變化。豐順腔的去聲調與當地海陸腔的陽去調調值相同，都算是個不穩定的調值，語流中容易受 [11] 影響，但去聲調的來源卻很集中在古全濁上聲字，在古清上演化而來的上聲字卻大多不會與去聲成無定分調。較可能的解釋是豐順的去聲調或海陸的陽去調較四縣的聲調系統而言，是各自往不同的演化路線而運行，且在臺灣的蕞爾小島中，因各語接觸頻繁而導致聲調的調值容易產生模糊不清的界限。此種無定分調的情形亦出現在新屋海陸腔的陽去調（調值 33）與陰去調（調值 11）之間。

客家方言區別於其他方言的重要特點之一即為「古上聲的次濁聲母及全濁聲母字，有一部分今讀陰平。」[28] 此特點在新屋豐順腔亦存在，另外讀成陰平的還有少數的古清上字（如：普、鳥、瞰）。但在客語四縣及海陸腔，部分次濁上讀成去聲的，有些在新屋豐順腔則分入至陰平（如：「奶」）或上聲（如：「覽」）。

至於古去聲於客方言的分化，最常見的就是「濁音清化」，也就是古清去仍讀清去，而古濁去則歸去聲（四縣腔）或陽去（海陸腔），但在新屋豐順大部分的古清去則歸上聲，而濁去雖歸去聲，但和上述一樣，在四縣腔讀成去聲，海陸腔則讀成陽去，如「便、大、櫃、樹、畫」，在豐順腔大致讀成去聲，但大部分這類的字，上、去聲亦會成無定分調，以下配合【表3.9】更能清楚古去聲的走向。日後此方言會不會古去聲全讀上聲？以及海陸腔的陽去會不會歸陰去成去聲？都有待後續發展與觀察。

【表3.9】古去聲於新屋豐順客話的分化

古調之演變條件＼豐順今調類			上聲 11	去聲大部分兼讀上聲 33~11
古去聲	清		放對蓋帳愛	
	濁	次濁	（麵路外二芋）	麵路外二芋
		全濁	（便大櫃樹畫）	便大櫃樹畫

28　見黃雪貞（1988: 241）。

可以看出，古清去今讀上聲——不同於四縣、海陸客話，但同於饒平、詔安客話，以及同於大陸湯坑豐順及觀音豐順客話。而且，古濁去今讀上聲兼讀去聲的情形，我們發現新屋豐順的去聲調值與四縣陽平調值相同，也與海陸陰去調值相同，若豐順的去聲（調值 33）不見了，以其聲調呈「海陸腔化」的特徵來看，加上豐順與海陸的 [33] 調值均不穩定，語流中更易與 [11] 混，故其最有可能的走向便是與海陸調值相同的陰去，即豐順的上聲合流，此則不同於饒平、詔安、大陸湯坑豐順及觀音豐順客話。

　　由以上歸結，新屋豐順腔真正的去聲字其實為數不多，可說它的去聲字幾乎完全快與上聲合流了，因而相對的，它上聲字的來源就較為複雜些，有來自大部分之古清上及古全濁上、部分之古次濁上、古清去、以及大部分之古全濁、次濁去。歸究其原因，除了與方言本身內部的聲調系統演變有關外，另一方面主要是受到當地四縣及海陸腔的方言接觸影響所致。

四、大埔客語特殊35調的來源

　　本節從不同於以往的視野切入分析——即內部系統與外部接觸變化的協力，以瞭解大埔客語「小稱」的可能來源。本節主張大埔客語原即不存在小稱詞，小稱調則是後來內外互協變化的結果。地緣關係具密切關連的梅縣、四縣與大埔客語，彼此間的陰平調、陰平變調似乎也存在著密切的關連性，加之大埔客語系統內部規則的運作，使之成為今特殊之小稱 35 調。本章擬從語言演變的「接觸鏈」（the contact chain）與「標記理論」（theory of markedness）來佐證看法，因而本章「內外」的含意指的是從

「接觸鏈」當中可觀察到的內部音變與外部接觸成分之間互協變化的機制。

　　大埔客語具有特殊的 35 調（董忠司 1996，羅肇錦 1997, 2000a，江敏華 1998，張屏生 1998，江俊龍 2003, 2006，曹逢甫、李一芬 2005），其來源至今可說還沒有一個明確的定論。本章擬從語言的對稱與不對稱性、方言周遭的地緣性、梅縣與四縣以及大埔客語的聲調系統、連讀變調規則等四個方面來討論，同時也對前人不同的論證提出問題點。本文認為原先的大埔客語不存在小稱詞或小稱調，特殊 35 調的形成較有可能是因地緣上的語言接觸，加上內部系統的運作而產生。方言間的聲調系統中，我們發現了太多過於「巧同」的現象，例如，大埔客語同於梅縣客語的陰平變調，而梅縣客語的陰平變調又同於四縣[29]客語的陰平單字調。較有可能的現象為，當四縣客語陰平字的單字調 [24] 後加小稱詞「Y^{31}」，抑或梅縣陰平連讀調 [35] 後加小稱詞，進入到大埔客語的系統之中時，大埔客語只接受符合系統內部規則的 35 調，並使得特殊 35 調與原來陰平單字調形成語義上的對立，但不接受系統本來就不存在的小稱詞。

　　本章關心的議題有二：一、由「接觸鏈」導致語言鏈變的可能性，此點擬從地緣接近的三種客方言聲調系統來觀察，並以「標記理論」等相關論證來佐證；二、內部音變與外部接觸成分之間互協變化的機制，方言的演變可因自身選取內部或外部規律的不同而採取不同的路徑來發展。以下分別從三方面來論證，包

29　臺灣的「四縣」客家話，為來自於今廣東省之興寧、鎮平、平遠、五華等四縣之合稱，本章統一以「四縣」概括。

括：特殊 35 調的來源說與問題的呈現、接觸鏈與標記理論、大
埔客語特殊 35 調來源的內外說。

（一）特殊35調的來源說與問題的呈現

　　大埔客語特殊 35 調的來源，歷來大約有五種說法：（一）
董忠司（1996）、張屏生（1998）超陰平調說；（二）江俊龍（1996,
2006）小稱構詞調說；（三）羅肇錦（1997）平分三調說；（四）
江敏華（1998）小稱詞脫落說；（五）曹逢甫、李一芬（2005）
小稱詞脫落＋語法化輪迴說。前四種說法，已有不少文章討論
過，在此我們僅對較有爭議的「小稱構詞調說」、「小稱詞脫落
說」、「小稱詞脫落＋語法化輪迴說」三種說法來回顧並探討。

　　「小稱構詞調」是以詞根單字聲調的變化作為表達小稱的手
段，並不認為前身具有小稱詞形。例如，南部吳語部分方言的小
稱採變調的手段，其中，湯溪方言的小稱變調不管本音的單字調
是什麼調類，一律讀做高平調 [55]。（曹志耘 2001）在大埔客
語小稱變調的形成機制中，江俊龍（1996, 2006）即持小稱構詞
調的觀點，並認為此保有原始客家話的單音節形式。當「小稱構
詞調」在方言中發展成健全的體系時，我們便較難去復原小稱
「可能」的深層結構，因此，對於這樣的一個機制與動因，我們
必須擴大方言比較並採取更謹慎的方法來做進一步的確認。不
過，語言當中利用聲調屈折來區別詞性、表達不同概念的手段卻
也比比皆是。

　　語言中有一種非平行演變的關係，小稱詞亦然。例如，漢語
方言普遍具有小稱現象，但也有少數方言不具有小稱現象，如南
部吳語的浦城方言（曹志耘 2001）、廣東豐順客語（高然 1998,

1999a, 1999b）、新屋豐順客語（賴文英 2004a）等。大埔客語
的「小稱變調」大部分分布在陰平調的轄字範圍，以語言中的小
稱表現來說，分布在陰平調而較少出現在其他調類之時，它的演
變過程通常會以音韻條件為依歸，此較符合語音演變的事實，抑
或在詮釋方面要能合情合理。江敏華（1998），曹逢甫、李一芬
（2005）即從各種現象來考證東勢客語小稱的形成是先經由「連
讀變調」，後經小稱「丟失」而形成。其中曹、李更進一步從語
法化輪迴的角度切入解釋，並將小稱變調的形成過程推演成如下
的六個步驟：

I. 小稱詞 Y 的添加引發了陰平與去聲的連讀變調

$$N^{33}+Y^{31} \rightarrow N^{35}+Y^{31}$$

$$N^{52}+Y^{31} \rightarrow N^{55}+Y^{31}$$

II. 小稱調泛化到其他非陰平、去聲的調

III. 小稱詞語義繼續泛化與虛化

IV. 小稱詞 Y 脫落

V. 小稱調35/55漸失其標誌小稱的作用

VI. 有些小稱詞因為不被認為是小稱詞所以回歸原調，有
些因為具有區別語義等功能而被保留下來

　　大埔客語的小稱詞之所以能丟失，除了輕聲性質的小稱容易
丟失之外，丟失的小稱調比較有可能是中降調的小稱詞，因為這
可以解釋東勢客語為何在單字詞處於非連讀變調環境的降調、低
調或入聲調之中，看不到任何小稱徵性的遺留，那是因為小稱丟
失了，如「李」[li³¹]（李子）、「鴨」[ap³¹]（鴨子）、「葉」[iap⁵]
（葉子）……。然而，這樣比較難解釋的是原先具有語義對立的

小稱與非小稱詞，為什麼會選擇丟失小稱而形成語義上的合併，如「鑽」[tson⁵³] 兼表名詞性的「鑽子」與動詞性的「鑽」……，以及眾多語詞在漢語方言中一般具有小稱詞，而大埔客語卻不具有小稱現象，尤其是親屬稱謂詞。因此，筆者對大埔客語的小稱來源另有看法——從內、外觀點來論，大埔客語的小稱變調較有可能是因地緣上的語言接觸而產生，且因內部系統自身的調節，只移轉符合變調規則的 35 調，而把不屬於內部形式的小稱詞形態拒絕接收。以下我們先來瞭解特殊 35 調的形成與接觸鏈、標記理論的關連。

（二）接觸鏈與標記理論

　　語音演變有所謂的「鏈移」（或鏈變，chain shift），指的是一個音變引發另一種音變的連鎖變化（Hock 1991）。本文主張語言演變當中存在「接觸鏈」的關係，指的是語言或方言之間連環式的接觸影響，加之語言內部系統的運作，接觸的成分會固化（nativized）成系統的一部分而可能不察，而固化的成分又可能成為另一方言的接觸成分，形成環狀相扣。這種接觸的動力主要來自於優勢語干擾（substratum interference，字面義或譯為底層干擾）（Thomason & Kaufman 1988），指的是說話者對目標語的學習或習得並沒有完全的移轉。

　　例如，梅縣、四縣、大埔客語三者之地緣性環環相扣，聲調系統與連讀變調規則也存在著奇妙的連環關係，除了語言之間具有同源關係之外，筆者懷疑某些聲調現象屬於語言接觸鏈，影響變化的原則為：A → B → C →……。然而，文獻中對於次方言間的聲調變化，往往也都還提不出合理的演變機制。以基本調調

值的接近度來看，前述三方言間之聲調系統接近（可能為同源關係，此亦可看出三方言之密切關連性）；以連讀變調規則來看，文化中心地之優勢梅縣客語的陰平變調正好為四縣的陰平單字調，而四縣的陰平單字調又正好為鄰近大埔客語的陰平變調；梅縣客語的陰平單字調正好為四縣的陰平變調，而四縣的陰平變調又正好為大埔客語的陰平單字調，故而我們大膽的推測，大埔客語特殊 35 調的來源很有可能與「接觸鏈」有關。其關連如下所示：

（5）

梅縣客語陰平變調 [35] →四縣陰平單字調 [24] →大埔客語陰平變調 [35]

梅縣客語陰平單字調 [33] →四縣陰平變調 [11] →大埔客語陰平單字調 [33]

依標記理論，大埔客語的「小稱」現象分布在陰平調的轄字範圍，以語言中的小稱表現來說，小稱分布在陰平調而較少分布在其他調類，這是一種非平行性的演變關係；若大埔客語原先即存在小稱詞，那麼原先具有語義對立的語詞就不太會消失的無影無蹤，而只剩下陰平調的區別。小稱語詞語義從對立到非對立的演變，以及小稱在調類分布環境的限制來看，這些都是較不尋常的有標（marked）現象。因而大埔客語較有可能受鄰近方言相近的 35 調影響而移轉到自身的系統當中，一來是因為符合內部聲調系統的連讀變調，二來亦可形成語義上的分別，語詞語義從非對立到對立的演變為較無標的（unmarked）發展。外來的小稱詞

之所以無法進入系統，一來不符合系統內部的語法系統，即大埔客語原先就無小稱詞，二來特殊 35 調已與本字調形成語義上的分別，更無需移借小稱詞形。

以下針對大埔客語特殊 35 調的來源，從內、外觀點做進一步的分析解釋。「內外」的含意指的是從「接觸鏈」當中可觀察到的內部音變與外部接觸成分之間互協變化的機制。

（三）大埔客語特殊35調來源的內外說

本節從不對稱性、地緣性、梅縣與四縣與大埔客語的聲調系統、連讀變調規則等四個方面來討論大埔客語特殊 35 調可能的內外來源。

I. 小稱詞顯現的不對稱性

語言雖然存在不對稱性關係，但總能以較圓滿的詮釋法來圓融不對稱的部分。第一點不平行演變關係表現在大埔客語的小稱調為什麼只出現在陰平字？例如：花、車、刀，其他本調，並不變調，如：狗、凳、桌、球、藥，本文主張 35 調可能即陰平變調。若是陰平變調加上小稱丟失或可做出解釋，但去聲調單字詞的小稱變調，以內部系統平行性的演變關係，應出現高平 [55] 調的小稱變調為多，實則維持基本調 [53] 不產生變化，為什麼會有不平行的演變關係？這些都是較不尋常的現象。

第二點不平行演變關係表現在小稱詞泛化的情形，大埔客語小稱詞出現的轄字量只一、二百字，較一般漢語方言小稱詞的轄字量少之又少，這種情形不是殘餘便是新興，若為新興的現象，通常應該會陸續泛化到其他詞類或調類之中，故而較有可能是一

種殘餘，曹逢甫、李一芬（2005）對此也做了很好的解釋，並認為小稱調泛化到其他非陰平調的轄字中，但其中的轄字卻存在一些問題點。首先，曹、李指出小稱從陰平字泛化到其他調類的字，如「後、馬、鳥、柱、尾、姨」等均有小稱變調，並認為這些非來自於陰平調，故為一種泛化。事實上，除了「姨」為陽平調之外，其他字在客語中均讀成陰平調，因為「部分古全濁上、次濁上聲字讀成陰平」是客語很重要的一條規律，反映客語較早的語音現象，「鳥」雖為全清聲母，但客語白讀音亦讀成陰平，且大埔客語的「阿姨」或「小姨子」，經查閱語料均為「阿姨」，「姨」聲調為 [113] 並無小稱現象，二者同詞形且同音。其次，江俊龍（2003）呈現的語料中，高平調 [55] 是否具小稱現象，其實是可以再商榷的，如「正」（剛（到））、「正」（乍（看很像））、「爛」（（衣服）破（了））……等詞的高平調恐怕為短語或語境之下連讀變調而導致的（從所示的語料當中，似乎存在著「語境」，且正可能為連讀變調的環境），且這些字在其他具小稱現象的客方言來說，並不會形成小稱，也較難形成小稱，其中「污」[man⁵⁵] 在其他具小稱現象的客方言中也沒有形成小稱詞。[30] 另外，仔細查閱江俊龍（2003）的語料，除了「長筴豆」之「豆」「看似」為具有小稱性質的 [35] 調外，其他像是「地豆」（花生）、「豌豆」、「蠶豆」等之「豆」聲調為 [52]，所以具小稱調的「豆」恐怕也是個例外，而非殘餘現象。[31]

---

30 雖然我們不能從方言比較來判別某方言是否具有等同的小稱詞，但藉由相關方言的情形（尤其是「血緣」與「地緣」關係均很相近的方言），不失為輔證的方法，而且也可以呈現方言或語言內部系統的普遍性原則。

31 筆者除了查證書面的相關語料之外，亦請教東勢發音人，發現：（1）「阿

第三點不平行的演變關係亦表現在曹、李文主張的第六點：「有些小稱詞因為不被認為是小稱詞所以回歸原調，有些因為具有區別語義等功能而被保留下來」。以「阿姨」與「小姨子」來說，語料查閱的結果，二者詞形均為「阿姨」，且「姨」聲調也都為陽平 [113]，照理「小姨子」的語義具有小稱意，與「阿姨」在語義上應具有區別，但大埔客語此二詞在詞彙與語音的表現上卻無法區分，難道只因「姨」非陰平字[32]？若其前身有一小稱詞並形成「阿姨」與「阿姨仔」的區別，那麼小稱詞不該就完全脫落而不留痕跡，尤其這是個親屬稱謂詞，較其他類詞彙來說，似乎更不應該從原先的對立關係逐漸失去對立。

II. 大埔客語的地緣性

　　我們參考廣東省地圖與江俊龍（2003）大埔客語的地緣簡介來說明相關的地緣現象。廣東省大埔縣位於省境內東北部，東連福建、南接豐順、饒平兩縣，西鄰梅縣、北與福建永定相接。東勢客語經相關的論證後，說明較有可能來自於大埔高陂鎮（江俊龍 2003，曹逢甫、李一芬 2005），高陂鎮位於縣境南部，韓江中游東岸，南鄰桃源及豐順縣，為當地陶瓷的集散地，作為集市已有 200 多年的歷史。交通來說，高陂鎮享有韓江水運之利，上

姨」意指「阿姨」與「小姨子」，且語音相同，不具小稱意；（2）「爛」、「污」與「長筴豆」之「豆」調值均為[53]。是故，若少數字出現調值[55]，若非語之下產生的去聲變調，最有可能就是不自覺受到優勢的四縣音影響而來，畢竟東勢客語與四縣客語兩者在語流中的聲調表現非常相近，而大埔客語也與梅縣客語的聲調系統（含連讀變調）相近。

32　其他為陰平調的親屬稱謂詞均有語義上的對立，如「阿姑」、「阿舅」等，「姑」、「舅」本字調為陰平，小稱變調時則為特殊的35調。

過汀、梅，下抵潮汕出海，水陸相輔四通八達，為大埔南方的重鎮。

　　由此，我們可以看出大埔高陂鎮是個交通往來發達的城市，相對的，高陂客語在交通便利、經濟繁榮的情形之下，語言或多或少應存在方言接觸上的變遷。[33] 其中，西緊鄰客家的大本營——梅縣，梅縣地區的繁榮情形更不在話下。至於梅縣與「四縣」的關係，清朝有所謂的「一州三府」：廣東嘉應州、惠州府、潮州府和福建的汀州府，清代的嘉應州掌管四個縣——興寧、鎮平、平遠、五華，所以從嘉應州移民來臺灣的客家人叫做「四縣客家人」，高陂客話應容易受到鄰近梅縣或四縣客話的影響而產生某些變異。另外，大埔與豐順二縣毗鄰，同為潮州府，整體的聲韻特色近於鄰近的閩西客話，但在小稱詞方面，本章則認為大埔客語與豐順客語[34] 相同，亦即無小稱詞亦無小稱調，高陂與東勢客語的「小稱變調」則是後起的接觸現象，且此種接觸現象存在已久。這部分我們在以下的聲調系統與連讀變調的比較當中，可間接證明接觸的可能性，同時可說明為何小稱只出現在陰平調，且至今較無法泛化到其他調類。

---

33 語言接觸（language contact）簡單的定義為：在相同的空間點與時間點上，不只於一種語言的使用。（Thomason 2001: 1）以梅縣、大埔兩地互動來看，確實可能存在不只一種語言的使用。

34 豐順客語人士移民至臺灣桃園的不同地區之後，各自產生了不同的變化，其中新屋豐順客語聲調調值受周遭海陸腔的影響而近「海陸腔化」，但小稱詞未受影響，與原鄉相同均無小稱詞；然而，觀音高姓的豐順客語則受周遭四縣腔的影響而趨「四縣腔化」，連小稱詞也都受到影響而產生與四縣趨同的[e⁵³]。從原鄉豐順與臺灣豐順客語的小稱發展，且觀音豐順的部分語詞具小稱、部分詞語則不具小稱，加之地緣上的方言比較等等，在在都顯示觀音豐順客語小稱詞的形成機制與動因，是屬於典型語言接觸影響的例子。（參見賴文英 2004a）

III. 從梅縣、四縣、大埔客語的聲調系統來看

以下先比較高陂、東勢、梅縣、四縣客語的聲調調值：

【表3.10】聲調比較表

	陰平	陽平	上聲	去聲	陰入	陽入
高陂（江 2003）	33	13	31	52	2	5
東勢（江 2003）	33	113	31	52	2	5
梅縣（黃 1995）	44	11	31	53	1	5
四縣（羅 1990）	24	11	31	55	<u>21</u>	<u>55</u>

　　我們發現四種方言的聲調調值很接近（調值上的接近或反映某種同源現象），去聲除四縣為高平外，其餘均為高降，陰平除四縣為升調外，餘為中平。高平、高降、升調、中平這四種調型，正好牽扯到所謂大埔客語「小稱變調」的情形。尤其筆者在初聽東勢客語時，除了東勢客語的聲、韻特色偏於閩西客語之外，語流中聲調的表現則與四縣非常雷同，且高陂、東勢、梅縣三者均因連讀變調而各產生兩種新的調值：[35] 與 [55]，這兩種「新」的調值正為四縣的基本調形式，因而下面我們再來比較三處方言的變調規則。

IV. 從連讀變調規則來看

連讀變調規則中，尤要解決的是陰平變調與去聲變調的問

題。[35]（高陂與東勢客語的變調規則相似，以下以東勢為例）以下引述，東勢客語來自江俊龍（2003）、梅縣客語來自黃雪貞（1995）、四縣客語來自羅肇錦（1990）：

（6）東勢陰平變調

　　[33]→[35] / ＿＿＿ {[113]、[31]、[2]}

　　（陰平調在陽平、上聲或陰入前要變成[35]調）

（7）梅縣陰平變調

　　[44]→[35] / ＿＿＿ {[11]、[31]、[53]、[1]}

　　（陰平調在陽平、上聲、去聲或陰入前要變成 [35]調）

（8）四縣陰平變調

　　[24]→[11] / ＿＿＿ {[24]、[55]、[5]}

　　（陰平調在陰平、去聲或陽入前要變成陽平調[11]）

這裡有幾個現象可以注意：

（A）　東勢與梅縣的陰平變調接近，差別只在於去聲環境的有無。

（B）　東勢的陰平變調正好是四縣的陰平未變調，即：

（9）

　　陰平 + {陽平、上聲、陰入}

　　35/24 + {113/11、31/31、2/<u>21</u>}

35　東勢另有陽平變調（陽平調在另一陽平調之前要變成陰平調），因與本章較無關不另談，這裡只比較陰平變調與去聲變調。

（斜線前表語流中的東勢調，斜線後表四縣調）

（C） 梅縣陰平變調環境所具有的徵性正好與四縣陰平變調
環境的徵性互補，即：梅縣陰平字在後字聲調徵性為
[-高]時，陰平變調；四縣陰平字在後字聲調徵性為
[+高]時，陰平變調。

　　三種方言的連讀變調似乎呈現奧妙的連環關係。漢語方言
中，A方言的連字調有可能變成B方言的單字調嗎？這也是學
界普遍長期未解的疑惑，也就是說梅縣、四縣與東勢客語的陰平
單字調與陰平連讀調，可能具有如下的關係：

（10）

　　梅縣客語陰平字的連字調[35]　＝（近於）　四縣客語
　　陰平字的單字調[24]
　　四縣客語陰平字的連字調[11]　＝（近於）　東勢客語
　　的陰平字單字調[33]

以及如下的關係：

（11）

　　梅縣客語陰平字的單字調[33]　＝（近於）　四縣客語
　　陰平字的連字調[11]
　　四縣客語的陰平字單字調[24]　＝（近於）　東勢客語
　　的陰平字連字調[35]

雖然調值上 [11] 與 [33] 有所差別，但都同為平調當中的非高平調。上述具有地緣空間關係的三種方言，我們推測具有 A → B → C 的接觸鏈關係，而且是雙線發展的格局，如下所示：

【圖3.2】梅縣、四縣、大埔客語的接觸鏈關係

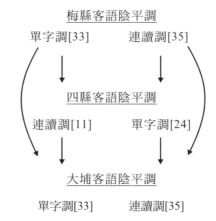

　　不過，此處也不排除大埔客語的陰平調（含連讀調）直接受梅縣客語的影響，而產生系統接受的 35 調，但一樣不接受系統本就不存在的小稱詞形態。

　　梅縣客語為客家的大本營，為周遭地區相對的優勢語，較容易影響四縣、大埔，四縣相對於大埔客語亦為優勢語，也容易影響大埔，地緣上，三者正好呈現接觸鏈的連環演變關係。[36]

　　再來需要瞭解的是去聲變調的情形，四縣客語去聲為高平，

---

36 此種接觸鏈關係或許可以提供聲調演變另一種思考的方向：次方言間的調類之所以調值互異，一部分或與連讀調有關，而這也可以解釋為什麼有時候連讀調才是本調的可能，以及次方言間的調類演變通常呈現整齊而一致的變化原因。然而這只是初步的假設，非本章主題，故只提相關問題以利後續研究。

無去聲變調，且無高降調，梅縣與東勢客語的去聲為高降，變調後才有高平調。比較如下：

（12）梅縣去聲變調

[53]→[55] / ____ {[31]、[53]、[11]、[1]}

（去聲調在上聲、去聲、陽平或陽入前要變成去聲調[55]調）

（13）東勢去聲變調

[53]→[55] / ____ {[31]、[52]、[2]、[5]}

（去聲調在上聲、去聲、陰入或陽入前要變成去聲調[55]調）

梅縣與東勢客語的去聲變調，差別只在於後字為陽平或陽入時的變調與否，其餘相同。顯示，梅縣、東勢客語的去聲變調與四縣客語的去聲調，語流中傾向於趨同。

從上述四點論證，本文主張原先的大埔客語不存在小稱詞[37]，同於鄰近的豐順客語。大埔客語自身系統的高降調並不因為外來具有小稱詞的詞根聲調為高平而受到影響，仍維持系統內部無小稱詞的高降調，但小稱 35 調的形成則與自身及四縣、梅縣客語的陰平單字調、陰平連讀調有密切的關連性，加之自身系統內部規則的運作，使成為今特殊之 35 調。也就是說大埔客語同於梅縣客語的陰平連讀調，而梅縣客語的陰平連讀調又同於四

---

37 雖無小稱詞，但另有專指小的「子」，如「豬子」（小豬）、「牛子」（小牛）等，出現在動物後代為多。

縣客語的陰平單字調，當四縣客語陰平單字調 [24] 後加小稱詞「Y³¹」，抑或梅縣陰平連讀調 [35] 後加小稱詞，進入到大埔客語的系統之中時，大埔客語只接受符合系統內部規則的 35 調，而不接受系統本來就不存在的小稱詞，並形成 35 調與原來陰平單字調語義上的對立。至於高陂後來產生的單音節後綴形式的小稱詞「ə」則是後起的，為曹逢甫、李一芬（2005）所論語法化輪迴的新興現象。配合上述梅縣、四縣、大埔客語的接觸鏈關係，我們可將大埔客語特殊 35 調的衍生過程整理如下：

【圖 3.3】 大埔客語特殊 35 調的衍生過程

大埔客語不存在小稱詞（同於鄰近的豐順客語）

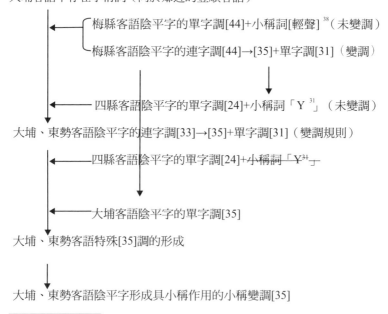

梅縣客語陰平字的單字調[44]+小稱詞[輕聲] [38]（未變調）

梅縣客語陰平字的連字調[44]→[35]+單字調[31]（變調）

四縣客語陰平字的單字調[24]+小稱詞「Y³¹」（未變調）

大埔、東勢客語陰平字的連字調[33]→[35]+單字調[31]（變調規則）

~~四縣客語陰平字的單字調[24]+小稱詞「Y³¹」~~

大埔客語陰平字的單字調[35]

大埔、東勢客語特殊[35]調的形成

大埔、東勢客語陰平字形成具小稱作用的小稱變調[35]

38　歐陽覺亞等人在2005年編著的詞典當中，梅縣客家話聲調的調值與黃雪貞（1995）標示雷同，但小稱詞的標示不同。黃以「兒」[e]輕聲表示，歐陽等人則以「欸」音[e³¹]表示，後者與今之四縣客語較相近。

五、本章結語

　　本章第一節我們先點出客語音韻演變方面的層次問題。而後於第二節依前人的研究成果，主要就古全、次濁聲字反映在現代客語中的四條規律，並就漢語聲調演變的格局，分析客語強勢陰平的可能來源與演變。我們認為古次濁聲母於古客語有過對立，並構擬成：清、濁鼻邊音聲母的對立，或帶前綴音與否的對立。其理由整理如下，希望日後能有更多的證據來支持本章之論點。

（一）本章透過地域上的關連性與內部比較法的運用，試提出古客語至少有過兩套鼻、邊音聲母，或是古客語的次濁聲母存在過帶前綴音與不帶前綴音的時期，此論點並從藏語拉薩話與其他少數民族語當中得到支持。

（二）客語特殊的聲調行為，其特徵跨地域性強，少見於外緣及其他方言，從漢語方言的宏觀面來看，說明不太可能是單純內部音變的結果，否則很難說明其他相同的音韻條件卻無類似的演化，而且也很難說明處在大環境格局的弱勢陰平從何而來，並形成客語的強勢陰平，其來源應另有其他。

（三）在找不到其他相關的歷史證據時，從客語內部比較構擬著手，並構擬出古客語可能有過清、濁鼻邊音聲母的對立。本章先假設這個清鼻邊音與周邊非漢語方言的語音特點有關，形成了具有文字系統的漢語方言，與非文字系統多套鼻邊音聲母的非漢語方言，在語音轉換時，這兩大力量形成了拉鋸戰。

（四）學術上多半認可客語與南方少數語有過密切的接觸關

係。當不同語的語音接觸後欲進行語音的調整或轉換時，如何將南方語言多套的**鼻邊音聲母**（含前綴音）調整或轉換成今客語的面貌，尚無人提出過說明，但這並不表示就不存在過。若從漢語聲調的演變觀點、並以客語內部構擬來看，客語今讀陰平調、陰入調的轄字範圍大體一致，反映在更早可能是個清鼻邊音，而這個清音的產生又可能與前綴音有關連。但我們無法說明客語周邊的漢語方言為什麼看不出有類似的演變問題，這也許和各語地域上的分布有關，也和客語形成的初期有關。

第三節探討古上去聲於客語次方言間的分合情形，其實很大一部分和次方言的地域分布有關。因而此處我們舉藍小玲（1999: 58）在《閩西客家方言》以宋詞為例，並舉籍貫江西臨川人晏殊之詞作參照，來分析現代客語的聲調特點，以作為本章結語，其中藍小玲指出「現代客方言的濁上、濁去歸清上、或濁上濁去歸清去，或清上、清去合，濁上、濁去合，居然都能在這些詩詞中找到，正可說明客語的演變是有所承的。」而這些情形在新屋豐順腔也能一一對應，如：清上、清去、濁上、濁去均有歸上聲的；濁上、濁去亦有歸去聲的，問題是這些是承歷時演變而來呢？抑或承共時接觸而來呢？從方言所處的地域性與強弱性，或可見，新屋豐順腔古上去聲的演變有所承亦頗為複雜，但其實其語言變化兼具內部系統與外部接觸演變的動因。

第四節我們總結梅縣、四縣、大埔客語，三者存在同源關係，其中聲調隨著地域或時間性的分化當中又相互影響，從而造成某

些成分成為接觸關係，甚至為接觸鏈的關係。因而本章主張原先的大埔客語不存在小稱詞，與鄰近的豐順客語相同，特殊 35 小稱調的形式是後來經由接觸加上內部系統規則的運作而進入到系統內，並形成與其他基本單字調語義上的區別。當然，我們無法為語言或方言之間的接觸鏈關係找到直接的語言證據，但透過標記理論說明大埔客語特殊的 35 調應非純內部音系所產生，加之從地緣比較發現鄰近方言之間聲調調值的過於接近性，應非巧同現象，故而大埔客語特殊的 35 調較有可能因外部成分的進入之後，由內部音系加以調和而生成，此亦符合語詞語義從非對立到對立演變的無標發展。本章或可證明區域中的語言存在「接觸鏈」的關係，此也可為大埔客語特殊 35 調的來源找到較好的解釋。今將相關論證整理如下：

（一）若大埔客語原先即存在小稱詞，那麼原先具有語義對立的詞就不該消失的無影無蹤，而只殘存在陰平調並與基本調構成區別，且依標記理論，小稱分布在陰平調的調類環境，以及小稱語詞語義從對立到不對立的演變屬有標的，均非屬常規的發展，除非另有較好的解釋。

（二）若大埔客語特殊 35 調的形成，是因連讀變調進而小稱脫落才形成，那麼，站在方言內部系統的平行性演變，也應同具特殊的 55 單字調才是，但卻不然。且此類詞在客方言中，也較不容易產生小稱詞，語料中呈現 55 調的出現環境似乎多為語境下的連讀調，抑或受區域優勢語干擾而形成的特殊 55 調，且狹字量極少，更加說明特殊 35 調的形成，應非純由內部系

統滋生而來。

（三）由鄰近豐順客語不存在小稱現象，亦可輾轉證明大埔特殊的35調較有可能為後來才進入系統之中。原鄉豐順不帶小稱詞，到了臺灣兩地豐順客語各自產生不同的變化來看，新屋豐順聲調系統趨於海陸腔化，小稱詞卻進不來系統之中，但觀音豐順的部分詞彙則受四縣客語影響而逐漸帶小稱詞。方言的接觸演變，可因自身選取的規律不同而採取不同的路徑來發展。

（四）對於同屬客語次方言且具有地緣性關係，又政經發展具有優、弱關係的梅縣、四縣、大埔客語來說，三者間的聲調調值與連讀變調系統具有如此契合的相似性，應非屬巧同，除了來自於同一祖語的分化之外，其接觸影響應也不能忽略。

（五）大埔客語之所以有能力移轉鄰近方言相似的35調，一來是因為符合內部聲調系統的連讀變調，二來亦可形成語義上的分別，語詞語義從非對立到對立的演變為較無標的發展。外來的小稱詞之所以無法進入系統，一來不符合系統內部的語法系統，二來特殊35調已與本字調形成語義上的分別，更無需移借小稱詞形。

（六）移轉可以具有選擇性，大埔客語特殊35調的移轉是屬於長期的接觸影響（或為常規性的借用關係（borrowing routines），見 Thomason 2001），梅縣、四縣、大埔客語之間部分聲調與變調系統的「接觸鏈」關係即為如此。

（七）是不是有可能直接移轉自周邊粵語特殊的35調呢？答案是不太可能。粵語特殊35調的形成與多種調類有關，大埔客語的小稱變調沒有道理只移轉陰平調而不移轉其他調類，且粵語基本調[35]為陰上調非陰平調，而粵語小稱變調的變調規則也與陰上調[35]無關。另，粵語的小稱變調較有可能經過了類似於兒化的階段（Chao 1947），非屬於小稱構詞調。

第四章　詞彙接觸

　　在探討漢語方言的詞彙特點時，大抵從詞義、構詞和詞源三個方面入手，而不同的方言之間，其特殊的方言詞詞源大致可分為三種不同的來源，分別是：（一）古漢語之沿用；（二）方言之創新；（三）借詞。

　　有關詞源的探討，從《爾雅》詞彙釋義開始，以及《方言》的採集與排比各方言詞彙，一直到《說文解字》結合字的形音義來探討詞彙，漢語詞彙學這一學門的存在，其實由來已久，但有關方言詞彙的探討大體不離詞彙結構與詞義探討為主，有關詞源全面性的分析反而著墨不多。大陸在這一方面較國人有深入探討的，如王力《同源字典》、《漢語史稿》，羅常培《語言與文化》等，但仍以所謂的「普通話」為主要對象；至於有關方言借詞源流的全面性探討更加闕如，尤其在客、閩語當中，存在著許多似無漢字的本源問題，此一來客語與南方少數族群之間具有某種底層詞的連結，也就無本字可考；二來則是因為仍查無所謂的漢字本字；但卻有更多看似有漢字本字，但實則卻不知其來源。對於西方學者主張：「每一個詞都有它的歷時來源」來說，這的確是一個難解的詞彙歷時源流問題。

　　客語中的借詞，有來自於漢語方言，如來自於粵語的「腬條肉」（里脊肉）；也有來自於非漢語方言，而非漢語方言又分來自於南方少數民族，如來自於畬族語的「偼」（畬，指人；客語

「一僑」指一個人），以及來自域外各族的，如來自於日語的「en[24] sok[5] k'u[11]」（遠足）。另外，借詞的情形，總是合久分、分久合，或是融合成一體，時間一久，到底是誰借誰的詞，常常也會釐不清這一層關係，例如，即使是來自於北方漢語（古漢語）的詞彙，北方漢語中也有「南染吳越」的話語，如「藻」$[p'iau^2/p'eu^2]$（浮萍，今北方漢語已不使用「藻」）字，此卻與西南少數民族語的壯語、水語、毛南語等具詞彙上的同源關係，其語音分別為「$piəu^2$」、「piu^2」、「$pieu^2$」，故而，我們便很難斷定此字是屬古漢語之沿用，抑或是來自於西南少數民族語的古借詞、底層詞、同源詞等。

　　本章主要目的是想藉探討客語借詞，以瞭解客語詞彙的源流層次。方法上將從詞彙歷史源流的演變、語音和同源詞的對應關係，以及共時方言之間的對應關係，並配合各家考證的語源文獻，嘗試將客語來自於漢語（主要包括閩、粵、贛語，以及臺灣客語次方言間等近代借詞）與非漢語方言（其中包括客語底層詞的壯侗、苗瑤、畬、南島語等，古借詞的蒙古語、古西域語、馬來語等，以及近代西洋、日語借詞等）的借詞層次做一整理，以瞭解客語在歷時的演變當中，其民族的變遷與表現在詞彙文化層面的交替變化。架構如下：一、借詞；二、漢語與非漢語方言的借詞；三、借詞的策略與層次問題；四、本章結語。

一、借詞

　　所謂的借詞（borrowing），廣義的涵義等同於外來詞（loan word）。以詞彙借入的時間劃分，大致上，可分為早期借詞與

近代借詞兩部分。早期借詞大部分為各漢語方言共同使用的詞彙，而這一類的借詞不是成了方言特色的底層詞，就是屬方言之間的同源詞，很難去釐清或區分清楚是否是誰借自於誰的關係；近代借詞的部分，各方言間則容易產生比較多各別差異的詞彙存在。另外，借詞以形式上劃分，可分為兩大類：1. 文化移借（cultural borrowing），指的是兩種不同的文化接觸後，對語言所產生的借代關係；2. 方言移借（dialectal borrowing），指來自不同方言之間的移借關係。透過借詞的研究可為文化找出歷時演變的痕跡，同時反映出語言（或方言）文化的異質性，譬如，在雙方言或多方言社會的接觸之下，因為文化的互動頻繁，而使得彼此的音韻、詞彙、語法相互影響，產生了借用、趨同，或消失、取代等之變化。

各方言在發展過程中，不可避免地會從其他方言和語言當中，吸收一些語言變體（linguistic variety）進入到自身的語言系統當中，但這決不能作為方言本身來源的主要依據，也就是說，有些只能反映部分借詞的底層現象，例如，漢語當中普遍借入了不少佛家語詞彙，如：世界、佛、塔……等，且普遍成為各漢語方言的共用詞彙，但這些語詞並不能代表他們之間有何親屬上的淵源關係。而這些來自於不同語言的語言變體，在各別的時期，分別成為方言在自身的語言結構上所表現出的痕跡，就代表了方言在不同時期的語言層（linguistic stratum）。

客語中的借詞，有來自於漢語方言，也有來自於非漢語方言。其中，非漢語方言又分來自於域內各族與來自於域外各族。因此筆者嘗試將客語中的漢語與非漢語方言的借詞層次做一整理，以瞭解客語在歷時的演變當中，其民族的變遷與表現在文化

層面的交替變化。

　　需要說明的是，部分語詞並非源自於某方言自身，也可能來自於各語言相互間的輾轉流動，例如，客語「鯪鯉」（穿山甲）最先可能借自苗瑤、壯侗語或其他漢語方言，但壯侗等語又借自南島語，是故，南島語才是其本源的底層詞。本章探討時，儘量就原始的底層詞概念來論，並論及各語之間的關連性。

　　本章比較的語料，除客語為筆者調查外，其他語料主要參考文獻有以下，少數民族語者則原文引用語料。

1.　王力 1980《漢語史稿》。

2.　王均等編著 1984《壯侗語族語言簡志》。

3.　王堯主編 1998《苗、瑤、畬、高山、佤、布朗、德昂族文化志》。

4.　毛宗武，蒙朝吉編著 1986《畬語簡志》。

5.　北京大學中國語言文學系語言學教研室編 1995《漢語方言詞彙》。

6.　李如龍 2001《漢語方言學》。

7.　李如龍、莊初升、嚴修鴻 1995《福建雙方言研究》。

8.　李如龍、張雙慶主編 1992《客贛方言調查報告》。

9.　施朱聯主編 1987《畬族研究論文集》。

10.　張光宇 1996《閩客方言史稿》。

11.　游文良 2002《畬族語言》。

12.　黃雪貞 1995《梅縣方言詞典》。

13.　詹伯慧主編 2002《廣東粵方言概要》。

14.　鄧曉華 1994〈南方漢語中的古南島語成分〉、1996〈客家方言的詞彙特點〉、1999〈客家話跟苗瑤壯侗

語的關係問題〉、2000〈古南方漢語的特徵〉。

15. 練春招 2001〈客家方言與南方少數民族語言共同詞語考略〉。

16. 羅美珍、鄧曉華 1995《客家方言》。

17. 羅常培 1989《語言與文化》。

18. 羅肇錦 1998〈客話字線索與非本字思索〉、2000〈梅縣話是粵化客語說略〉、2002〈試論福建廣東客家話的源與變〉。

二、漢語與非漢語方言的借詞

客語各次方言中屬漢語方言或非漢語方言的借詞，包含了因長期借詞而成方言的底層詞。以下舉例則列出和各語同源的詞表，或列出在其他語中所能對應的同源詞。本章中所舉借詞基本上屬客語各次方言共有，因而以下舉例以桃園客語為例，有例外者另說明，客語各次方言間可通用者，以調號表示，無法通用者，才以調值表示。

（一）來自閩語

閩、客之間的關係，在地理分布上常如影隨形，有客就有閩，有閩就有客，從大陸到臺灣多半如此，因此惠州府屬的海陸客話、潮州府屬的豐順客話，無形間就吸收了不少具地緣性的閩南詞彙，而有別於來自嘉應州的臺灣四縣或大陸的梅縣詞彙，如新屋豐順的「金瓜」[kim¹ kua¹]（南瓜），以及新屋豐順與海陸話相同的用詞「糜」[moi²]（粥，稀飯）、「恬」[tiam³]（累）、「枵」

[iau¹]（餓）、「蜘蛛」[ti¹ tu¹]（蜘蛛）、「箸」[ts'u⁶]（筷子）、「阿嬸」[a⁶ tsim²]（嬸嬸）、「淳茶」[t'in² ts'a²]（倒茶）、「使妮」[sai¹ nai¹]（撒嬌）、「閑箆」[hia¹ pai¹]（囂張）、「漏氣」[lau⁶ k'ui⁵]（比喻行為表現令人喪氣）……等等，這些詞彙可分別從客語、閩南語的音韻、詞彙系統比較，再加上與其他客語次方言相較，從一些簡單的比較不難得知，此些詞彙應是從閩南語詞彙而來。部分說明如下。

「南瓜」為外來種瓜果，於苗栗四縣為「番瓜」，外來物種或冠以「番」字，或海陸腔以「黃色的瓠」而將之命名為「黃瓠」，瓜果命名的思維方式常與各族群於區域性的分布與思維有關，而閩南族群則取「金色的瓜」而命名為「金瓜」。客語大型的瓜類拿來吃之前處理的動作用法為「刣」，即「刣黃瓠」（殺南瓜），因有黃姓人家，認為此詞具有殺自家姓的禁忌，故而避諱「黃瓠」的說法，並以借自閩南用詞且具有討喜的「金」成「金瓜」來改稱，且「金瓜」一詞具有類推至非黃姓人氏所用，但對部分黃姓客家人士來說，此是因禁忌而來的借詞。豐順客語也用此詞，由於豐順客語於臺灣周遭為強勢的海陸客語，於大陸周遭則為強勢的閩語，因而豐順客語是直接借自於大陸，抑或借自於臺灣，我們尚不敢肯定，而這也是閩、客之間共用詞彙方面常具有的問題之一。

「使妮」、「漏氣」，二詞彙若從客語音韻系統來看，不論是文讀或白讀，上述之音均不符合客語之音韻系統，反而與閩語系統較接近。客語「使」之音應為[si³]、「妮」之音應為[ni²]、「漏」之音應為[leu⁶]、「氣」之音應為[hi⁵]，且「漏氣」正常之音為[leu⁶ hi⁵]，字面義為輪胎或氣球之氣漏氣了，實則此詞意

之正確用詞應為「漏風」；又客語本有「做嬌」（撒嬌）一詞，當一語言系統具兩詞表同一語義時，其中一詞便有可能是借詞。由前種種情形，說明「使妮」、「漏氣」當為借自閩語的外來詞。「枵」也是類似情形，對苗栗四縣，此詞為「飢」，且苗栗四縣較少以零聲母起始的 -iau 韻，而對豐順或海陸客語而言，其音韻系統當中，其零聲母的情形均無以 i 起始之韻，此類音的聲母通常為 ʒ-，顯示著唯獨「枵」似乎是個例外詞，若非保留古音現象之殘餘例外，那麼就是借自於具有地緣之便又具強勢的閩語借詞了。

此外，客家族群早期居住地以山區為主要，如客諺「逢山必有客、逢客必住山」、「無山不客、無客不山」，此即反映出早期客家的山居環境，因而客家人較少海洋生物的詞彙命名，此類詞或直接以音與詞彙形態而借自於鄰近的閩南語，如客語各腔多一致為「透抽」[tʰau³¹ tʰiu⁵⁵]（透抽）、「小管仔」[sio⁵⁵ kŋ⁵⁵ a³¹]（小捲），前兩者在不同的次方言間或不區分而以華語直譯成（如四縣腔）「鎖管」[so³ kon³]；但閩南話中海洋生物的詞彙，不少是在日治時期時借自於日本語，因而客語或直接借自於日本語，抑或輾轉再從閩南語借來，如「タコ」[tʰʻa⁵⁵ kʻo³¹]（章魚）；抑或直接自華語譯音，如「花枝」[fa¹ ki¹]（花枝）；不過也有少數詞會以客家族群的思維而命名，如「魟魚」因很像廚房中用的鍋蓋，因而稱之為「鑊蓋魚」[vok⁸ koi⁵ ŋ²]。

（二）來自粵語

粵方言本身並非純屬中原漢語直接「移植」下來的漢語方言，而是在楚方言的基礎上，再加上當地原有的民族語言（壯語

為主）慢慢形成今日之廣東話（羅肇錦 2000b: 152）。而閩、粵、客之間的關係，在大陸的地理分布上，呈三角地帶，尤其粵、客在廣東的地理位置更為密切，因此客語當中，便有很多語詞與粵語同源抑或從粵語借來。此外，羅肇錦（2000b, 2002b）從聲、韻、調、詞彙考證，論證梅縣是粵化客語。若如此，那麼客語中應有不少詞借自於粵，而粵、客間應也有很多語詞具同源關係。常見的借詞則有──「胸條肉」（里脊肉）、「髀」（大腿）、「飯糝」（飯粒）、「係」（是）、「煠」（以水煮）……等等，以及在意義上產生變異（有關意義變異詳見以下「借詞的策略」）的「嬲／尞」（玩耍、遊憩）、「嫲」（女稱）、「薳／倈」（兒子）、「靚」（漂亮）等等。只是，有些詞如「嬲／尞」，或共同源自於西南少數民族語，抑或客語輾轉來自於粵語。

李榮（1985: 98-102）考證出吳語本字「渠」（或做「佢」）（他）、「擘」（分裂開）等，這些字，吳、客、粵語彼此間亦有同源關係。

（三）來自贛語

客、贛歷史上關係密切，彼此的語言特點又很相近，故而歷史分片上曾合為一方言區，但兩者在音韻及詞彙上仍有明顯的區別，在詞彙差的部分，則反應在一部分常用口語詞的不同中。（鄧曉華 1998）因而客贛詞彙的借用關係不易釐清，在此暫不舉例，但不可避免的，一定會有某些詞彙具有互借、共用的關係存在著。有關客贛語之關連，可參考鄧曉華（1998）、劉綸鑫（1999）、江敏華（2003）等人相關之研究。

（四）不確定來源——或其他漢語方言，或自行命名

豐順腔的「包菜」（高麗菜、洋白菜）一詞，均不同於一般的臺灣客語詞彙，與大陸的梅縣客話同源，此外，此詞彙具有同源關係的另有：南昌（贛）、福州（閩）、武漢（官）、揚州（官）、長沙（湘）等，亦為「包菜」一說。

另有一些詞彙尚不確定其來源，如四縣腔的「天光日」（明天）、海陸腔為「韶早」，其來源為何，尚不確定，但也有可能同四縣的「恁仔細」（謝謝）一詞一樣，為大陸客話不常見之用詞，而有可能是臺灣客語自行所形成的區域方言用詞特色。

客語與漢語方言來源不同的，或為客語本身獨有的特色，但也有可能來自於其他的非漢語方言。以下便從各語之語料對應，並參考各家學者考證，分別列出客語可能的非漢語方言借詞，其中，來自壯侗、苗瑤、畬語，則常與客語的歷史源流具有劃不清界限的關連性，包括某些語詞究竟為同源詞關係？抑或是古借詞關係？而畬、客之間，也存在太多的分合關係，學術界仍無法下定論，此亦非本章能力所及，在此僅就現象之呈現，做一整理如下，含同源詞、古借詞、底層詞的可能關係。

（五）來自壯侗、苗瑤語（亦含畬）

鄧曉華（1999）考證了68詞，以及練春招（2001）亦考證了56詞等，這些詞彙與壯侗、苗瑤、畬等語，具有同源關係。如：「姆」（母親）、「嫲」[39]（玩耍）、「揹」（背東西）、「蛙」、

39　今客委會規範用字作「嫽」。「娃」的來源亦可議，客語稱小女孩為「細妹娃」，女媧即「女娃」。

「寮」（矮屋，棚屋）、「豬欄」（豬圈）、「陂」（水壩）、「囊尾」（蜻蜓）……等等。

【表4.1】同源詞比較舉例之一

華語	壯	布儂	傣西	畬	連城	邵武	河源	梅縣	新屋豐順
蜘蛛	tu²kja:u¹	tuə² kwa:u¹	kuŋ³ kau¹	nɔ⁶khɤ⁴ nɔŋ⁶ku⁴	laˀkhiaˀ	khioˀ sauˀ	khaˀ lauˀ	la₃khiaˀ	la²kʻia² ti¹tu¹

華語	壯	布儂	水語	勉	畬	臨高	連城	長汀	梅縣	新屋豐順
次、回	pai²	pai²	pai²		fɔi³				꜀pai	pai³
臭蟲				pi¹	kɔn³pji³ kɔn³pi³		kɔŋˀpiˀ	꜀kɔn꜀phi	꜀kɔŋ꜀kɔŋ꜀pi	kon¹pi¹
蜻蜓					sji⁵ŋji²kɔ³ zi⁵zi²kɔ³	huaŋ⁴kiŋ	꜀miəŋ꜀ti	꜀no꜀mi	꜀niəŋ꜀kiaŋ	noŋ²mi¹

（六）來自畬語

以畬語本無文字化之語言而論，當其語言與之後才文字化的客語相混融合時（或借代關係），比較多的情形是，畬族語中有很多詞彙來自於客語，若從畬借入客的，客語便將其轉換成音近的近似字來表示，如「儕」（畬，指人）、蝲蜻（畬語義，即「蜘蛛」）等，而這些語詞，因時代久遠，又無文獻可尋，也無法從古漢語尋出合理的來源關係，與西南少數民族語具對應關係，因而，彼此之間應具同源關係。另需說明的是「蜘蛛」一詞在客語

次方言與閩南語當中，均普遍具有另一詞「蜊蜞」的說法，有趣的是有人認為前二詞同指一種生物，有人則認為分指兩種生物，而兩種生物的區別性，有人以大小分，有人以身體形分，有人則以腳長或腳毛分……等等不一的區別特徵。較有可能的是「蜊蜞」為底層詞，「蜘蛛」之音則與古漢語同源，反映了「古無舌上音」的特色，當同一方言具有二詞均指向同一義時，二語詞間的語義或會漸行分工，並導致不同人士（非以腔來分）對「蜊蜞」與「蜘蛛」的生物特色，逐漸認知不一。

　　畬語的來源，學術界普遍認定與苗瑤、壯侗具同源關係，與苗瑤近源，而與壯侗語遠源（鄧曉華 1999）（羅美珍、陳其光、毛宗武、蒙朝吉）[40]。是故，壯侗、苗瑤、畬三者淵源關係密切，而畬、客關係又更近，客與三者同源的，多是從畬語借入客語，如「姆」（畬，a¹ me⁶）（母親）、「嬲」（玩）、「寮」（畬，lau²² 指房屋）（矮屋，棚屋）、「豬欄」（豬圈）、蜊蜞（蜘蛛）、「蛌蜱」（臭蟲）、「拂」（丟掉）……等等。

【表4.2】與漢語不同源但與畬語同源的詞彙舉例

華語	高粱	花生	小麥	背
畬	kau³njɔŋ⁶sjɔk⁷	thji⁴thjeu⁶	mak⁸	pa⁴
	siu²taŋ¹	ti⁴tɔ²		
新屋豐順	siu²	t'i³/⁵t'eu⁶	mak⁸	pa²

40　見施聯朱主編（1987），《畬族研究論文集》。

（七）來自南島語系

客語次方言當中，常見的特殊詞「鯪鯉」（穿山甲），一方面與壯侗語同源，一方面又與南島語同源，反映其底層詞應來源於更古的年代。下表中，客語此詞與畲語反而不同源。

【表4.3】同源詞比較舉例之二

華語	印尼	阿眉斯	泰	侗	布儂	壯	畲	傣德	漳州	梅縣	新屋豐順
穿山甲	tengiling	?aləm	lin^{41}	lan^6	lin^6	lin^6	ηu^4	$ket^9 lin^6$	$la^5 li^3$	$le^5 li^3$	$lien^2 li^1$

另外，豐順與海陸客語的「貓」[ηiau^5]，其音與漢語的中古音源流不合，反而與臺灣原住民語似具同源關係，如位於桃園或附近的馬來社、大嵙崁均為「ngyao」（伊能嘉矩 1998: 137）。不過，某些動物語詞之形成，往往也反映此動物之叫聲特色，如「貓」於四縣客語音為 [meu^5]、華語為 [mau^1]、閩南語為 [$niau^1$]。

（八）來自蒙古語

「車站」之「站」，與漢語原有之「站」久立的意思不同，從蒙古語原音「jam」借來，此字與土耳其語、俄語「yam」同出一源。（王力 1980: 508、羅常培 1989: 26）

（九）來自古西域借詞

從古西域借詞而來，如：「獅」、「葡萄」、「玻璃」（原指水晶、玉之類）等等，依王力（1980: 508-509）、羅常培（1989: 18-27）考證，這是中國大陸在歷史上和其他民族之間，因文化

互動而借入的詞彙。

（十）來自佛家語借詞

佛教起源於印度，約在漢代傳入中國，並且進入到人們生活中的常用語詞，成為不可或缺的一部分，因此，有關的佛教用語（含譯詞），如「世界」、「佛」、「塔」等等，就成為各漢語方言生活上共用的詞彙了。

（十一）來自海南島語

屬於熱帶地區的產物名稱，應非屬本土語言原有的詞彙，而是直接或間接譯自產物地，如海南島語的「橄欖」、「椰子」等。

（十二）來自馬來語

外來種食物，如「檳榔」[pen^1 loŋ^2]，是來自馬來語（Malay）「pinang」的對音。（羅常培 1989: 25）

（十三）來自西洋、日語借詞

所謂的西洋借詞，早期多半是先從西洋借到日本成為外來詞，再從日本借到漢語或其他方言之中；近年來也有西方詞彙直接近入到華語、客語，而後「客」再從華譯成「客」。在此暫以日語借詞為例。

日治時代，日本在臺灣的教育推廣，少說也有五十年的語言接觸，因此臺灣語言當中便有不少借音或譯於日本語的借詞，因日本外來詞特多，以下所舉例僅為其中少數。

【表4.4】日語借詞舉例

日文拼寫法	日本漢字	豐順詞彙	豐順語音	英文拼寫法	華語義
ポンプ	幫浦	幫浦	$p'oŋ^{53}p'u^{55}$	pump	抽水機
バス		巴士	$pa^{55}si^{53}$	bus	公共汽車
レモン	檸檬	檸檬	$le^{24}voŋ^{53}$	lemon	檸檬
モーター		磨打	$mo^{53}ta^{11}$	engine	引擎、馬達
ガス	瓦斯	瓦斯	$ŋa^{11}si^{53}$	gas	瓦斯
トマト			$t'o^{11}mat^5to^{53}$	tomato	蕃茄
ラジオ			$la^{24}ʒio^{53}$	radio	唱片機
アルミ			$a^{33}lu^{55}mi^{53}$	aluminum	鋁
ほうそう	放送	放送頭	$poŋ^{11}suŋ^{11}t'eu^{55}$		廣播
タイル			$t'ai^{53}lu^{11}$		瓷磚
エンソク	遠足		$en^{24}sok^5k'u^{11}$		遠足
ケギパン			$k'e^{11}tsi^{55}paŋ^{53}$		撲克牌
ワシヤツ			$vai^{24}siet^5tsi^{11}$		襯衫
にんじん	人蔘		$lin^{24}ʒin^{53}$		紅蘿蔔
みそ	味噌	味素	$mi^{11}so^{11}$		味噌

　　此外，對臺灣語言，日語似乎少有語法結構方面的影響，少數如客語則有句尾「得事」$[tet^7 si^5]$ 的用法，此原為日語位於句尾的判斷動詞 [です]，但進入到客語當中，結構常為「N＋得事。」且語義轉變，成為「原來是 N 啊！（而非原先以為的其他名詞 N）」

　　以上所舉僅部分之借詞，其中，客語也有不少是由他族語先

借到本地的通行語或強勢腔當中，然後再輾轉由強勢語借到客語當中。

三、借詞的策略與層次問題

（一）借詞的策略

探討借詞的策略時，除了詞彙形態的借用關係之外，詞彙的歷史源流往往與音韻有關，故也應包含聲母、韻母、聲調的借用關係。若與無文字化記錄的西南少數民族語詞具有同源關係時，則更需同以詞彙的語義、音韻為整體來比較對應。

借詞的策略，大致可分為：一、借形不借音義；二、借形音不借義；三、借部分語素；四、借字之形音義折合。其動機或因禁忌而借，或因本族語無相關用語而以外來新詞而借，或因有趣好用而借，或因強勢而漸被外來詞佔用或取代。

I. 借形不借音義

粵，「㑇」[nau¹]（生氣）→客，「嫽」[liau⁵ᐟ⁶]（閒聊遊逛）。此詞客語早期直接習用粵語之「㑇」形態來表「閒聊遊逛」，後因覺「㑇」字在構形上不雅，具男女之間不好之聯想義，又粵語此字之音義均與客語之「惱」[nau¹]（討厭）較為接近，因而用字上改由「嫽」字來規範。

粵，「靚」[leŋ³]（景色美麗）→客，「靚」[tsiaŋ¹]（指人、物之漂亮）。

基本上，借形而不借音義在方言中較為少見，除非形態上覺其有趣而借入並轉化其語義，抑或具相關義與相近音而借入又再

擴大或縮小其語義。

II. 借形音不借義

粵，「孻」[lai⁴]（最小最末）→客，「倈」[lai⁵ᐟ⁶] →「倈仔」（兒子）。此詞客語早期直接習用「孻」表「兒子」義，後又改用字規範成「賴」或「倈」。

III. 借部分語素

來自於西洋的用詞，習加一前綴詞以表外來，如「胡～」、「番～」、「洋～」之構詞。如：胡椒、番火（火柴）、番油（煤油）、番茶箍（洗衣肥皂）、洋刀（小刀片）、西洋瓜（佛手瓜）等等之說法。另外，意譯也是譯詞的一種，如：新聞（譯自 news）、新聞紙（譯自 newspaper）、鐵路（譯自 railway）。屬描寫詞的「荷蘭豆」（豌豆）亦為此類。

IV. 借字之形音義折合

將詞之形音義折合成自家方言的語音系統，主要有下列三種類型：

A. 因文化接觸而互借、互用

各語中對同一事物因認知、文化差異而具有不同之命名模式，因而使用不同之詞彙形態來表現。當文化互動、語言接觸頻繁時，會造成詞彙互借、互用的情形，如閩之「金瓜」（南瓜）、四縣話之「天光日」（明天），在海陸腔與豐順腔中，或有部分人士會與自家方言詞彙的「黃瓠」、「韶早」形成兼用、並用的情形。

B. 因避諱而改採他詞

例如粵語之「脷」（客或做「利」）（豬舌頭），粵、客語中亦因「豬舌嫲」之「舌」音同於「蝕」，具有金錢流失蝕本之義，因而避諱，轉而借入粵方言之委婉詞、且具金錢「利」之「豬利」、「豬利頭」來使用。

C. 自身方言無此類詞彙稱呼

因自身方言無相關詞彙用詞，或直接採自他族語對譯詞，或折合其語音並給予合適之漢字來規範，如「橄欖」、「檳榔」等，有些外來詞則還來不及給予合適之漢字，而直接以音或接近之音進入到該語言系統當中，如「tomato」（蕃茄）、「cd」（光碟片）等等。尤其在強勢語、科技新詞的大量外來詞一直進入，自身語言一時無法一一接收時，就直接或暫時保持外來語詞的說法與樣貌，少部分語詞或會改以客字或客音來說，因詞彙在語言接觸當中，往往是最為快速、也最為容易被影響與接受的表達模式。

詞彙之借用關係，以「金瓜」（南瓜）一詞為例，此詞雖借自閩語而成豐順客語或其他黃姓客家人士之用詞，但原屬桃園客語普及使用的「黃瓟」，卻可能在語言接觸與流變之下，而分分合合如下（亦適用於一般借詞的流變）：

【圖4.1】詞彙之借用關係

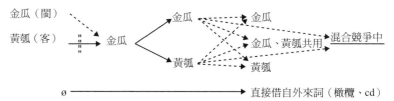

前段之雙虛線表原有之詞彙漸不用,而改用虛線之詞彙;後段之虛線部分則是筆者假設一般借詞正常演變的情形可能有:共用、改用、原用,甚至也有可能是「借部分＋原部分」的「混合」組合形式,如「放送頭」(廣播)＝「放送」(借自日語)＋「頭」(方言本有詞素)。抑或從無詞形(以「ø」表示)到有詞形的借用,如:「橄欖」。

方言中的異讀字,有些反映方言語音、詞彙發展過程中,呈現疊置但卻代表不同的層次來源,而這些都有助於我們更加瞭解語言文字在演變過程當中,與各族文化之間的互動關係,同時也反映了各族文化在歷時與共時的洪流當中,其分分合合的現象。

(二)詞源之層次問題探討

客語祖語(Proto Hakka)為何?學術界仍有爭議,看法也不同,單從詞源探討也無法定論,尤其詞彙在語言接觸當中,最為容易被借用。長期以來,客語以北方中原古音為源的立論,逐漸動搖,並傾向以南方為主軸發展而來,由於各派之間論證充足,也就如此,使客語祖源問題,仍待更明確之證據來論斷。語言的親疏關係,主要還是需從原始母語中,找出其共同特徵,亦即同源關係,看是否呈現整組或整類的對應關係,但原始母語的樣貌實也不易構擬。對客語祖源問題,本書另有不同看法,於第七章再論。

在詞彙源流的探討中,除了古漢語之沿用、方言之創新外,大致上,可將客語借詞的層次分為漢語方言(如:閩、粵、贛等)與非漢語方言(如:畬、苗瑤、壯侗、南島語系、西方語與日本語借詞等等)。其中,屬非漢語方言的畬、苗瑤、壯侗、南島語,

因為年代久遠，又，各語族語言的來源未有明確之定案，因此，對於語言當中的詞彙，是屬於古借詞或同源詞或底層詞之分別，實不易釐清。不過，客語詞源與北方漢語及南方語言的關連性，可從下面兩種方向來論：

I. 與古漢語、南方語同源，但今北方漢語已不用。此又分兩種可能的情形：

A. 古漢語從西南少數民族語借來，然後再借入客方言中，或客語直接從西南少數民族語借來。

客語詞彙的層次有來源於古漢語、西南少數民族語（壯侗、苗瑤、畬等）、早期或晚近外來語（佛教用詞、西洋、日語）等。其中與客語密切相關的畬族語來源亦是多元，學術界上普遍認定畬與苗瑤、壯侗語具同源關係，與苗瑤近源，而與壯侗語遠源（鄧曉華 1999）（羅美珍、陳其光、毛宗武、蒙朝吉）[41]。因而彼此的語源之間便有疊置現象，也更加快融合的效應，客語的形成，便是由這多種不同來源在不同的歷史層面上互動的結果。是故，客語與漢語來源不同的，即有可能來自於其他非漢語，但即使是來自於北方漢語（或古漢語），北方漢語中也有「南染吳越」的話語，如「藻」（浮萍）字，《爾雅・釋草》[42]：「萍，荓。」〔注〕：「水中浮荓。江東謂之藻。」此處所謂的江東，即屬南方，從下便可看出此詞與其他語在語音上相互對應的關係。

---

41 見 施聯朱主編（1987）《畬族研究論文集》。
42 見《十三經注疏》【爾雅注疏】，頁277。

【表4.5】同源詞比較舉例之三

華語	壯	水	毛南	連城	福州	廈門	梅縣	新屋豐順
浮萍（薸）	piəu²	piu²	pieu²	₋phiɔ	p'iu²	p'io²	₋phiau	p'iau²

B. 南方語言從古漢語借來，然後再借入客語中，抑或客語直接借自於古漢語，或古南方漢語。

若為前者情形，那麼，此點通常就是來自於西南少數民族語的古借詞。部分古借詞借久了，就成了本族語之特色詞，亦即底層詞。是故，南方語的底層詞與古借詞，以及與其他語的同源詞其間的關係往往也就不易區別。

例如，豐順話中的「惻」（痛）字，與一般漢語或客語次方言，如梅縣為「痛 t'uŋ⁵」，形音上均不合，一方面，「惻」又似乎是古漢語的沿用，如《說文》：「惻，痛也。」但另一方面，此字卻又與西南少數民族語的語音同源，如：

【表4.6】同源詞比較舉例之四

華語	壯	布儂	傣西	侗	仫佬	毛難	黎	新屋豐順
痛（惻）	tɕip⁷	tɕiat⁷	tsep⁷	it⁹	cit⁷	ci:t⁷	tshok⁷	ts'it⁷ [8]

究竟「惻」是屬西南少數民族語的古借詞（借自於古漢語），之後再借入客語？或是原屬西南少數民族的語言，之後才借入古漢語，或借入客語當中？抑或是由客語借入西南少數民族語當中？甚至此詞本就為同源關係？此些答案似乎都有可能。此詞則普遍使用於近閩西客語系統的詞彙，如：豐順、饒平等，但卻少

見於廣東客語系統，如：梅縣、四縣等。

又如，西南少數民族語，也可能存在所謂的古借詞，即古漢語被少數民族語言借用，南方尚存但北方已不說的詞語，如「陂」（水壩）字，《廣韻》：「澤障曰陂。」

【表4.7】同源詞比較舉例之五

華語	宜豐	泰	侗南	新屋豐順
水壩（陂）	pi¹	fa:i¹	pi¹	pi¹

II. 不見於古漢語，但與南方語同源。

例如閩、客方言的「蟑螂」一詞，或前述之「蜘蛛」等詞。前者詞彙之第二音節與壯侗語第二音節相對應，詞根一致，從閩、客語與壯侗語於「蟑螂」一詞的對應關係來看，應具同源關係。（亦參見鄧曉華 1994）

【表4.8】同源詞比較舉例之六

華語	壯	布儂	臨高	傣德	水	毛難	新屋豐順
蟑螂（蜞蚻）	tu²sa:p⁷	tuə²sa:p⁷	sia²lap⁷	mɛŋ²sa:p⁹	la:p⁷	da:p⁸	k'i²ts'at⁸
	福州	福鼎	莆田	廈門	永安	建陽	
	‚kalaʔ‚	ka³sa‚	ka³lua‚	ka³tsuaw‚	ᶜtsua	lue‚	

另外，雖屬南方語詞彙，亦有可能保存了古南島語的底層，如前述【表4.3】的「鯪鯉」（穿山甲）。

客家民族語本有之文字，如同西南少數民族語一樣，應是由最早的無文字時期漸漸發展起來。客語或相關名稱的形成，多半

由民間口耳相傳而「約定俗成」，一直到文獻資料的呈現，中間也許已過數百年，再要考其本源就難上加難。而客語似乎也承襲了多種非漢語方言來源的詞彙，但也很有可能這些詞彙是其他漢語方言從非漢語方言借用而來，然後轉借入客語。是故，底層、同源、古借詞彼此間的關係就更加複雜了。類似語詞的語源問題，也許待後來學者，透過語音、詞彙、歷史文化、出土文物……等等的綜合分析，抑或結合其他考古資料、科技工具，抽絲剝繭，以更深入的分析、尋求更合理的解釋，這樣或才能還原古客語的歸屬與較為完整的樣貌。

四、本章結語

　　本章並無意為客語的來源歸屬妄下結論，畢竟它的來源關係到太多層面問題的追索，而且，若只憑語音、語義的對應關係，實無法成為同源詞認定的絕對標準，但若語言之間整組語音或語法系統的結構可以一一對應，相信應可成為同源關係參考的基準。此外，同源詞與古借詞之關係實不易釐清，又語言接觸最易產生變化的，便是詞彙借用，因而更需釐清借詞與同源詞的問題。在此，僅就問題之呈現，並集結前人之語源考證文獻，試圖構擬客語詞彙的源流層次。當歷史上找不到真正的源頭時，也許客語真正的歸屬就是由這多層次的語源，在不同的歷史層面融合而成為一支獨特又兼容的語言吧！

　　最後將客語詞源層次構擬成如下頁所示，虛線表彼此間部分詞彙會有同源上的關連性：

【圖 4.2】 客語詞源層次之構擬圖

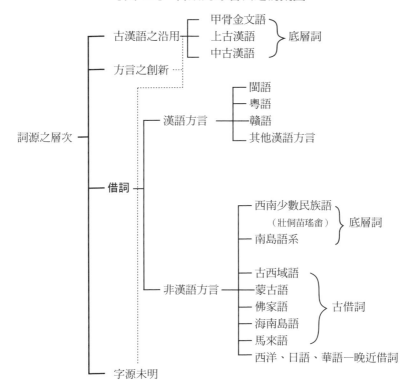

第五章　語法接觸

　　本章初始先就微觀的比較觀點，以顯出客語特殊語法結構及其反映出的層次問題，並從五個子題來探討，包含：人稱代詞的複指與屬有構式的層次性、「麼个」與「在个」的詞彙化與語法化演變、句法結構的底層與外來層、「敢」質疑問句的層次來源、「分」字句與「同」或「摎」字句的特殊性等。大體上，若語言當中存在「反常」的語法次序，或具有五種可能：一、接觸影響；二、正常語法結構，例如對於偏正結構的中心語位置為何，此或因認知觀點不同而有不同的看法；三、語法化的中間階段，亦即 A → A/B → B，但此項也涉及結構方面的認知觀點；四、民族同源，當時代久遠後，往往接觸或同源的關係會成為模糊的底層現象；五、語言本身殊性的呈現。本章含括了此五點的探討。例如，羅肇錦（2006）以母語者的立場透過語言比較，認為客語在某些動物的稱呼上相當的豐富，以名詞詞彙「雞」為例，其說法分為陰性、陽性、生育、未生育、大的、小的分別，這些即為形容性詞素，和南方的彝語、畲語的詞序相同，但和北方官話系統的詞序相反，此接近上述第四點的看法，卻和丁邦新（2000）（上述第二點的看法）持不同的立場。此外，與通行語相較，當客語存在所謂的特殊語法結構，但又存在一類形式與華語結構相似或相同時，此或可能反映一類為客語的底層結構，另一類則是反映了晚近外來層的結構，而不同層次的結構在方音系統的共時平面之中則形成了競爭。

除此之外，本章亦針對臺灣客語四縣與海陸在人稱方面五個語法點，提出共時方面的差異性，以及顯現在歷時方面可能的變化關係，包括人稱複指標記（們）、第一人稱複指形式（我們）、人稱領格的聲調走向（我的／你的／他的）、人稱屬有構式、旁稱代詞——人／儕／人儕／人家的用法。本章架構如下：一、語法結構層次與接觸關係；二、客語特殊的詞法與句法；三、客語語法結構的層次問題，此節包括五個子題的探討，分別是（一）人稱代詞的複指與屬有構式的層次性，（二）「麼个」與「在个」的詞彙化與語法化演變，（三）句法結構的底層與外來層，（四）「敢」質疑問句的層次來源，（五）「分」字句與「同」或「摎」字句的特殊性；四、客語人稱方面的幾個語法差異點；五、本章結語。

一、語法結構層次與接觸關係

漢語方言語法結構當中反映出的層次問題，目前學界討論的尚少，本章先以微觀比較觀點來分析客語特殊的語法結構及其反映出的層次問題。客語特殊語法結構有許多，包括筆者長期研究客語語法結構，目前整理出有十六項詞法特點，另外有十四項對客語來說是較為殊性的句型結構。詞法如客語特殊方位詞、人稱代詞與領格的特殊性、指示代詞的聲韻調屈折特色，以及遠指代詞與量詞、結構助詞、疑問代詞等的淵源與多元的用法等等；還包括客語特殊的派生詞與多層次的小稱詞系統，以及特殊的構詞法如合併法、屈折法、詞序相反、人稱的來源與結構等等；重疊構詞則包括動詞、形容詞、象聲詞與四字格的重疊等等；句法特

色如雙賓語句、動詞重疊句、「緊 V1 緊 V2」與「越 V1 越 V2」句式、「來去」句式、「有」字句、存在動詞句「在」與「到」、「分」字句、「同」或「摎」字句、「係…个」句式、句法成分特殊次序的句式、疑問句、比較句、否定句、時貌標記等等。

同一語言之中存在兩類不同的語法結構，且語義幾近相同時，一般來說可能有三種情形：一、語言內部分化現象而形成的變體，但這一類變體的形成通常帶有條件來分化，否則較難解釋變體形成的原因；二、語言的多元現象，亦即語言本身即帶多元的特質，有能力產生變體，通常也具有產生變化因素上合理性的解釋；三、語言外部接觸現象而形成的變體，此類變體的形成通常可從內部系統與周遭外來語言當中得到合理的解釋。原則上，上述三種情形均反映了不同的語法結構層次，本章的討論將著重在第三種情形，並以此來說明客語部分特殊語法結構應反映了底層結構。例如，與通行語相較，當客語存在所謂的特殊語法結構，但又存在一類形式與華語結構相似或相同時，此或可能反映一類為客語的底層結構，另一類則是反映了晚近外來層的結構，如客語「緊 V1 緊 V2」與「越 V1 越 V2」句式，兩式均表更加之義，但前式另有「一面……一面……。」之義，表更加之義時，「緊 V1 緊 V2」應是客語底層結構，「越 V1 越 V2」則反映晚近外來層結構，不同層次結構在方音系統的共時平面中則形成了競爭。

二、客語特殊的詞法與句法

因為詞法與句法的界線有時較難釐清，故而本節不明確劃分

詞法與句法的界線，又詞法與句法的語法功能也非本書所著重，故而以概論方式先整理出客語特殊的詞法與句法。此是因客語的音韻與語法系統常反映出北方漢語與南方語之間的兩可性，因而本節先從華語角度比較，以瞭解客、華語間的差異性，其後再從下一節針對一些客語特殊詞法與句法探究其顯現的層次問題。

（一）客語特殊的詞法

與華語或其他漢語方言相較，此節將較為特殊的客語詞法整理成十六項特點如下，[43] 因篇幅與主題性關係，先以概略性的方式條列，對其中細部問題的探究與例句，可參見賴文英《臺灣客語語法導論》（2015）。

1. 方位詞：客語某些方位詞不同於一般華語方位詞的用法，如「頭、脣（唇）、背、肚、位、項、頂、嗒」，且方位詞多涉及從具體的實詞義，尤其是從身體部位，而後語法化成方位詞與語法功能詞。詞彙舉例：「頭前」（前面）、「邊脣」（旁邊）、「後背」（後面）、「裡肚」（裡面）、「這位」（這裡）、「頂項」（上面）、「這嗒仔」（這裡）。

2. 人稱代詞：客語第一人稱複指與屬有構式具繁複的形式，可能反映了不同的時空層次。（相關問題與例見後文第四節）

3. 指示代詞：指示代詞的特別在於遠指代詞因演變而具有豐富的語法功能，包含「个」的語法化，與疑問代詞的結合如「麼个」（什麼）、「做麼个」（做什麼、為什麼），以及強調語用

---

43 本章所說的殊性，主要還是站在與華語比較的立場而言，其間或涉及東南漢語方言與南方少數民族的類型關係。

功能的「V麼个」構式，還可與存在動詞「在」結合而語法化成進行貌標記「在个」（在）、「當在个」（正在）（相關問題與例見後文第三節）；而不分遠近指的程度指示詞「恁」已構式化出不同的慣用語，例如「恁仔細」字面義為「這麼仔細」，之後構式化表「謝謝」，又如「恁樣」兼具副詞或形容詞的功能，前者如「恁樣講也無毋著。」（這樣／麼說也對。）後者如「恁樣个水果仰賣得出去？」（這樣子的水果怎麼賣得出去？）此點特色亦涉及句法問題。

4. 疑問代詞：客語的四系疑問代詞有麼系、哪系、幾系、仰系，其中麼系相關疑問詞的來源，以及幾系的豐富性語音變化與功能的轉化等，都極具特色。而疑問代詞的疑問義與語用功能的非疑問義，則顯得語法功能更具豐富性。（相關問題與例見後文第三節）

5. 形容詞等級：形容詞可用程度副詞來修飾的如「盡」（很）、「恁」（很、這麼、那麼）、「當」（很）、「還」（很）、「忒」（太）、「較」（比較級）；其形容詞等級的說法可如下：「紅紅仔」（有點紅），「紅」（中立的紅），「紅紅」（紅紅的），「較紅」（比較紅），「當紅」（很紅），「紅紅紅」（非常紅），「盡紅」（很紅、非常紅），「恁紅」（這麼紅），「忒紅」（太紅），「死紅」（紅到令人反感），「啾紅」（紅到令人極喜愛）。

6. 量詞使用的豐富性：客語除量詞形態用法豐富外，另含十一種類型的特殊約量詞用法。其中亦涉及層次問題。例如，「擺」、「次」、「回」、「到」都為華語「次」或「回」的意思，客語「到」量詞的演變可能涉及語詞語法化的變化，而「擺」

則涉及畬族語或南方少數民族語的底層詞現象。（亦參見本書第四章分析）

7. 介詞、副詞的多樣化：在客語常見的介詞與九類副詞當中，其中介詞在句法中的語法功能，以及副詞在句法中的位置較為特殊，此屬句法問題。相關例：「對」（從）、「在」（在，客語音具多樣化）、「…添。」（再）、「V 加 AP」（再+V+AP）。（亦見下一節）

8. 派生詞的豐富樣貌：包括前加成分，以及中加成分的「嫲」、「晡」、後加成分的「婆、牯、嫲、哥、公」等等，與其他方言相較較為特殊。詞彙舉例：「鷂婆」（老鷹）、「石牯」（石頭）、「杓嫲」（杓子）、「蛇哥」（蛇）、「鼻公」（鼻子）。

9. 小稱詞系統的多層次：臺灣客語小稱詞計有不同類型。其中變調型小稱以東勢大埔腔與新屋海陸腔為主要，但兩者的音韻分布條件以東勢大埔腔限制較多。除了新屋豐順腔，多數的客語次方言均有典型的「仔」類型小稱，「仔」較無實質的指小義。多數的客語次方言均有非典型的「子」類型小稱，「子」通常較具實質的指小義，且用在動物後代為多。雲林詔安與桃園新屋海陸小稱詞均具不同性質的多層次類型小稱，具有源自於內部方音的演變，以及來自於外部系統的影響。（相關問題討論參見前文第三章）

10. 合併構詞法：合併構詞指的是語詞由雙音詞或多音詞因合音、省略、刪除等而結構精簡成為單音詞或雙音詞等。詞彙舉例：「無愛」[mo¹¹ oi⁵⁵] → [moi²⁴]（不要）、「來去」[loi¹¹ hi⁵⁵] → [loi²⁴/lei²⁴]（去）、「分佢」[pun²⁴ ki¹¹] → [pi³¹/⁵³]（給佢、

被他）。

11. 屈折構詞法：部分的派生詞屬外部屈折，或透過詞根內聲調、音韻變化而改變語法意義，如從共時平面角度，新屋海陸腔與東勢大埔腔小稱變調的聲調變化即屬之。大埔腔詞彙舉例：「天光」[tʻienˌ³³ koŋ³³]（天亮）→「天光」[tʻienˌ³³ koŋ³⁵]（明天）。

12. 詞序相反構詞：此指的是和現代華語相較，客語有一類語詞的結構，呈現和華語詞彙結構相反的詞素組合。包括兩類：並列結構的相反、偏正結構的相反；前者如「鬧熱」（熱鬧）、「紹介」（介紹）、「康健」（健康）等等，後者大體出現在動物詞彙為多，如「雞公」（公雞）、「豬公」（公豬）、「狗牯」（公狗），甚而在一些家禽、家畜當中具有更豐富的後置修飾語，如「雞僆仔」（未生育過的母雞）、「豬豽仔」（小母豬）、「雞䄻」（未成年的雞）等等。

13. 動詞重疊的豐富性：客語常見的動詞重疊式有十一類，包括VV、VV e、XVV、XVV e、VVX、VVXY、VV a le、VXV、VVvv、VXVX、VBVX或BVXV、VAVB或AVBV，除了「係、會、敢、像」等少數狀態動詞外，幾乎均可為「動詞+動詞+a le」結構，這在其他漢語方言中較為少見，無現代漢語中「V一V」的結構。詞彙舉例：「看看a le」（看一看）、「尋尋a le」（找一找）、「食食a le」（吃一吃）。（亦見下一節）

14. 形容詞重疊的豐富性：客語常見的形容詞重疊式有八類，含 AA 式、AAe 式、AAA 式、AABB 式、ABB 式、ABBe 式、ABAB 式、ABAX 式。詞彙舉例：「紅紅」（紅紅的）、「紅紅仔」（有一點紅紅的）、「紅霞紅霞」（紅通通的）、「紅紅紅」（非常紅）。

15. 象聲重疊的音韻構詞特色：客語象聲詞基本上有三大特色：一為有些無本字可考；二為音韻特色方面多為雙聲或疊韻呈現，抑或聲調、元音屈折；三為前二字一組聲調相同，後二字一組聲調相同，其中一組必為升調或高平調。詞彙舉例：「噥噥唪唪」[nuŋ^{11} nuŋ^{11} nuŋ^{55} nuŋ^{55}]（形容一個人嘟嘟囔囔、喃喃不停的說話的樣子）、「喃喃喃喃」[nam^{11} nam^{11} nam^{55} nam^{55}]（囉囉嗦嗦話說個不停的樣子）、「唸唸唸唸」[ŋiam^{11} ŋiam^{11} ŋiam^{55} ŋiam^{55}]（說個不停的樣子）。

16. 四字格重疊的音韻構詞特色：四字格結構重疊指的是以前二字為一組結構，重複其結構但用字相同或不相同；另外還有特殊的四字格主要是偏向於結構或語義方面，較之現代漢語雅言式成語，通常為較生活口語化的句式，且非以字面義為主要。詞彙舉例：「目瞤鼻動」（眼眨鼻動，很有心思的樣子）、「攎手挦腳」（捲起袖子及褲腳，要動手的樣子）、「烏膣癩乾」（形容髒兮兮或烏黑乾瘦的樣子）。

（二）客語特殊的句法

與華語或一般的漢語方言相較，此節將較為特殊的客語句法整理成十四項特點如下，因篇幅與主題性關係，先以概略性的方式條列，對其中細部問題的探究與例句，可參見賴文英《臺灣客語語法導論》（2015），以及賴文英（2020）。

1. 客語雙賓語句主要具四種類型，其一類型：主語＋雙賓動詞＋直接賓語（物）＋間接賓語（人—代詞／名詞），為華語結構上所無，屬客語較特殊的用法。如：「阿明分一支筆佢。」（阿明給他一支筆。／* 阿明給一支筆他。）

2. 動詞重疊句：VV 啊了（VV a le），表嘗試性，帶有量少之意。多數的動詞均可構成重疊，而 [a^{55} le^{11}] 字暫用「啊了」，常位於重疊動詞與「V 看」之後，甚可在特殊動詞組之後，以反諷或加強語義，如「拜託啊了」（有點無可奈何的拜託、請求）、「啉一擺暢啊了」（喝個痛快）。

3.「緊 V1 緊 V2」除了表更加之義，另有「一面……一面……」之義。表更加之義時，「緊 V1 緊 V2」為客語底層結構，「越 V1 越 V2」則反映晚近外來層結構，不同層次結構在方音系統的共時平面中則形成了競爭。如：「緊聽緊寫」（邊聽邊寫）、「緊來緊靚」（越來越美）、「緊食緊多」（越吃越多）。

4. 客語具三類「來去」句的語義，分別為：（a）去，用於表示第一人稱或包含第一人稱的動作意願，第一人稱有時可省略；（b）離開此處，用於表示告辭，也含「死亡」性的離開；（c）來往。指人與人之間的交往互動。其中前兩義較普遍使用，且「來」的原有動詞義已虛化。

5. 客語的「有」字句大致具十一種語義句型，其中後五種為較特殊的用法，分別為：（a）表示歲數大或時間久；（b）表過去曾經發生；（c）對存在事實的強調；（d）當動詞後之補語綴詞，表示動作達到某種效果；（e）當動詞後綴，放在動詞與補語之間，表示達成某種目標。

6.「在」在上古漢語中本為「存也」的動詞義，「到」在中古漢語則有「至也」的動詞義，從認知角度，「到」從「至、往」一個地點爾後成了存在貌，因而「在」、「到」的語義發展到共時平面中的客語，其語義部分具相互重合之處。但由於「在」存在動詞使用頻率高，又存在文白異讀的問題，抑或不同方音系統

間的接觸變化，導致不同方音或同一方音系統之中此字的語音趨於簡化，抑或此字與後字之遠指代詞的語音合音簡化，而有不同的語音變體，此或體現語音方面的語法化演變。

7. 客語「分」字句具有八種語義句型，分別為：（a）雙賓動詞－主要動詞，相當於華語的「給」、「討／要」、「分開」；（b）雙賓動詞／目標標記；（c）雙賓動詞／結果標記；（d）結果動詞／目標標記；（e）雙賓動詞／對象標記；（f）雙賓動詞－補語連結標記；（g）雙賓動詞／使役標記；（h）被動式介詞－主事者／施事者標記，相當於華語的被動句。（相關問題與例見後文第三節）

8. 客語「同」或「摎」字句大致具六種語義句型，分別為：（a）連詞－與事者；（b）介詞－來源，相當華語的「向、跟」；（c）介詞－目標，相當華語的「和、跟」；（d）雙賓動詞－受益者，相當華語的「幫、替」；（e）處置式介詞－受事者，相當華語的「把」字句，但此類句型客語另有較為文讀的「將」字句用法；（f）使令義介詞－受／主事者，相當華語的「給」，但不具給予義。（相關問題與例見後文第三節）

9. 「係…个」句式。「係」為客語的狀態動詞，其特殊處往往在於與句中「个」及其他語詞的互動而形成不同的句式。客語「係…个」句式成分除了與小句句末出現的「个」有關外，也和小句前或後出現的「就係」（就是）成分之間的互動有關，此或和關係子句、名詞化標記、名詞後綴等相關句式有關，也和焦點結構句有關。

10. 客語句法成分特殊次序的句式當中，包括動詞後接副詞「加、多、少、往下、往出、先」、句尾助動詞或副詞句式「添、

來、去、會」、動賓加補語「著、落」句式等三類句型，均與現代漢語不同，此或反映漢語方言或語言學結構上的類型學問題，有待擴大語種或方言的比較分析。其中客語句式或受現代漢語影響而出現賓語在後、補語在中的順序，或反映前者為客語底層結構，後者則反映了晚近外來層的結構。相關例：「…添。」（再）、「V 加 AP」（再 +V+AP）、「亂花錢會。」（強調亂花錢。）（相關問題與例見後文第三節）

11. 客語疑問句同現代漢語一樣，具有四種類型，只是使用的疑問詞素不同，包括：疑問語助詞問句、正反問句、選擇問句、特指問句，其中 V-neg-V 型正反問句非為客語典型的問句句型，能進入此類正反問句中的動詞少之又少，多以相應的選擇問句或「V…無？」正反問句來表達。除「V…無？」之外，客語還具有其他較為特殊的問句型，如：「有…無？」（實也可歸為「V…無？」）、句末「（有）…忒？」問句，以及從歷時正反問句的演變與共時的語用層面討論了是否應歸為正反問句的「敢」質疑問句。（相關問題與例見後文第三節）

12. 客語的比較句主要以「較」或「過」來形成句式，抑或省略「較」或「過」以「X 比 Y+ 性狀詞」來形成比較句，另外也存在不具有「較」、「過」或「比」等字的比較句式。但客語「過」字具「太」、「甚」、「再」之義，因而出現在比較句時，語義實具有「太過於」或「再」、「又」之義，因而基本上也是一種與常態比較之下較為強調的比較結構。

13. 客語常用的否定語詞有「無」、「毋」、「莫」、「忒」，以及由「無愛」合音變化而形成的「嫑」。其中「無」由句中否定詞語法化成句尾疑問助詞；否定副詞「忒」在否定句中常與時

貌標記的「有」緊鄰，由一反之「吂」與一正之「有」形成不完全否定句型，「有」可省略並導致「吂」內含「有」語義，而「吂（有）」的句型是屬不完全否定句與肯定句之關連，而「無」則為完全否定句，因而「無」無法內含「有」。而否定語詞「無」、「吂」則因語法結構與語義演變而逐漸語法化成句尾疑問詞。

14. 客語常用的時貌標記有：完成貌「忒」、「煞」、「好」、「了」、「著」；持續貌「V 等」（如四縣的「食等飯」）、「緊V」、「V 緊」（如東勢的「食緊飯」）；經驗貌「過」、「識」、「有」；進行貌「在」（在）、「在个」（在）、「當在个」（正在）；嘗試貌「VV 啊了」；起始貌與延續貌「起來」、「下來」、「下去」、「V 等來」、「V1 等來 VP」。因不同的動詞類型帶有不同的時間性，因而通常能搭配的時貌標記也不同。

三、客語語法結構的層次問題

本節針對五個子題來探討客語特殊語法中所顯現出的層次問題，分別是：（一）人稱代詞的複指與屬有構式的層次性；（二）「麼个」與「在个」的詞彙化與語法化演變；（三）句法結構的底層與外來層；（四）「敢」質疑問句的層次來源；（五）「分」字句與「同」或「摎」字句的特殊性。其中第（二）點的內容主要為歷時演變的層次變化，與語言接觸反而較無關係，但為了此節的系統性，仍保留下來，與語言接觸有關的有可能為「在」字的語音變化，這部分討論並不多。

（一）人稱代詞的複指與屬有構式的層次性

　　客語第一人稱複指與屬有構式具繁複的形式，可能反映了不同的時空層次，且本字均未明。客語第一人稱複指有不同的形式，包括「𠊎」、「𠊎俚」、「𠊎兜」、「𠊎（這）兜（人）」、「𠊎（這）兜（人）」等的說法，也包括只海陸腔使用的「𠊎俚」，[44] 我們認為第一人稱複指的多變，可能反映了不同的時空層次，還涉及本字問題如：𠊎、俚、兜；也涉及包舉式與排除式在漢語與非漢語方言中的分布：𠊎、𠊎兜；以及涉及單指與複指的單字形態在漢語與非漢語方言中的特殊性：𠊎、𠊎。大體上，「𠊎」為含對話者的包舉式說法，「𠊎兜」則為對話者的排除式說法，此兩者較有可能反映了底層語言現象，其餘說法則是後起的變化，含相關的音變與語言接觸的可能。人稱屬有構式則具有四種類型，例如四縣：（一）人稱領格 +NP，例如「吾妹仔」（我女兒）；（二）人稱領格 + 助詞 +NP，例如「吾个妹仔」（我的女兒）；（三）人稱主語 + 助詞 +NP，例如「𠊎个妹仔」（我的女兒）；（四）人稱 +NP，例如「𠊎妹仔」（我（的）女兒）；四海話主要是因四縣與海陸接觸而產生的混合語，四縣與海陸人稱主要的差異在於第一人稱領格的不同，如「吾」與「𠊎」，而四海話則兼容兩種形式，具有克里歐式（creole）混合語的特色。[45] 人稱領格的語音與形態傾向於反映類似於英語的「格變」，本字未明。語料如下所示：（人稱代詞的相關問題另於後文第四節討論）

44　我們也發現有極少數的四縣人士（或偏向於四海人士）也使用「𠊎俚」，或受海陸腔影響而來。

45　有關兼語、克里歐語，參見第二章。本章不認為同一語族相近的次方言交互接觸可以形成兼語或克里歐語，故在此只以具有其「特色」來稱之。

（14）三身代詞與人稱領格

你	偓	佢（你 我 他）
ηi^2	ηai^2	ki^2
若	吾	厥（你的 我的 他的）
ηia^1	ηa^1	kia^1

　　對客語人稱屬有構式來源的相關研究，董同龢（1956）、李作南（1965）、Norman（1988: 227）、羅肇錦（1990）、嚴修鴻（1998）、鍾榮富（2004）、項夢冰（2002）均持合音說，但各家對於人稱代詞所合音的對象卻存在不同的觀點；李作南（1965）、袁家驊（1989）、林立芳（1996）則持格變說，抑或羅肇錦（2006）的「少數民族同源說」。主要是因「合音說」並沒有針對合音機制提出較好的說明，包括人稱與所有格的音變機制，以及人稱領格的聲調為何在客語次方言間呈現不一致的變化；「格變說」則沒有提出較好的理論依據來說服，且不符合漢語方言普遍的語法形態，因而賴文英（2010b）提出「小稱音變說」，主要從內外觀點、理論依據解釋客語人稱領格可能的來源與性質，[46] 包括從漢語方言與非漢語方言的觀點，探討親密原則於人稱屬有構式中的作用，以及瞭解人稱領格與結構助詞的歷時關係、人稱領格的變化形式與小稱形成機制的關連等等，而此類演變模式也符合普遍語法的概念，甚至有可能反映了底層語的語

---

46 雖說筆者不贊同漢語方言存在格變，但為比較屬有構式中，不存在結構助詞時的屬有形式的情形，本章暫以「領格」稱之，以區別以結構助詞連結的屬有構式。

言現象。

（二）「麼个」與「在个」的詞彙化與語法化演變

指示代詞的特別在於遠指代詞因演變而具有豐富的語法功能，包含與「个」之間的語法化，與疑問代詞的結合如「麼个」、「做麼个」，以及強調語用功能的「V 麼个」構式，另外還可與存在動詞「在」結合而語法化成進行貌標記「在个」、「當在个」，我們以下文的圖表與語料來呈現其演變過程。[47]

賴文英（2012a）透過漢語方言的比較，以及有關「麼」、「个」等相關語詞歷時來源與共時音韻的考察，加上從客方言內部句型結構的演變及構詞能力的分析，主張客語的「麼」是個依前詞素，其中「麼个」、「做麼个」在客語發展的一開始，先從短語因重新分析而歷經了詞彙化，同時從語詞或構式語法功能變得較虛來看，「麼个」、「做麼个」的形成也具有結構類型及其成分重新分析的語法化特徵，至於具能產性的「V 麼个」則屬重新分析、構式類推與語用功能強化的語法化結果，其演變過程可整理成【圖 5.1】。

---

47 四縣客語「在个」的音則有 $[ti^{55}\ ke^{55}]$、$[tu^{55}\ ke^{55}]$、$[t^ho^{11}\ ke^{55}]$……等不同的變體，甚至具有音節節縮的合音現象，臺灣教育部客語推薦用字則為「在該」。本節用字暫且用「在个」。

【圖5.1】客語「V」+「麼个」→「V麼个」的重新分析與類推+語用強化

			reanalysis →
Stage I	你在个	食 vt	麼个?
		V	Obj-疑問具體事物
	你在个	做 vt	麼个?
		V	Obj-疑問具體事物
Stage II（analogy+pragmatic）	你在个	Vvt+vi	麼个（+具體）?
		V	Obj-疑問具體原因或事物
Stage III（by reanalysis+pragmatic）	你	[V 麼个]?	
		why-疑問 V 抽象的原因或目的	
Stage IV（by pragmatic strengthening）[48]	你[V 麼个],	（context）!	
	非疑問 V 的原因或目的,帶有較強的語用功能		

analogy + pragmatic strengthening ↓

進行貌是表正在從事或發生的動作。包括「在」[tsʻai⁵ᐟ⁶]（在）、「在」[ti⁵]（在）、「在个」[ti⁵ ke⁵ᐟ²]（在）、「當在个」[toŋ¹ ti⁵ ke⁵ᐟ²]（正在）。[49]「在」是否為各音的本字仍未明。

　　客語比較有趣的是進行貌標記「在个」與「當在个」形成的過程。客語「在」除了文白異讀音的差別外，還存在許多語音變體，其一音為[ti⁵]，與閩南語音同，在臺灣閩客語互動頻繁的地域，不確定是否為接觸影響而來的；抑或因「在」為使用頻率高的虛詞而致語音語法化成極簡之音，卻恰與閩南語音巧同？本文暫持保留態度。客語「在个」（在）、「當在个」（正在）分別為進行貌標記與強調進行貌標記。當「个」失去方位處所屬性的同時，中心語義的釋解則更適合由主事者所在地正在進行的動作來承擔。本節說明「當」（正值）、「在」（在）與「个」（那）原先為分立的三個概念，後來引發動詞短語「在个」先成為介詞短語，而後語法化成介詞短語、進行貌標記的兼用階段，其主要誘因在於：遠指代詞後接的方位後綴的語法功能消失，導致遠指代詞後不接名詞組而接動詞組，使得結構成分產生變化，語義認知釋解具隱喻概念，並產生由「空間」到「時間」的演變過程。之後因語境關係、前後文的語用性，抑或「个」後動詞短語類型與主語人稱的使用等等，而使得「在个」結構更具緊密性，進行貌標記的功能也就越趨明顯。加強程度副詞「當」與「在个」也是先結合成一短語，之後循著「在个」的演變模式而成一強調進

48　在語法化過程中的每個階段都可能帶有語用因素（如表所示或本章所分析），只是這個階段更強化了語用因素。

49　本章聲母、韻母顯示暫以四縣腔為主，調號若有兩者，斜線後則表海陸腔。

行貌標記「當在个」。

　　據吳瑞文（2011）研究指出，漢語方言的「進行／持續」標記，大抵是由介詞詞組「著＋處所詞」語法化而來，但以往文獻似乎不曾具體地指出詞組中所謂「處所詞」的內涵究竟為何，因而作者進一步從方言比較構擬出早期閩東方言的「進行／持續」貌標記應該是由存在動詞、遠指成分與方位後綴三個成分所構成，其形式是一個介詞詞組，以體貌的合成性而言，遠指成分（在閩東方言是「許」）是誘使介詞詞組轉變為「進行／持續貌」這一功能範疇的一個重要關鍵，就認知而言，其語法化的途徑是由「空間」到「時間」。演變過程如下：

（15）閩東方言「進行／持續」貌標記的語法化過程

$_{Prepositional\ Phrase}$ [著＋[許＋裡]]＋V ＞ $_{Progressive\ Marker}$ [著＋[許＋裡]]＋V

V＋$_{Prepositional\ Phrase}$ [著＋[許＋裡]] ＞ V＋$_{Durative\ Marker}$ [著＋[許＋裡]]

　　Lakoff & Johnson（1980）曾提出「空間」到「時間」的概念隱喻（conceptual metaphor），而Heine等人（1991: 55-68）則探討了這些具有關連範疇的隱喻鏈，實則誘發了「空間」到「時間」的語法化途徑，Bybee等人（1994: 24-25, 133-136）也指出方位概念透過隱喻擴張（metaphorical extension）而語法化成時間體的概念，其形成的進行貌標記本為一構式，此構式的意義則帶有「主語在正進行某動作」（the subject is AT verbing），其中「在」（AT）原本即為一種方位概念；作者還提及，進行貌

（progressive）的功能主要在於給予主事者（agent）進行某一活動（activity）於某一位置點（location）的一種中間過程。例如，當我們問：Where's John? 我們的回答或針對 'where' 而回答出一位置點，如：He is in the bathroom. 不過，直接回答出主事者正在某位置點進行某活動則可能會是更具體而清楚的回答，如：He's taking a bath. 因而，進行貌構式（progressive construction）通常包含幾種意義成分：（1）一個主事者；（2）所處的空間位置；（3）在某一活動之中；（4）中間過程；（5）一個參照的時間點。當上述的意義成分弱化了，那麼這一類的進行式構式就越來越能夠出現在不同的語境當中，並名符其實的成為進行貌標記。作為客語具有方位概念的遠指代詞「个」，當其前與具方位概念的存在動詞「在」（在）相鄰之後便形成巧妙的變化，似乎也符合Bybee等人所提進行貌構式所具有的意義成分而變動著，進而演變成進行貌標記。

「當」、「在」、「个」[50] 三字早期為各別的語詞，各有其使用環境，也各有其語法化演變的歷程，其結構關係不必然是共現成分，觸發客語此三字結合並產生結構與語義變化的三個條件必須是：（1）遠指「个」後頭成分的方位處所詞需先消失，以啟動「个」具有能力與前後語境產生變化的環境條件，使得「在个」同具動/介詞短語與進行貌標記兼用的過渡階段；（2）因語境因素、主語人稱、「个」後接動詞類型，使得「在个」從兼

---

50 大致上，臺灣客語的「个」同具有量詞、指代詞、結構助詞三大用法，之間具有同源關係，但用字上已分工為常見的「個」、「个」、「該」等。相關討論，見賴文英（2012a）。

用階段成一結構緊密的進行貌標記，在此之前，「在」的前身需為介詞、「个」的前身則由漸失指代方位功能（即兼用階段）到完全不具指代方位的功能；（3）加強性的「當」與「在个」結合成一短語，其演變過程如前述「在个」的兼用階段到強調進行貌標記「當在个」的形成。此三階段之演變過程分別如下三例：

（16）a. 細人仔 在 个位。（小孩子 在 那裡。）

se⁵ ŋin² e³ ti⁵ ke⁵ᐟ² vi⁵ᐟ⁶

（「在」為存在動詞；「个位」指代處所。）

b. 細人仔 在 个位 寫字。（小孩子 在 那裡 寫字。）

se⁵ ŋin² e³ ti⁵ ke⁵ᐟ² vi⁵ᐟ⁶ çia³ sɨ⁵ᐟ⁶

（「在」為動／介詞；「个位」指代處所；「寫」為主要動詞。）

c. 細人仔 在 个 寫字。

se⁵ ŋin² e³ ti⁵ ke⁵ᐟ² çia³ sɨ⁵ᐟ⁶

（c1 小孩子 在 那裡 寫字。）

（c2 小孩子 在 寫字。）

（c1 譯為動／介詞「在」＋方位「个」的動／介詞短語結構，此時成分之間為分立狀態；c2 將「在个」譯為進行貌標記，此時成分之間為緊密結合狀態。）

（17）a. 在視野看不到小孩子或不知道小孩子在哪裡的情形下問：

A：細人仔 在个 做麼个？

B：細人仔 在个 寫字。

A：se⁵ ŋin² e³ ti⁵ ke⁵ᐟ² tso⁵ ma³ ke⁵

　　B：se⁵ ŋin² e³ ti⁵ ke⁵ᐟ² çia³ sɿ⁵ᐟ⁶

　　（A：小孩子　在　做什麼？）

　　（B：小孩子　在　寫字。）

　　（「在个」為一進行貌標記。）

b. 說話者為第一人稱，且情境為說話者正在進行寫字的動作之下說：

　　偓在个 寫字，毋好吵偓。

　　ŋai² ti⁵ ke⁵ᐟ² çia³ sɿ⁵ᐟ⁶, m² ho³ ts'au² ŋai²

　　（我 在 寫字，不要吵我。）

　　（＊我 在那裡 寫字，不要吵我。）

　　（「在个」為一進行貌標記。雖然，此句更容易說成近指代詞或近指代詞省略的形式如：「偓在（這）寫字，毋好吵偓。」不過，若置換成「在个」時，仍是可接受的語法與語義。）

c. 細人仔 在个 大，毋好餓著。

　　se⁵ ŋin² e³ ti⁵ ke⁵ᐟ² t'ai⁵ᐟ⁶, m² ho³ ŋo⁵ᐟ⁶ to³

　　（小孩子 在 長大，不要餓著。）

　　（＊小孩子 在那裡 長大，不要餓著。）

　　（「在个」為一進行貌標記。）

（18）a. 細人仔 當 在个位 寫字。

　　se⁵ ŋin² e³ toŋ¹ ti⁵ ke⁵ᐟ² vi⁵ᐟ⁶ çia³ sɿ⁵ᐟ⁶

　　（小孩子 正 在那裡 寫字。）

　　（「當」具強調進行之義；「在」為動／介詞；「个位」指代處所；「在个位」為一動／介詞短

語。）

  b. 細人仔 <u>當 在 个</u> 寫字。

    se⁵ ŋin² e³ toŋ¹ ti⁵ ke⁵ᐟ² çia³ si⁵ᐟ⁶

    （b1 小孩子 <u>正在 那 裡</u> 寫字。）

    （b2 小孩子 <u>正在／正忙於</u> 寫字。）

    （b1 譯同於 a 例；b2 譯的「當在个」為一強調式的進行貌標記。）

  c. 細人仔 <u>在 个 當</u> 寫字，毋好吵佢。

    se⁵ ŋin² e³ ti⁵ ke⁵ᐟ² toŋ¹ çia³ si⁵ᐟ⁶, m² ho³ ts'au² ki²

    （c1 小孩子 <u>在那裡 正忙於</u> 寫字，不要吵他。）

    （c2？？小孩子 <u>正在</u> 寫字，不要吵他。）

    （c1 譯的「在个」為一動／介詞短語；c2 的「在个」若為一進行貌標記，而後接的「當」具強調進行的語義之時，此種譯法較怪異。但華語此句本身則無問題。）

    本節以為，在客語進行貌標記「在个」、「當在个」形成之前，同於一般漢語方言的演變，其進行貌標記的形成是由介詞詞組「在＋含『个』處所詞」觸動「在个」的語法化。原則上，「在」先從動詞演變到介詞，「个」則從早期量詞演變到指代處所的空間性，在共時平面兩者成為結構相鄰的成分時，使得原本的遠指處所成分與句式中的其他成分如主語人稱、「个」後動詞類型產生互動，以及因語境方面因素而產生結構重新分析、語義釋解不同，當「个」失去方位處所屬性的同時，也是觸發「在个」形成結構緊密的進行貌標記，其中心語義的釋解則更適合由主事者所

在地正在進行的動作來承擔。至於「當」在客語中為常用的程度副詞，普遍用於修飾形容詞，具「很」之義，其前身由動詞語法化而來；「當」也有表正在進行的「正值、正在」之義，但後接主要動詞時，易退居成時間副詞，修飾動詞。「當」與「當在个」的差別在於，前者或保有動詞與時間副詞的功能，為與強調進行貌標記做一區別，因而「當」與「當在个」的功能具分工性，例如單一句「細人仔當大」，因「大」在此形容性較強即容易、也適合解讀為「小孩子很大」，而「細人仔當在个大」即解讀為「小孩子正在長大」，「大」為動詞。且「當」有其適用之語境，如「人當做」（人非常勞碌）、「尿當出」（尿很急），以及用在植物的盛結貌，如「芽當發」（芽正在長出來）、菜瓜當打（絲瓜正結許多的果實），抑或具有另一種強調貌，此時或適合以語境補充說明其強調狀。故而強調性的時間副詞「當」與「在个」結合成「當在个」後，便逐漸成為一強調進行貌標記。

　　客語進行貌標記「在个」與強調進行貌標記「當在个」的演變過程如下：

（19）客語進行貌標記的語法化過程

$_{\text{Prepositional Phrase}}$[在+[个+locality]]+VP > $_{\text{Prepositional Phrase}}$[在+个]/$_{\text{Progressive Marker}}$[在+个]+VP > $_{\text{Progressive Marker}}$[在个]+VP $_{\text{Adverbial Phrase}}$[當+$_{\text{Prepositional Phrase}}$[在[个+locality]]]+VP > $_{\text{Adverbial Phrase}}$[當+$_{\text{Prepositional Phrase}}$[在+个]]/$_{\text{Progressive Marker}}$[當+在+个]+VP > $_{\text{Progressive Marker}}$[當在个]+V

　　簡而言之，客語「个」的發展，因與其他語詞、上下文互動，

加上情境、語用功能的變化而具語法化與詞彙化的現象，雖說語言普遍存在語法化與詞彙化的現象，但對客語而言，「麼个」→「做麼个」→「V麼个」，以及進行貌標記「在个」與「當在个」的形成則具特殊性，一方面「个」可構成短語後綴的成分而使短語詞彙化，亦可詞彙化成疑問代詞，如「麼个」、「做麼个」，以及強調語用功能的「V麼个」構式，還可與存在動詞「在」結合而語法化成進行貌標記，如進行貌標記「在个」、強調進行貌標記「當在个」。

（三）句法結構的底層與外來層

　　客語副詞「緊」構成的「緊V1緊V2」構式，抑或由「越」構成的「越V1越V2」構式，則帶有兩個動作之間的因果、目的關係。[51] 其中V是謂語，可以是動詞或形容詞。依《臺灣客家語常用詞辭典》：「緊」本字未定，從俗暫用。符合「緊V1緊V2」句式的具兩義。說明如下：

　　（A）越……越……，具更加之義。
　　包含「緊來緊V」與「緊V1緊V2」，V或V2或具形容詞範疇，句式中的「來」字其動詞義已虛化。
　　例如：
　　（20）因為工廠个汙染，河壩肚个魚仔緊來緊少了。（因為工廠的汙染，河裡的魚越來越少了。）

---

51 劉月華等（1996） 將此類型句歸為緊縮句，指的是以單句形式表達複句內容的句子，一般可看成是由複句緊縮而成的。

in^1 vi$^{5/6}$ kuŋ^1 ts'oŋ^3 ke^5 vu^1 ŋiam$^{5/6}$, ho^2 pa^5 tu^3 ke^5 ŋ^2 e^3 kin^3 loi^2 kin^3 seu^3 le^1

（21）臺北个人口緊來緊多，不管去哪位就恁多人。（臺北的人口越來越多，不管去哪裡都很多人。）

t'oi^2 pet^7 ke^5 ŋin^2 k'ieu^3 kin^3 loi^2 kin^3 to^1, put^7 kon^3 hi^5 nai$^{5/6}$ vi$^{5/6}$ tç'iu$^{5/6}$ an^3 to^1 ŋin^2

（22）喊佢等，佢顛倒緊行緊遽。（叫他等我，他反而越走越快。）

hem^1 ki^2 ten^3, ki^2 tien^1 to^5 kin^3 haŋ^2 kin^3 kiak^7

（23）佢緊看緊靚。（他越看越漂亮。）

ki^2 kin^3 k'on^5 kin^3 tçiaŋ^1

（B）一面（一直）……一面（一直）……（或：（一）邊……（一）邊……）。

例如：

（24）佢緊看目汁緊流下來。（他邊看眼淚邊流下來。／他一直看眼淚就一直流下來。）

ki^2 kin^3 k'on^5 muk^7 tsɨp^7 kin^3 liu^2 ha^1 loi^2

（25）佢緊聽緊寫，當煞猛。（他邊聽邊寫，很用功。／他一直聽就一直寫，很用功。）

ki^2 kin^3 t'aŋ^1 kin^3 çia^3, toŋ^1 sat^7 maŋ^1

「越 V1 越 V2」，可分為「越 V1 越 V2V」與「越 V1越 V2」兩類。句式語義均同於「緊 V1 緊 V2」的第一義，即表更加之義，為程度的加甚，故而上述第一義句例中的「緊 V1 緊 V2」均可改為「越 V1 越

V2」。若欲分辨其細微差異，前式語義在於隨著V1
的進行而產生 V2 的變化，而後式是在與「越加
V1」之前的狀況做一比較，兩式差異如下：

（26）佢緊唱心情就緊好。（他越唱心情就越好。為純敘
述，不代表沒唱的話心情是不會變好的情形）

ki² kin³ ts'oŋ⁵ ɕim¹ tɕ'in² tɕ'iu⁵ᐟ⁶ kin³ ho³

（27）佢越唱心情就越好。（他越唱心情就越好。或蘊含著
沒唱的話心情可能就不會變好）

ki² iet⁸ ts'oŋ⁵ ɕim¹ tɕ'in² tɕ'iu⁵ᐟ⁶ iet⁸ ho³

大體上，若兩類句式語義幾近相同，又其中一類與華語一
樣，此或反映一類為客語的底層結構，另一類則是反映了晚近外
來層的結構，而不同的層次結構在方音系統的共時平面中形成了
競爭。

客語動詞後接副詞句式的特殊在於副詞修飾動詞的位置順序
與現代漢語不同，不過副詞使用的語詞有限。如下所示：

（28）a. 食加 一碗飯。（多吃一碗飯。）

sït⁸ ka¹ it⁷ von³ fan⁵ᐟ⁶

b. 著 加 一領衫。（多穿一件衣服。）

tsok⁷ ka¹ it⁷ liaŋ¹ sam¹

c. 減忒 加 盡多兩。（（重量上）多減了許多兩。）

kiem³ t'et⁷ ka¹ tɕ'in⁵ᐟ⁶ to¹ lioŋ¹

d. 著 少 一領衫。／少著 加 一領衫。（少穿一件衣
服。後句較常用）

tsok^7 seu^3 it^7 liaŋ^1 sam^1/ seu^3 tsok^7 ka^1 it^7 liaŋ^1 sam^1

（29）a. 駛 <u>往下</u>。（往下開。）

si^3 koŋ^1 ha^1

b. 走 <u>往出</u>。（往外跑。）

tseu^3 koŋ^1 ts'ut^7

（30）a. 走 <u>先行</u>。（先跑。）

tseu^3 çien^1 haŋ^2

b. 你行 <u>先</u>。（你先走。）

ŋi^2 haŋ^2 çien^1

上述句式或受現代漢語影響，部分用法則出現副詞修飾其後的動詞順序。大致上，上述句式反映了客語底層的結構，雖然有些底層結構順序和鄰近的粵語相同；下述句式則反映了晚近外來層的結構，不同層次結構在方音系統的共時平面中形成了競爭。晚近外來層如下所示：

（31）a. <u>多</u> 食一碗飯。（多吃一碗飯。）

to^1 sit^8 it^7 von^3 fan$^{5/6}$

b. <u>少</u> 著一領衫。（少穿一件衣服。）

seu^3 tsok^7 it^7 liaŋ^1 sam^1

（32）a. <u>先</u> 走。（先跑。／先離開。）

çien^1 tseu^3

b. 你 <u>先</u> 行。（你先走。）

ŋi^2 çien^1 haŋ^2

和前述句式具連帶關連的是客語句尾助動詞句「…添。」、「…來。」前者具有「多一點」之義，似和副詞「加」語義疊置，如下所示：

（33）著加一領衫添。（再多穿一件衣服。）
　　　tsok^7 ka^1 it^7 liaŋ^1 sam^1 t'iam^1

但實際上也可不必出現「加」，句義亦可具有「多一點」之義，如下所示：

（34）食一碗添。（再吃一碗。）
　　　sit^8 it^7 von^3 t'iam^1
（35）坐一下添。（再坐一會。）
　　　ts'o^1 it^7 ha$^{5/6}$ t'iam^1

客語中的「添」為副詞，修飾其前的動詞，只是不緊接在動詞之後，在句末，或逐漸成動詞補語功能的句尾助動詞，此種用法具區域上的差異，非客語次方言間所存在的普遍用法。另一詞素為位於句尾的「來」，此字則是無意義的一種口語襯字，在句子中完全無原來動詞的語義，單純的做動作補語的功能，對「V 一 QN 來」整個構式來說，則帶有對動作的不在意、隨意的、無足輕重的看法。如下所示：

（36）a. 睡一覺目來。（睡個覺。）
　　　soi$^{5/6}$ it^7 kau^5 muk^7 loi^2

b. 食一碗飯來。（吃碗飯。）

　　　sit^8 it^7 von^3 fan$^{5/6}$ loi^2

c. 洗一下手來。（洗個手。）

　　　se^3 it^7 ha$^{5/6}$ su^3 loi^2

　　不論是「…添。」或「…來。」之間具有類同的結構類型，即：動詞＋一＋類別詞＋名語＋添／來。「添」與「來」為句子的補語成分，與其他成分之間具有構成習語化的趨勢，前者具副詞「再」之義，後者則與現代漢語「V（一）個N」構式中具相似的語義，即「（一）個」帶有極小、少的含意，構式則帶有說話者的態度（subjectivity），並帶有對動作的不在意、隨意的、無足輕重的看法。[52]

　　客語動賓結構後接補語句式的特殊在於賓語與補語的位置順序與現代漢語不同。客語句尾補語如「…著。」、「…落。」如下所示：

（37）a. 看佢得著。（看得到他。）

　　　　k'on^5 ki^2 e^3 to^3

　　　b. 看佢毋著。（看不到他。）

　　　　k'on^5 ki^2 m^2 to^3

（38）a. 食飯得落。／飯食得落。（吃得下飯。／飯吃得下。）

　　　　sit^8 fan$^{5/6}$ e^3 lok^8 ／ fan$^{5/6}$ sit^8 e^3 lok^8

52　現代漢語「V一個N」構式的探討參見Biq（2002a, b, 2004）。

b.食飯毋落。/飯食毋落。（吃不下飯。/飯吃不下。）

$$sit^8 \ fan^{5/6} \ m^2 \ lok^8 \ / \ fan^{5/6} \ sit^8 \ m^2 \ lok^8$$

　　上述句式（斜線前）或受現代漢語影響而出現賓語在後、補語在中的順序。大致上，上述句式反映了客語底層的結構，上述斜線後之例與下述句式則反映了晚近外來層的結構，不同層次結構在方音系統的共時平面中則形成了競爭。晚近外來層如下所示：

（39）a. 看得著佢。（看得到他。）

　　　　$k'on^5 \ e^3 \ to^3 \ ki^2$

　　　b. 看毋著佢。（看不到他。）

　　　　$k'on^5 \ m^2 \ to^3 \ ki^2$

（40）a. 食得落飯。（吃得下飯。）

　　　　$sit^8 \ e^3 \ lok^8 \ fan^{5/6}$

　　　b. 食毋落飯。（吃不下飯。）

　　　　$sit^8 \ m^2 \ lok^8 \ fan^{5/6}$

（四）「敢」質疑問句的層次來源

　　客語「敢」質疑問句具三大語義、語用與語法功能，如下所示：

（A）表質疑，對命題肯定的加強質疑

　　　情境：手機有來電未接，顯示為學校號碼，在學校眾
　　　多單位中質疑是系助「打了電話」，因而回電詢問：

（41）你頭先敢有打電話分𠊎？（你剛才可有打電話給我？）－質疑應該打了電話。

ŋi² t'eu² çien¹ kam³ iu¹ ta³ t'ien⁵ᐟ⁶ fa⁵ pun¹ ŋai²

（B）表質疑，對命題予否定性的加強質疑

（a）對肯定句中的否定質疑：在問話者自行解數學題解不出來，而旁人在嘲笑時，問話者帶著質疑他人「難道你就會做」、「不相信對方會做」的心態反問對方：

（42）你敢會做？（你難道會做？）－質疑對方應該也不會做。

ŋi² kam³ voi⁵ᐟ⁶ tso⁵

（b）對否定句中的否定質疑：問話者質疑對話者「應該是」客家人，因而以「反問法」質問：

（43）你敢毋係客家人？（你難道不是客家人？）－質疑對方是客家人。

ŋi² kam³ m² he hak⁷ ka¹ ŋin²

（C）表質疑，具加強問句的質疑效果

情境：在對方是個大忙人，常要開會可能不容易找到人的情形之下，但因隔天有事情需請對方幫忙而問：

（44）你天光日敢有會議愛開？（你明天可有會議要開？）－質疑對方明天可能有會議要開，但又希望這個質疑是錯的。

ŋi² t'ien¹ koŋ¹ ŋit⁷ kam³ iu¹ fi⁵ᐟ⁶ ŋi⁵ᐟ⁶ oi⁵ k'oi¹

朱德熙（1985, 1991）指出漢語正反問句「VP 不 VP」與「ADV+VP」，兩種類型在方言當中多數呈現互補分布，且指出方言當中若有兩種形式同時並存時，則可能來自於不同的語言層次，因 K-VP（K 為副詞「可」，相應於閩、客語則為「敢」）在方言中分布不廣，又不容易在文獻中反映，因而就北方官話系統而言，只能猜測 K-VP 的出現較「VP 不 VP」晚。而余靄芹（1988）從先秦古籍總的發展來看，認為 VP+Neg 可能較 V-neg-V 出現得早，但對 ADV+VP 的歷史源流則持保留態度。同時，余靄芹（1988）、Yue-Hashimoto（1992）依循朱的觀點也把「ADV+VP」視為正反問句的一種，並考察臺灣閩南語則同時存在了三種層次：可 -VP-neg 為早期的口語層，此時的「可」為強調語氣而不帶疑問性質，較多出現於明清時期的閩語話本之中，[53] 之後演變成「可 -VP」及「敢 -VP」，並假設「敢」可能是由直述句「可 -neg-VP」中，「可」與後字雙唇音聲母連音而形成，為臺灣土語層次；V-neg-V 則來自於北方話層次；VP-neg 則是標準閩南語層次，此一層次也是多數南方方言的特色。朱德熙（1985）以蘇州話舉「ADV+VP」式以疑問副詞「阿」為例：「耐阿曉得？」並認為句子較適合翻譯成華語的：「你知道不知道？」同時以蘇州話是非問句可以用「是格」作為肯定的回答，選擇問句或正反問句則不能如此回答，因而認定「ADV+VP」與「VP 不VP」兩者為變體關係。或者以土人語感來說，「ADV+VP」與「VP 不 VP」語義類同，也或者前式在演變的過程當中，語義

53　這裡我們並不確定明清時期的閩語話本之中「可 -VP-neg」的用法是否為官話層，畢竟話本中的語詞受到官話層的影響較口語層來得多。

產生了變化，尤其在兩式可以並存的語言之中。不過以閩、客語來論則非如此，客語「敢」問句的語義不等同於華語的 VP-neg-VP，且客語極少有 VP-neg-VP 的結構，若有的話，應為晚近受華語影響的外來層。

　　至於「敢」問句，基本上我們將它視為語氣副詞，「敢」問句從上述共時角度分析上的複雜性而言，適合另外獨立成一類問句，但我們也需考慮其句型的歷時演變再來定奪，但無論如何，客語「敢」問句的使用具有強調、質疑、反問的意涵，不論從形式、語義或語用來看，不能只歸於正反問句的中性命題，但也不能只歸於是非問句的類型，或更適合獨立為一類。客語「敢」問句與正反問句「VP-neg」均屬土語層，而後者在歷史的文獻中存已久，至於前者是否為臺灣的土語層，則要比較大陸地區其他的閩、客方言語料才能定奪，故而以上我們僅簡論「敢」問句的一些議題。

（五）「分」字句與「同」或「摎」字句的特殊性

　　相較於其他漢語方言，客語的「分」字句是一種特殊的句型結構，依句型結構、句法成分而帶有不同的語義角色或語法功能，主要有兩類句式：雙賓語式與被動式，前式除當主要動詞之外，另外帶有其他三類語法標記的功能，相當於華語的雙賓語式；後式相當於華語的被動式。如下所示：

（A）　雙賓動詞—主要動詞（main verb）–給予
（45）阿明分一支筆佢。（阿明送一支筆給他。）
　　　　$a^1 min^2 pun^1 it^7 ki^1 pit^7 ki^2$

（B） 雙賓動詞－來源標記 / 主要動詞 （main verb）－索取

（46） 佢摎人分錢。（他向人討 / 要錢。）

$ki^2\ lau^1\ \eta in^2\ pun^1\ t\varsigma\text{'}ien^2$

（47） 阿明摎佢分一支筆。（阿明向他討 / 要一支筆。）

$a^1\ min^2\ lau^1\ ki^2\ pun^1\ it^7\ ki^1\ pit^7$

（C） 雙賓動詞－結果標記 / 主要動詞 （main verb）－分開成

（48） 佢摎東西分做兩析。（他把東西分開成兩半。）

$ki^2\ lau^1\ tu\eta^1\ \varsigma i^1\ pun^1\ tso^5\ lio\eta^3\ sak^7$

（D） 雙賓動詞－對象標記 / 主要動詞 （main verb）－分開並給予

（49） 分家、分紅、分錢。（分家、分紅、分錢。）

$pun^1\ ka^1, pun^1\ fu\eta^2, pun^1\ t\varsigma\text{'}ien^2$

（E） 雙賓動詞－目標標記（goal marker）

（50） 佢送一支筆分匨。（他送一支筆給我。）

$ki^2\ su\eta^5\ it^7\ ki^1\ pit^7\ pun^1\ \eta ai^2$

（F） 雙賓動詞－補語連結標記（complementizer）

（51） 佢帶東西分狗仔食。（他帶東西給狗吃。）

$ki^2\ tai^5\ tu\eta^1\ \varsigma i^1\ pun^1\ kieu^3\ e^3\ sit^8$

（G） 雙賓動詞／介詞—使役標記（causative marker）

（52） 佢會分𠊎去臺北。（他會讓我去臺北。）

ki^2 voi$^{5/6}$ pun^1 ŋai^2 hi^5 t'oi^2 pet^7

（H） 被動式介詞—主事者標記（agent marker），相當於
　　　 被動句

（53） 佢分𠊎打。（他被我打。）

ki^2 pun^1 ŋai^2 ta^3

（54） 碗分佢打爛呋了。（碗被他打破了。）

von^3 pun^1 ki^2 ta^3 lan$^{5/6}$ t'et^7 le^1

　　相較於其他漢語方言，客語的「同」或「摎」字句也是一種
特殊的句型結構，「同」普遍用於南北四縣腔、大埔腔，「摎」
則普遍用於海陸腔，但在桃園、苗栗四縣地區，甚至南四縣地區
也存在許多的「摎」字句，因而一方音系統中，若同時出現「同」
或「摎」，且語義幾無差別時，或後者已有逐漸取代前者的趨勢。
依句型結構、句法成分而使得「同」或「摎」帶有不同的語義角
色或語法功能，其詞類可分別為主要動詞、連詞、介詞、雙賓動
詞、處置式介詞，末者相當於華語的「把」字句。但客語還有一
個使令義介詞的「摎」，又另有「將」字句與「摎」的處置式介
詞語法功能類似，「將」字句較有可能為書面體的用法，之後再
與口語體形成競爭。例句分別如下所示：[54]

54　有關研究可參考Lai（2001, 2003a, b）、江敏華（2006a）。

（A）動詞／連詞（verb/comitative）－與事者（comitative）[55]

（55）人用烏豆摎水摎鹽摎五香粉。（人們用黑豆 加／和 水 加／和 鹽 與／和 五香粉。）

ŋin² iuŋ⁵/⁶ vu¹ t'eu⁵/⁶ lau¹ sui³ lau¹ iam² lau¹ ŋ³ hioŋ¹ fun³

（56）二摎六係八。（二加六是八。／二和六加起來是八。）

ŋi⁵/⁶ lau¹ liuk⁷ he⁵ pat⁷

（B）連詞－與事者（comitative）

（57）阿明摎阿華共下去學校。（阿明和阿華一起去學校。）

a¹ min² lau¹ a¹ fa² k'iuŋ⁵/⁶ ha⁵/⁶ hi⁵ hok⁸ kau³

（C）介詞－來源（source）

（58）阿明摎阿華買田。（阿明向阿華買田。）

a¹ min² lau¹ a¹ fa² mai¹ t'ien²

（D）介詞－目標（goal）

（59）𠊎摎佢講話。（我跟他說話。）

ŋai² lau¹ ki² koŋ³ fa⁵

---

55 此兩例語料取自《客語陸豐方言》（1897, 1979）。

（E）　雙賓動詞 / 介詞—受益者（benefactive）

（60）佢摎人做媒人。（他替人做媒。）

　　　$ki^2 lau^1 ŋin^2 tso^5 moi^2 ŋin^2$

（61）摎𠊎買一罐豆油轉來。（幫我買一瓶醬油回來。）

　　　$lau^1 ŋai^2 mai^1 it^7 kon^5 t'eu^{5/6} iu^2 tson^3 loi^2$

（F）　處置式介詞－受事者（patient）

（62）佢摎錢用淨淨。（他把錢花光光。）

　　　$ki^2 lau^1 tɕ'ien^2 iuŋ^{5/6} tɕ'iaŋ^{5/6} tɕ'iaŋ^{5/6}$

（63）佢將錢用淨淨。（他把 / 將錢花光光。）

　　　$ki^2 tɕioŋ^1 tɕ'ien^2 iuŋ^{5/6} tɕ'iaŋ^{5/6} tɕ'iaŋ^{5/6}$

（64）摎碗洗淨來。（把碗洗乾淨。）

　　　$lau^1 von^3 se^3 tɕ'iaŋ^{5/6} loi^2$

（65）將碗洗淨來。（把 / 將碗洗乾淨。）

　　　$tɕioŋ^1 von^3 se^3 tɕ'iaŋ^{5/6} loi^2$

（G）　使令義介詞－受事者 / 主事者（angent/patient）

（66）你摎佢過來坐好！（你給我過來坐好！）

　　　$ŋi^2 lau^1 ŋai^2 ko^5 loi^2 ts'o^1 ho^3$

　　早在反映十九世紀末客語的《客英大辭典》與《客語陸豐方言》文獻中，似乎已反映具介詞性的「摎」與「同」的混用性。而「摎」的本字未知，來源為何？又「分」、「同」、「摎」的歷時語法演變如何？以及它們在客方言或漢語方言中的分布與走向又如何？與非漢語方言之語法類型關係等等，此些問題均有

待開發。

四、客語人稱方面的幾個語法差異點

前一節曾提及人稱代詞的複指與屬有構式的層次性問題，本節擬再針對臺灣客語四縣與海陸腔在人稱方面的五個語法點進行差異比較，分別是：（一）人稱複指標記（們）；（二）第一人稱複指形式（我們）；（三）人稱領格的聲調走向（我的／你的／他的）；（四）人稱屬有構式；（五）旁稱代詞－人／儕／人儕／人家的用法。或兼及他腔的比較。

本節所指四縣客語含括：北四縣與南四縣，前者可分為桃園四縣（或稱四海）、苗栗，後者主要含括六堆地區；本章所指海陸客語含括：新竹海陸與桃園海陸（或稱海四）。各次方言間在同一性中又均帶有多樣性的異質成分，當語言接觸時間越長久，空間分布又越交錯時，原屬同一腔別的兩地話語，其相異的成分往往就逐漸增加，對於原來的共同來源就漸被淡忘、模糊，甚而不為人所知。故而本節主要在於呈現並討論這五個人稱語法點在共時方面的差異性，以及在歷時方面可能的變化關係。

（一）人稱複指標記（們）

以下先以表格呈現客語次方言間人稱複指標記的情形，繼而點出相關問題點，以及建議問題解決的方法。

【表5.1】人稱複指標記（們）

人稱複指標記	
北四縣、海陸	teu[1] [兜]（們）
南四縣 - 萬巒、佳冬 （鍾榮富 2004b；賴淑芬 2004）	ten[1]/nen[1]/len[1] [等]（們）
南四縣 - 美濃（楊時逢 1971）	nen[0]（們）
南四縣 - 美濃（鍾榮富 2004b: 187）	ŋan[1], nen[1], ken[1]（我們 , 你們 , 他們）

上表呈現的問題可從四點來談：

I.　teu 與 ten 是否具共同來源？其本字為何？

II.　南四縣「等」音具變體，若「等」字來自於古漢語本字，則陰平調的來源不符客語的音變規律。

III.　鍾榮富（1995）指出以下規律為必用律，但在 2004 年的文章中（2004b:187）卻似乎不是必用律，且以下規律與更早期楊時逢（1971）調查的語料不同，似乎說明著語言歷經的變化或變化中的情形。

（67）

$$\text{ŋai}^{11} + \text{ten}^{33} \rightarrow \text{ŋan}^{33}$$

$$\text{ŋ}^{11} + \text{ten}^{33} \rightarrow \text{nen}^{33}$$

$$\text{ki}^{11} + \text{ten}^{33} \rightarrow \text{ken}^{33}$$

IV.　若欲解本字或來源問題，需擴大各客語次方言、漢語方言、非漢語方言的調查與比較。

林立芳（1999）指出梅縣客語人稱代詞的三點特色：一、複數詞綴有「等」、「兜」兩種形式，並認為前者為古漢語沿用下來的，而後者是由量詞意義虛化而來的，且不能像前者一樣，加在指人名詞之後；二、對於人稱代詞格的看法，指出漢語基本上沒有像西方語言的格變形式，梅縣客話的名詞及大多數代詞也都沒有格的變化，只單指的三身代詞具有格的語法變化形式；三、除了三身代詞外，另有其他人稱代詞：自家（自己）、盡兜（大家）、齊家（咱們）、別人、別人家、人家。在林立芳的文章當中，對「等」、「兜」的來源、兩者是否為本字、是否為同源或異源關係，以及對領屬格變的說法，無太多著墨。有關問題點，我們一併在下一點討論。

（二）第一人稱複指形式（我們）

以下先以表格呈現客語次方言間第一人稱複指形式的情形，繼而點出相關問題點，而後嘗試對相關問題做一初步的推測與詮釋。

【表5.2】第一人稱複指形式（我們）

第一人稱複指形式（我們）	
北四縣、海陸 （賴文英 2015: 136-137）	包舉式：en^1, en^1 teu^1（ηin^2）, en^1 $li^{3/2}$ [偲，偲兜（人），偲俚] 排他式：ηai^2（ia^3/lia^3, $li^{2/3}$）teu^1（ηin^2）[俚（這／俚）兜（人）]; $\eta ai^{2/3}$ XX 人 [ex. 俚新屋人 - 海陸]; $\eta ai^{2/3}$ li^2[俚俚 - 海陸]

南四縣 - 萬巒、佳冬 （鍾榮富 2004）、（賴淑芬 2004）	$\text{ŋai}^2 \text{ ten}^1/\text{nen}^1/\text{len}^1$ [佢等]（我們）
南四縣 - 美濃（楊時逢 1971）	$\text{ŋai}^2 \text{ nen}^0$（我們）
南四縣 - 美濃（鍾榮富 2004: 187）	$\text{ŋan}^1/\text{nen}^1/\text{ken}^1$（我們 / 你們 / 他們）

上表呈現的問題可從五點來談：

I. 「偃」的來源與本字未決。

II. 「俚」在四縣、海陸聲調的不一致，及其來源與本字未決。

III. 「𠊎俚」與「偃俚」在其他次方言間的情形如何？

IV. 「你俚」與「佢俚」在其他次方言間的情形如何？

V. 第一人稱複指多重形式反映的多層次問題？

桃園海陸腔文本中：「三身單指 + <u>俚</u>兜人」（我們 / 你們 / 他們），「俚」常理之下應記錄成「這」字。「俚」或從「這」音變而來，從以下四點做初步的推測：

海陸腔「𠊎俚」與「偃俚」，「俚」均為高平，其來源可能為「這」的升調，後音變為高平。

➡四縣後期受海陸影響而產生「偃俚」，其中「俚」的聲調可以與內部系統中的「這」音相合。

➡但我們卻又無法說明三身當中為什麼不會產生「你俚」與「佢俚」的說法（後來詢問幾位海陸腔母語人士，有的或認可這類說法）。

➡也許這和語言的認知有關，畢竟，第一人稱較第二、三人

稱來說，距離或認知上來得更親密，因而較容易形成「𠊎俚」與「恩俚」的說法，四縣腔仍舊不會形成「𠊎俚」的說法；因而也推測「𠊎俚」較有可能是晚期形式的說法。[56]

三身代詞複指形式較為統一，分別為三身之後加上複指標記「兜」，如：𠊎（這）兜（人）、你（這）兜（人）、佢（這）[57]兜（人）。第一人稱複指有不同的形式，較特別的為一字形式的「恩」表複指，[58]抑或受到前述構式的類推而後產生的「恩（這）兜（人）」的說法。另外，只海陸腔較可以用第一人稱後加上「俚」表複數，為第一人稱的複指標記，少用在其他單指人稱、有生或非有生的事物之後，其功能較作用於人與事物複指標記的「兜」而言，更像華語的複指標記「們」，但「們」可用於三身，「俚」卻較不行，且「𠊎俚」大體用在海陸腔為多。若「恩」已為複指，那麼廣為四縣與海陸接受的「恩俚」，應為後起的變化，若是受海陸「𠊎俚」類推影響所致，則就較無法解釋四縣腔「恩俚」產生的合理性，畢竟四縣腔普遍無「𠊎俚」的說法。「俚」在四縣與海陸的聲調無法對應，前者為降調，後者為高平，此外，我們懷疑文本中人稱複指形式：單指＋（這）兜（人），海陸腔

---

56 客語第一人稱複指常見的用法中有「恩俚」、「恩」、「恩兜」以及「𠊎兜」等用法，前三者較常用於對聽話者的包舉式，後者較常用於對聽話者的排除式，至於海陸「𠊎俚」的用法則與後者較接近。

57 此處較常用近指的「這」，尤其是第一人稱時，第三人稱則或常用遠指的「該」，不過，口語上均可以接受。

58 以一字表人稱複指的形態也出現在一些東南方言，甚至和非漢語方言類同。如臺灣閩南語三身複指均各自以一音表示，且其音似乎為三身單指語音的屈折變化，客語複指「恩」與單指「𠊎」音差別大，但前者為鼻音韻尾的徵性卻類同於閩南語。因牽涉的語料層面相當廣，相關問題適合另文探討。

「這」作為指示代詞時，其語音常為 [li¹] 或 [lia¹]（比較四縣為降調的 [lia³] 或 [ia³]），在複指人稱時，升調「這」常變音為高平的 [li²]，並省略之後的「兜人」，如果說，系統中除早期的「𠊎」之外，另再因詞素結構而產生一「𠊎俚」之說法，似乎可獲得接受與理解，畢竟人稱加一複指標記表複數詞，較符合漢語方言的詞素結構，並還存在著包舉式與排除式的說法，因而若同一語義已存在一種說詞了，實無必要或較難再產生另一同一語義的說詞，如「俚俚」，因而可解釋為何四縣較無「俚俚」的說詞，而海陸的說詞則是由語境，以及第一人稱音變符合小稱高調的徵性而產生了「俚俚」的說法。[59]

比較另一篇文章（賴文英 2010b），其中探討了四縣與海陸客語人稱領格高調的徵性具有小稱變調的行為；另外，四縣與海陸腔副詞「恁」的高平調也具有小稱變調的行為，其中，四縣「恁」的高平聲調變化不同於自身系統小稱詞上聲調（降調）的後綴模式，說明這是一種屈折調，且為小稱變調的一種類型，海陸「恁」的聲調變化則碰巧與自身方言系統中小稱詞小稱變調的聲調模式相同。雖然，人稱領格的聲調變化總也與親屬稱謂詞或身體部位語詞的「親密性」有關，而副詞「恁」的聲調屈折變化總也具有小稱語義上的指小弱化，以及海陸腔「俚俚」高調的說法則和第一人稱認知上的親密性有關。另外，海陸近指「這」語流中從升調易變化為高平，這些看似為音變的特例，但其共同特徵為同具 [高調] 徵性，且和小稱詞語法化其中的一個歷程有關，

59　有關小稱音變的討論，參見賴文英（2010b, c）

這也說明語言中的小稱變調行為可以循多種途徑來進行。因而，我們認為第一人稱多樣性的複指形態，可能反映了不同的時空層次，從前述分析，複指的「兜」應較「俚」早產生，包舉式的「偲俚」或從排除式的「𠊎兜」結構類推而來，而「偲」又較「偲兜」、「偲俚」早。又從海陸「𠊎這兜人」到「𠊎俚」的語音變化來說，「𠊎俚」或又較「偲俚」更早，因為「𠊎俚」的結構類推到「偲俚」。是故，至於「偲」的來源，一來涉及到東南方言與南方少數族群語的類型學問題，二來或也涉及為非漢語方言的底層詞問題，因牽連到更多漢語與非漢語方言的語料比較，在此只先做初步假設，待日後擴大調查語料再做進一步的分析。

（三）人稱領格的聲調走向（我的／你的／他的）

　　以下先以表格呈現客語次方言間人稱領格的聲調走向情形，繼而點出相關問題點，以及本文有關的主張與看法。

【表5.3】人稱領格的聲調走向（我的／你的／他的）

人稱領格的聲調走向 - 吾／**俚**，若，厥（「臺灣客家語常用詞辭典」）（我的／你的／他的）	
北四縣	ηa^{24}, ηia^{24}, kia^{24}（陰平）
海陸	ηai^{55}, ηia^{55}, kia^{55}（陽平）
四海	$\eta a^{55}/\eta ai^{55/24}$, ηia^{55}, kia^{55}（陽平／上聲 - 海陸）
大埔	ηa^{33}, ηia^{33}, $kia^{3}3$（陰平）
饒平	ηa^{55}, ηia^{55}, kia^{55}（陽平）

詔安	?, ?, ?
南四縣	ŋa²⁴, ŋia²⁴, kia²⁴（陰平）

上表呈現的問題可從三點來談：（上表粗體為海陸腔的用字）

I. 領格的來源？

對於客語人稱領格的來源，不同的學者有不同的看法，大致可以歸為三類的來源，即便雖同屬合音說或格變說的不同學者即有不同的看法。三類來源的主張各為：（詳細分析參見賴文英2010b）

i. 合音說

ii. 格變說

iii. 小稱音變說

II. 是否存在原本的調類？

依據賴文英（2010b）小稱音變說的看法，應不存在原本的調類，領格高調的普遍徵性是一種跨方言、跨語言的普遍語法現象。

III. 韻母 a/ia 的來源？

上表中或不能只論韻母 a/ia 的來源，必須有一套理論可同時解釋各次方言、跨方言之間韻變的情形，或許才更為合理。

（四）人稱屬有構式

以下先以表格呈現客語次方言間人稱屬有構式的情形，繼而點出相關問題點，而後嘗試對相關問題做一初步的推測與詮釋。

【表5.4】人稱屬有構式

人稱屬有構式 I	
北四縣、海陸 （賴文英 2015: 137-140）	（一）人稱領格 +NP，用在親屬稱謂詞或親密詞之前，也有用在動物詞或事物詞之前 （二）人稱領格 + 屬有標記 +NP （三）人稱主語 + 屬有標記 +NP
人稱屬有構式 II	
苗栗四縣	厥爸、厥老弟（他爸爸、他弟弟） 厥个老弟（他的弟弟） 佢个阿爸、佢个老弟（他的爸爸、他的弟弟） 若 / 你个 杯仔（你的杯子） 厥 / 佢个 桌仔（他的桌子）
新竹海陸	厥爸、厥老弟（他爸爸、他弟弟） 厥个老弟（他的弟弟） 佢个阿爸、佢个老弟（他的爸爸、他的弟弟） 若 / 你 个杯仔（你的杯子） 厥 / 佢 个桌（他的桌子）
理論上的原生型：厥老弟 / 你个杯仔 理論上的語言接觸與語法結構類推型：厥个老弟 / 若个杯仔	
《陸豐方言》 （Schaank 1897）	（一）人稱領格（吾、若、厥）+NP （二）人稱領格（吾、若、厥）+ 个 +NP （三）人稱主語（偓 、你、佢）+ 个 +NP
	吾个屋 $\eta a^1\ kai^5\ vuk^7$
	偓个錢 $\eta ai^2\ kai^5\ ts'ian^2$

	佢个；厥个；厥 ki² kai⁵, kia1 kai⁵, kia¹
	佢个目 ki² kai⁵ muk⁷
	若 / 你 个書 ŋia¹/ŋi² kai⁵ shu¹

上表呈現的問題可從兩點來談：

I. 臺灣客語三身代詞屬有構式的混用是在臺灣產生？抑或原鄉即有？

II. 其他漢語方言與非漢語方言三身代詞屬有構式混用的情形？

客語三身代詞的類型之中，領屬構式共有三式：（一）人稱領格+NP，用在親屬稱謂詞或親密詞之前，也有用在動物詞或事物詞之前；（二）人稱領格 + 屬有標記+NP；（三）人稱主語 + 屬有標記+NP。例子如下段所示。[60]

「人稱領格+NP」的形式在苗栗四縣使用頻繁，如「若杯仔」（你的杯子）、「厥桌仔」（他的桌子）……等，此似乎和系統中的連讀變調有關，因為「人稱代詞 + 屬有標記」的聲調表現為：LL+HH → LH（領格聲調），又四縣的陰平變調為：LH → LL/＿+ 任何聲調。故而苗栗四縣領格後接名詞普遍泛化使用的形式，可從連讀變調、類推泛化獲得解釋，應為後期的用法。

---

60 有關人稱領格的相關討論，參考賴文英（2010b）。

（五）旁稱代詞——人／儕／人儕／人家的用法人稱複指標記（們）

　　以下先以表格呈現客語次方言間旁稱代詞的情形，繼而點出相關問題點，而後嘗試對相關問題做一初步的推測與詮釋。

【表5.5】旁稱代詞——人／儕／人儕／人家的用法

代詞——人／儕／人儕／人家 的用法	
北四縣、海陸	人儕／人家（??），這兜儕（這些人）

　　上表呈現的問題可從兩點來談：
　　I. 從客語角度「人儕」、「人家」於華語的對應情形。
　　II. 從華語角度的「人家」於客語對應時的多重用法。
　　客語「人儕」對譯成華語為「人家」，但用法上仍有差異；客語「人家」可單指或複指到「戶」的單位。
　　客語「儕」為一底層詞，即為「人」之意思，但同一方音系統同具二詞指向同一義時，多半會逐漸分工，或使用上漸趨異，因而「人儕」應為後期形成的並列複合詞結構，常表人或他人之義。華語「人家」的用法在客語中有「人儕」、「人家」、「人」三種傾向於分工的用法，且華語的「人家」對應到客語不盡然是「人家」或「人儕」兩種而已。
　　華語「人家」對應到客語有三種譯法：一為「人家」，二為「人儕」，三為「人」，華語「人家」一詞依語境判斷可為反身代詞，也可為旁稱代詞，可為單指或複指，客語「人家」單指時，

可指向無定住家中的人，但以「戶」為單位，如下所示：

（68）話講有一戶<u>人家</u>，畜一群雞仔。

fa^5 koη^3 iu^1 it^7 fu$^{5/6}$ ηin^2 ka^1, hiuk^7 it^7 k'iun^2 kie^1 e^3

（話說有一戶<u>人家</u>，養了一群的雞。）

（69）結果有<u>人家</u>个細阿姐分阿兵哥勾走。

kiet^7 ko^3 iu^1 ηin^2 ka^1 ke^5 se^5 a^1 tɕi^3 pun^1 a^1 pin^1 ko^1 kieu^1 tseu^3

（結果有<u>人家家裡</u>的小姐被阿兵哥拐走了。）

上二例中，因「有」構式而為無定指，前者因數量詞為單數，後者由語境得知「人家」均為單指，但為單指住家戶，而非單指人。不過有一例為「人家女」，則是一詞彙，表示閨女，如：

（70）頭擺上早啊，有一个<u>人家女</u>，……。

t'eu^2 pai^3 soη^5 tso^3 a^2, iu^1 it^7 ke^5 ηin^2 ka^1 η^3

（很久以前啊，有一戶<u>人家家裡的閨女</u>，……。）

上例中的「人家女」指的是有一戶人家之中的「閨女」。再如複指例：

（71）脫體有錢<u>人家</u>關、吳、鄭三家人聯手摎井圍起來。

t'ot^7 t'i^3 iu^1 tɕ'ien^2 ηin^2 ka^1 kuan^1, η^2, ts'aη^5 sam^1 ka^1 ηin^2 lien^2 su^3 lau^1 tɕiaη^3 vi^2 hi^3 loi^2

（特別富有的<u>門戶</u>關、吳、鄭三家人聯手把井圍繞起

來。）

（72）歸隻庄頭个<u>人家</u>全部就在門前插艾仔。

kui¹ tsak⁷ tsoŋ¹ t'eu² ke⁵ ŋin² ka¹ tɕ'ion² p'u⁵ᐟ⁶ tɕ'iu⁵
ts'ai⁵ᐟ⁶ mun⁵ tɕ'ien² ts'ap⁷ ŋie⁵ᐟ⁶ e³

（整個村莊的<u>人家</u>全部都在門前插艾草。）

上二例中，前例「人家」因前文語境中存在定語「有錢」，而後文又指出有錢人的三戶姓氏；後例因「人家」指向前文群體「歸隻庄頭」，後文又有全稱量詞「全部」來加強複指的泛稱性，因而上述二例的「人家」均為複指。華語雖也有「人家」的用法，但華、客語的對譯情形並不全相同，如前例中，華語無「人家女」的說法，又客語「結果有<u>人家</u>个細阿姐分阿兵哥勾走」，華語較適合對譯成「結果有<u>人家</u>家裡的小姐被阿兵哥拐走」，且華語的「人家」，客語有些則無法對譯成「人家」，只能對譯成「人」。例：

（73）a. 頭擺做<u>人</u>个長年，……。

t'eu² pai³ tso⁵ ŋin² ke⁵ ts'oŋ² ŋien²

（以前做（別）<u>人家</u>的長工，……。）

b. 心肝想總做毋得趁毋著<u>人</u>。

ɕim¹ kon¹ ɕioŋ³ tsuŋ³ tso⁵ m² tet⁷ t'en² m² to³ ŋin²

（心想總不能什麼都跟不上<u>人家（別人）</u>。）

此外，客語當中還有「人儕」的用法，雖然我們在有限的文本中沒有發現相關用句，但此詞用法並不陌生，例如，表示有定

單指的「他人」：

（74）人儕無愛插你，你就莫再過麻煩佢了。
ŋin² sa² mo² oi⁵ tsʻap⁷ ŋi², ŋi² tɕʻiu⁵ mok⁸ tsai⁵ ko⁵ ma²
fan² ki² le¹
（人家／別人不要理你，你就不要再麻煩他了。）

（75）這人儕个東西，你毋好亂亂撏。
lia³ ŋin² sa² ke⁵ tuŋ¹ ɕi¹, ŋi² m² ho³ lon⁵ᐟ⁶ lon⁵ᐟ⁶ pien³
（這我??／人家／別人的東西，你不要亂翻。）

前一例可透過語境出現的照應詞「佢」來鏈接，可知此處的「人儕」只能為旁稱代詞，而後一例依語境，「人儕」可以表有定複指的旁稱代詞「他人」，抑或表第一人稱的反身代詞，尤其在句中加上了第一人稱照應詞的鏈接成分時則更明顯。如下所示：

（76）這人儕个東西，你毋好摎佢亂亂撏。
lia³ ŋin² sa² ke⁵ tuŋ¹ ɕi¹, ŋi² m² ho³ lau¹ ŋai² lon⁵ᐟ⁶ lon⁵ᐟ⁶
pien³
（這我／人家的東西，你不要亂翻（我的東西）。）

上例的照應關係應隨語境而異，依後文語境，「人儕」可照應到第一人稱，但實際上此句「人儕」若照應到不在語境中的第三人稱，或更自然。若真指涉到第一人稱時，若非嬌嗔式的自我影射，通常還是習用第一人稱的「𠊎」，而非「人儕」。

「人儕」對譯成華語為「人家」，但用法上仍有差異，華語「人家」可為自稱，但客語的「人家」通常不能自稱，「人儕」能不能自稱則很受限；客語文本中的「人家」，不管單指或複指，似乎均可指向「戶」的單位，且無法替換成「人儕」，因此，例（75）若轉換成「人家」時，語義上的「他人」較可以解讀成「他戶人家」，而不管實際上是否為我們一般「戶」單位上的認知。如：

　　（77）這人家个東西，你毋好亂亂搹。
　　　　　 lia³ ŋin² ka¹ ke tuŋ¹ çi¹, ŋi² m² ho³ lon⁵ᐟ⁶ lon⁵ᐟ⁶ pien³
　　　　　（這別人家裡的東西，你不要亂翻。）

　　故而華語「人家」的用法在客語中有「人儕」、「人家」與「人」三種傾向於分工的用法。值得留意的是，客語文本中較少發現「人儕」的用法，客語「人儕」存在不同的替代詞──含人稱代詞、旁稱代詞，且是否會受華語「人家」的影響而導致原先分工的語詞逐漸合流或忘失其一語詞的用法，在目前或未來話語的使用中，值得做後續的觀察。
　　語料可能因時、因地、因人而異，即便在同一個方言點的研究，不同的學者在不同時間點上所做的調查紀錄，語音也可能產生些微的不同。例如，鍾榮富（2004:186）指出在某些客家方言裡（南部四縣客家話中的高樹、佳冬、新埤），ŋan³³（我們）、nen³³（你們）、ken³³（他們）成為唯一的複數代名詞；而在鄧明珠（2003）與賴淑芬（2004）的調查中，卻只列出加後綴的方式。我們猜測：這應該是語言田野調查方法上，無法窮盡發音人，

只能紀錄當下發音人的語音現象。不過，這些過往語料的紀錄與觀察，則提供了後人比較研究參考的價值。因而面對本文提及人稱方面的問題，不見於文獻語料中者不代表不存在，存在於文獻語料中者不代表只有一形式，因而後續擬再針對本章提及的各語法差異點再設計一語法調查手冊，進行多樣化的語料蒐集，以尋求次方言變異中的同一性，抑或同一性當中的變異性。

五、本章結語

　　本章就比較的觀點探討客語特殊的語法結構及其反映出的層次問題，層次問題包含了相同語義但不同的句法結構所透視出底層與外來層的關係，抑或語言本身結構上的殊性可能反應的土語特色或底層現象。本章在第一節先就層次與語法結構研究的文獻做一探討，包含層次的研究，以及方言比較語法與語言類型學的研究，我們發現有關客語語法結構的層次問題，相關研究的文獻相當有限，是極待開發的一個領域。在第二節中，與華語或一般的漢語方言相較之後，將較為特殊的客語詞法整理成十六項特點，以及十四項句法特點，以為後文語法接觸討論的基礎。

　　在第三節，我們針對五個子題來探討客語特殊語法中所顯現出的層次問題，包含：1. 人稱代詞的複指與屬有構式的層次性，其中以單字形態表達第一人稱的複指與三身人稱的領有現象，實可能反映了底層現象，而第一人稱的複指與三身人稱的領有構式卻分別也具有不同的構式，此則和語言自身的演變發展以及語言接觸有關；2. 疑問代詞「麼个」→「做麼个」→「Ｖ麼个」，以及進行貌標記「在个」、「當在个」的形成則牽涉到語言歷時演

變的詞彙化與語法化歷程；3. 句法結構的底層與外來層，包括客語副詞「緊」構成的「緊 V1 緊 V2」構式、動詞後接副詞句式的特殊在於副詞修飾動詞的位置順序、句尾助動詞句「…添。」與「…來。」的句法位置、動賓結構後接補語句式等，其句法位置順序均與現代漢語不同，本章認為較殊性的句式反映了客語底層結構，較為共性的句式則反映了晚近外來層的結構，不同層次結構在方音系統的共時平面中則形成了競爭；4.「敢」質疑問句的層次來源，「敢」問句與正反問句 VP-neg 均屬土語層，而後者在歷史的文獻中存在已久，至於前者是否為臺灣的土語層，則要比較大陸地區其他的閩、客方言語料才能定奪；5.「分」字句與「同」或「摎」字句在客語中均分別具有多種語義與語法功能，其二的語法功能分別為華語的被動句與把字句，但「分」與華語的「給予」動作義有關，然而「摎」卻又同時和現代華語使役語義的「給」字句有關，因而「分」字句與「同」或「摎」字句在漢語方言之中具特殊性，雖然「摎」的來源至今未明，與「同」以及詔安客語的相關用法等等，都有待進一步的調查研究。

第四節為客語人稱方面的幾個語法差異點，分別指出五個在人稱方面較為特殊的問題，含：人稱複指標記（們）；第一人稱複指形式（我們）；人稱領格的聲調走向（我的 / 你的 / 他的）；人稱屬有構式；旁稱代詞－人 / 儕 / 人儕 / 人家的用法。主要的問題點在於許多人稱方面字詞的本源未決，各式人稱往往呈現複指為多重形式而反映出的多層次問題，以及三身領格的來源問題等。本章雖無法一一解釋各種人稱的語法問題，但先點出相關問題，試圖做一初步之推論、分析，待日後若欲解本源或層次來源的問題，則再擴大各客語次方言、漢語方言、非漢語方言的調查

與比較。

　　本章假設語言當中若存在「反常」的語法次序或語法結構時，或具有五種可能性，本章著重點或不同，但均觸及了接觸影響、語法結構上的認知觀點不同、語法化的中間階段、民族同源或底層現象、語言本身的殊性。此外，本章亦假設語言當中若存在兩類不同的語法結構，且語義幾近相同時，或具有三種可能性，其中因語言內部分化現象而形成的條件變體，可能需要較多語言的語料來觀察；而因語言的多元現象而產生的變體，其中「敢」問句與正反問句 VP-neg 較有可能為此類型；本章較多著重在因語言外部接觸現象而形成兼用性的變體研究，其一反映了底層現象，其一則反映了晚近的外來層現象。

　　對於許多客語特殊語法現象的來源或暫無法一一探究出其源流，含客語本字之來源常常也與語法有關，例如重疊構詞的歷史來源為何？雖每一方言或語言或多或少均有重疊構詞，但客語動詞重疊、形容詞重疊、象聲詞重疊等，其類型均相當的多樣化，包含象聲詞重疊時的音韻表現等等，另外各式人稱的語音與形態等等，此些源流問題，可能需與更多的漢語方言與非漢語方言做一語法類型的比較過後，或能得出較明確的答案。在許多語法與本源問題至今未決的情形之下，希冀經由本章爬梳整理有關語法點的差異現象，以為日後進一步的研究基礎。

第六章　臺灣客語四海話

　　臺灣客語的四海話，可以說是在臺灣語言接觸之下，所產生新一命名的客語次方言，也是因方言接觸而產生的一種中間帶混合語的語言現象，主要形成在四縣腔和海陸腔交會的地區。因區域性的不同，四海話演變的過程與機制也不同，並處在不同的演變規律與方向中。其中，本章最後亦從優選觀點說明「聲調」無論在廣義的四海話或狹義的四海、海四話當中，均扮演最高層級的制約，此符合四海話定義中的土人感原則，亦符合普遍的語言現象。本章架構如下：一、語言演變的方向與四海話；二、臺灣客語四海話的音韻系統；三、四海話定義探討；四、橫向滲透與縱向演變；五、四海話與優選制約；六、本章結語。

一、語言演變的方向與四海話

　　何大安（1988a）指出「語言演變的規律與變遷本有不同的階段性。」確實，語言隨著時間的演進與地理空間的變動，在長期的語言變遷當中，我們很容易混淆歷時語音層次的內部演變，與因語言接觸而產生的外部層次變動。當然，這種共時變異的橫向滲透與歷時演變的縱向演變，具有某種因果關係：由今音條件導致一系列的詞往相同的方向演變；古音條件在方言中的分化，卻是引發演變的間接因素。也就是說，從共時方言間的比較，找

出今音條件所引發的橫向滲透，進一步以古音條件追溯方言變體產生的機制。例如：古知、章、精、莊組聲母在客語各次方言的分合情形，大致具四個方向，其中臺灣四縣多合流為 ts-、tsʻ-、s-，海陸則分立為 ts-、tsʻ-、s- 與 tʃ-、tʃʻ-、ʃ-。當四縣與海陸交會時，對應相異的兩組聲母（即古知章組的來源），在四縣（ts-、tsʻ-、s-）受到海陸（tʃ-、tʃʻ-、ʃ-）的影響之下（反之亦然），四縣聲母逐漸往海陸靠攏，並導致四縣此類聲母，有些字已完成演變階段成 tʃ-、tʃʻ-、ʃ-，但更多情形是兼容使用，即 ts-~ tʃ-、tsʻ-~ tʃʻ-、s-~ʃ-。

其實，臺灣客語四海話的形成並非獨特，在世界各區域方言中，或多或少具有類似的語言接觸發生，只是作為以客語同質性高的兩大強勢次方言——四縣腔與海陸腔，兩腔在臺灣的接觸與融合就帶有較多的典型性與關注性。早在一百多年前的《客英大辭典》，裡頭某些類的字詞，除聲調外，聲母、韻母往往即系統性的呈現兩讀音的情形，其情形非關文白異讀，但卻和臺灣的四海話現象不謀而合。《客英大辭典》的原名為 *An English-Chinese Dictionary in the Vernacular of the Hakka People in the Canton Province*，此是由當時的英國長老教會外國傳教協會的傳教士在廣東地區傳教時，因為接觸了很多的客家人，故有製作此一辭典的構想。本章認為，此種共時與歷時均呈現類同的四海話現象並非歷時源流的演變關係，而是共時語言變化的普遍語法（universal grammar）情形。而在臺灣本地的閩南話兩大腔——泉州腔與漳州腔混合成俗稱的「漳泉濫」，亦屬類似的語言接觸情形，均已分別形成臺灣客語、臺灣閩語本土化的特色。

本章目的在於透過橫向、縱向之間的關連演變，探究四海話

變遷的基底機制，並針對區域方言中的方言接觸，關注五項議題：（一）透過共時方言比較，探討臺灣客語四海話音系、詞彙系統、語法系統的特色；（二）經由一系列的實證來觀察四海話演變中的「過程」；（三）透過古音、今音雙向條件的縱橫探索，以進一步掌握語言變遷的機制與成因；（四）提出四海話定義的擴充修正原則、通行腔的方言接觸原則、排除語碼轉換原則、土人感原則等四項原則，對廣義的四海話做一定義，同時區分狹義四海話與海四話的類型定義；（五）以土人感「聲調」感知的立場出發，從優選理論來說明臺灣四海話的異同現象，並以此呈現普遍的語言演變現象。

二、臺灣客語四海話的音韻系統

臺灣客語「四海話」最早由羅肇錦（2000a）提出，指的是「『四縣話』和『海陸話』混合以後所產生的新客家話。」其特色在於「海陸人說四縣話，基本上是以四縣聲調為基礎，然後聲母韻母保有海陸特徵……。」不過，四海話的研究隨著地域的擴大，因區域性的不同，演變的過程與機制也不同，並處在不同的演變規律與方向中。（鄧盛有 2000，張屏生 2004，鍾榮富 2004a, 2006，黃怡慧 2004，賴文英 2004a, b, 2008a, b, 2013）以桃園新屋地區為例，當地是個多方言並存的鄉鎮，居民生活語言以海陸話為主，但不乏有雙言者，四縣話為臺灣客語的通行腔，在當地仍有相當的規模與影響力，因方言間的相互滲透（saturation），導致四縣或海陸客語處在所謂的「變化中」，並產生多樣化的變體形式。新屋狹義的四海話，其聲調以四縣調為主，但

聲母、韻母、詞彙、語法卻具海陸的特色；同樣的，當地部分海四話，其聲調以海陸調為主，但聲母、韻母、詞彙、語法卻具四縣的特色，本書將前者定為狹義的「四海話」，並將前述各種現象泛稱為廣義的「四海話」。相關定義將於下文第三節再論，以下先呈現四海話的音韻系統，並以四縣為基準，分別與海陸、四海[61] 做一比較，以顯出四海話的特點。

（一）聲、韻、調的四海話

零聲母 ø 除外，四縣有 17 個聲母；海陸有 21 個聲母；四海有 21 個聲母（與海陸相同）。但四海的 tʃ-、tʃʻ-、ʃ-、ʒ- 這一組聲母會與四縣的 ts-、tsʻ-、s-、ø- 的這一組聲母形成競爭，成兼容或取代不等的情形。而 ʒ- 與 ø- 間可能產生中間音 z-/zi-（含 -i- 介音的流動），三者亦成競爭或共存兼容的局面，本書採取中立化（neutralization）的音位 tʃ-、tʃʻ-、ʃ-、ʒ-。有關 -i- 介音的流動與 ŋ- 聲母的問題，我們於後文「（二）音位與非音位之間的格局」一節再討論。

陰聲韻，四縣有 20 個；海陸有 18 個；四海有 18 個（較海陸多出 -ieu，如「邀」，但少了 -ioi- 韻）。其中，括弧中的 ie 韻非屬真正之音位，可歸在 e 韻之下。[62] ioi 韻屬特殊的三合元音韻，四縣與海陸各只一字，四縣為 [kʻioi⁵]（累），此字四海話

---

61 本章提及四縣、海陸時除非有另外說明，否則分別指稱目前通行腔的苗栗四縣與新竹海陸，四海主要指的是新屋四海（聲調以四縣為基底或表層），但實可含括臺灣各地的四海話現象。

62 相關問題見後文「（二）音位與非音位之間的格局」一節之討論。

【表6.1】聲母比較表

四縣	p-	pʻ-	m-	f-	v-	t-	tʻ-	n-	l-	ts-	tsʻ-	s-	ts-	tsʻ-	s-	ø-	k-	kʻ-	ŋ-	ŋ̍-	h-	ø-
海陸	p-	pʻ-	m-	f-	v-	t-	tʻ-	n-	l-	ts-	tsʻ-	s-	tʃ-	tʃʻ-	ʃ-	ʒ-	k-	kʻ-	ŋ-	ŋ̍-	h-	ø-
四海	p-	pʻ-	m-	f-	v-	t-	tʻ-	n-	l-	ts-	tsʻ-	s-	tʃ- ts-	tʃʻ- tsʻ-	ʃ- s-	ʒ- z- ø-	k-	kʻ-	ŋ-	ŋ̍-	h-	ø-
例字	斑八	爬盤	馬	花番	鳥碗	打端	桃塔	拿南	羅籃	早摘	茶察	沙三	*遮遮*	*車尺*	*蛇石*	*野葉*	家柑	科看	牙	耳鱷	蝦鹹	愛暗

【表 6.2】韻母—陰聲韻

四縣	ɨ	i	iu	e	eu	ie	ieu	a	ia	ua	ai	uai	au	iau	o	oi	io	ioi	u	ui
海陸	ɨ i	i	iu ui	e	eu au iau	e	iau	a	ia a	ua	ai	uai	au	iau	o	oi	io	ioi	u	ui
四海	ɨ i	i	iu ui u	e	eu eu au	(ie) e	ieu iau	a	ia a	ua	ai	uai	au	iau	o	oi	io		u	ui
					(ie) e eu iau	ieu iau ieu au														
例字	子 師 紙	西 耳 杯	流 酒 手	細 洗	偷 燒 笑	波 街 雞	橋 邀	花 拿 天	擎 謝 野	瓜 掛	買 賴	乖 拐	包 飽	鳥 吊	婆 禾	賠 開	茄 靴	，累，	烏 粗	歸 瑞

由海陸相對應的詞 [t'iam³] 取代 [63]；海陸為 [ts'ioi⁵]（脆），此字
四縣與四海音則均為 [ts'e⁵]。橫線表對應上的不同，如「子、師」
在四縣、海陸、四海均為 ɿ 韻；「紙」在四縣為 ɿ 韻、海陸為 i 韻、
四海則為 ɿ 或 i 韻。

　　陽聲韻，四縣有 23 個；海陸有 21 個；四海有 21 個（與海
陸相同），其中，四縣具 im、in 音位，海陸則不具備，而四海
話中的 im、in 二韻看似非屬真正之音位，似可分別歸在 im、in
二韻之下，但四海話中的 -im/-im、-in/-in 與另一組的 -im、-in 之
間實具有辨義作用，故而應也可自立成一組音位 im、in。音位
的選擇往往具有多層面的考量，是要以辨義作用為考量音位的首
要呢？還是以經濟原則為考量的首要？對於四海話尚處於不穩定
的音位 im、in，確實有些還處在兩可兼用階段，若以穩定的四
海話來說，im、in 勢必會受其聲母 tʃ-、tʃ'-、ʃ- 影響而趨於
-im、-in，因 im、in 的出現有其聲母上的制約條件，因而實可音
位化成 -im、-in。類同的問題也出現在以下的入聲韻。

　　入聲韻，四縣有 22 個；海陸有 20 個；四海有 20 個（與海
陸相同），其中，四海話中的 ip、it 二韻看似非屬真正之音位，
似可分別歸在 ip、it 二韻之下，但四海話中的 -ip/-ip、-it/-it 與另
一組的 -ip、-it 之間實具有辨義作用，故而應也可自立成一組音
位 ip、it。不過，其情形同上述的陽聲韻，因 ip、it 的出現有其
聲母上的制約條件，因而實可音位化成 -ip、-it，而此也較符合

63　[k'ioi⁵] 本字或為「瘃」，《廣韻》收此字，為曉母字，許穢切，意為困極也。
　　音義均合今之客語。[t'iam³] 用字習用「忝」或「恬」，《廣韻》作他點切或他
　　玷切，意為辱也。從義考量，本字或有待商榷。

【表6.3】韻母—陽聲韻

	im	im	em	am	iam	in	in	en	ien	uen	on	ion	an	uan	un	iun	aŋ	iaŋ	uaŋ	oŋ	ioŋ	uŋ	iuŋ
四縣	im	im	em	am	iam	in	in	en	ien	uen	on	ion	an	uan	un	iun	aŋ	iaŋ	uaŋ	oŋ	ioŋ	uŋ	iuŋ
海陸	im		em am	am	iam	in		en	ien an	uen	on	ion	an	uan	un	iun un	aŋ	iaŋ aŋ	uaŋ	oŋ oŋ	ioŋ	uŋ	iuŋ uŋ
四海	im im	im	(iem) em	am	iam iam am	in in	in	en	ien an ien en an	uen	on	ion	an	uan	un	iun iun un	aŋ	iaŋ iaŋ aŋ	uaŋ	oŋ oŋ oŋ	ioŋ ioŋ	uŋ	iuŋ iuŋ uŋ
例字	深沈	林鑫	(揜)森砧	三柑	甜險鹽	陳身	明兵	僧鷹	邊研冤	耿	安團	軟全	斑盤	關款	婚問	君裙雲	冇硬	驚靚影	幫房	網涼秧	紅銅		弓雄榕

【表6.4】韻母—入聲韻

	ip	ip	ep	ap	iap	it	it	et	iet	uet	at	uat	ot	iot	ut	iut	ak	iak	ok	iok	uk	iuk
四縣	ip	ip	ep	ap	iap	it	it	et	iet	uet	at	uat	ot	iot	ut	iut	ak	iak	ok	iok	uk	iuk
海陸	ip		ep ap	ap	iap	it		et	iet at	uet	at	uat	ot	iot	ut	iut	ak ak	iak	ok ok	iok	uk uk	iuk
四海	ip ip	ip	(iep) ep	ap	iap iap ap	it it	it	et	iet iet et at	uet	at	uat	ot	iot	ut	iut	ak ak	iak iak ak	ok ok	iok iok ok	uk uk	iuk iuk uk
例字	十濕	入笠	澀	納鴨葉	接貼	食直	七力	北色	月鐵越	國	八辣	刮	割渴	吮骨	出	屈	百白	錫壁擳	索薄	腳钁藥	穀目	六肉育

所謂的四海話。

【表6.5】成音節鼻音

四縣	m̩	n̩	ŋ̍
海陸	m̩		ŋ̍
四海	m̩	(ŋi)	ŋ̍
例字	毋	你	女

　　成音節鼻音，四縣有 3 個；海陸有 2 個；四海有 2 個（與海陸相同），其中，n̩ 屬四縣特殊的成音節鼻音，只一字「你」，此字由海陸相對應的音「ŋi」表示。

　　四縣有 6 個聲調；海陸有 7 個聲調；四海有 6 個聲調（調類與調值與四縣同）；若為海四腔，則有 7 個聲調，但其中的 [11] 與 [33] 二調值在語流中，則具有調位化的傾向。如下所示：

【表6.6】聲調

調類	陰平	陽平	上聲	去聲		陽去	陰入	陽入
調號	1	2	3	5		6	7	8
四縣調值	24	11	31	55			2	5
海陸調值	53	55	24	11		33	5	2
四海調值	24	11	31	55			2	5
例字	夫	湖	虎	富		婦	拂	佛

（二）音位與非音位之間的格局

　　臺灣各地四海話的音系、語法特色不見得都相同，一般在探討四海話時，多以四縣、海陸的聲、韻完全轉換為前提，其實不

然，除了對應上具有差異的會產生變化之外，另牽涉到語音演變的音理問題，因為這會導致語言產生對應以外的其他變體形式，如舌根塞音聲母之後 i 介音的存在與否，或 z 聲母的存在與否。若以四縣為基準，分別比較海陸與四海，凡海陸與四縣對應上具差異的（上述表格中的灰底部分），在四海話中，除聲調以四縣為主外，多半呈現兩套聲韻的共存疊置（layering）、兼容（compatible language），或融合（fusion）、取代（substitution）不等，形成音位與非音位間的中立化（neutralization），常反映在塞擦與擦音聲母及其韻母的流變、i 介音的流變、各類韻母的疊置或取代，也包括詞彙語法系統的疊置與競爭。其中，i 介音的流變主要牽涉到舌根塞音聲母、四縣零聲母的齊齒韻，以及海陸部分的舌葉音聲母。

　　舌根塞音聲母 k-、k'- 在拼 -e、-eu、-em、-ep 四韻時，[e]、[eu]、[em]、[ep] 分別與 [ie]、[ieu]、[iem]、[iep] 成混讀變體，因舌根音在拼前高元音 e 時，在前高元音之前往往會產生過渡音 [i]，又，從另一角度來看，e 本身也容易元音分裂成 ie，因此，可以中立化成 e、eu、em、ep。如：雞 [ke^1]~[kie^1]、狗 [keu^2]~[kieu^2]、撏 [k'em^5]~[k'iem^5]、激 [kep^8]~[kiep^8]。又當四縣本有的 ɿ 韻，在四海話時，與從海陸進來的 tʃ-、tʃ'-、ʃ- 等聲母拼合時，由於聲母的捲舌成分稍重，使得韻母主要元音較偏於齊齒韻的前高元音 i，又 -ɿ-、-i- 在上述條件下，音位上趨於選取 -i- 為音位，少部分字會有 -ɿ-、-i- 的混讀[64]現象，因此本書在音位的描述上則

64　本章的「混讀」是指語音性的自由變體。

中立化成 /-im、-in、-ip、-it/。此外，四縣零聲母的齊齒韻，一方面具有零聲母的強化作用而成 z- 或 ʒ-，但另一方面又受海陸對應的 ʒ- 聲母而趨同，使得原有的 i 介音可能產生兩種情形，一為受外來成分的 ʒ- 而強化，或生成過渡音 z-，另一為 i 介音仍保留在強化聲母之後。如：「雲」有 [ʒun⁵]~[zun⁵]~[ʒiun⁵]~[ziun⁵] 等不同的變體形式，基本上，屬於這一系列的詞（相關詞群參見賴文英 2008a, b），多數均容易產生類似不穩定的變體情形；反之，處在四縣、海陸交會的海四腔也容易有類似的變化。[65]

至於 ŋ- 和齊齒呼韻母 i 相拼時，音值近於 ŋ̟-，雖然，一般認為海陸腔實際音值為 ŋi-，無顎化成 ɲi-，四縣腔實際音值為 ɲi-，即 ŋi- 顎化成 ɲi-，事實上，一來海陸腔與四縣腔在部分地區中，其實際音值並無區分，有可能均顎化，但也可能均無顎化，二來原則上 ŋ- 和 ɲ- 成互補分配，從音位觀點，ŋ- 和 ɲ- 實可音位化為一聲母，取消 ɲ- 這個聲母，並不會造成音位系統的混亂，但為照顧客語與其他漢語方言語音上的特殊性，以及實際音值，在此仍暫以 ŋ- 作為音位符號。同樣的，/ian、iat/ 於北部四縣客語的音值為 [ien、iet]，為照顧音值和語料上對應的方便，北四縣仍暫以 ien、iet 作為音位符號。

三、四海話定義探討

前文，我們從最初的四海話定義，先瞭解四海話的基本特

65　四海話前高展唇元音前的濁聲母現象，與方言接觸或個人特質均有相當密切的關係，或可參考其他地區四海話的情形。

色，此節再來回頭討論四海話的定義問題，畢竟，隨著研究地域的擴大與區域方言特性上的不同，四海話也有著不同的演變規律與方向，原則上，後來各家學者對四海話的定義雖具差異性，但大體都是由最初定義再做擴充或修正。今將各家對四海話定義，整理如下表所示：

【表6.7】四海話的定義比較

主張學者	四海話定義和特色說明
羅肇錦 2000a	「四縣話」和「海陸話」混合以後所產生的新客家話。海陸人說四縣話，基本上是以四縣聲調為基礎，然後聲母韻母保有海陸特徵……
鄧盛有 2000	所謂的「四海話」是指四縣客語與海陸客語相互接觸後，使得四縣客語或海陸客語原有的語音、詞彙、甚至語法，發生了改變（包括四縣向海陸變化，或海陸向四縣變化），而形成的一種新的客家話。
張屏生 2004	在原有定義上結合詞彙的變化來擴充定義：把雜有海陸腔的四縣腔叫「四海腔」，把雜有四縣腔的海陸腔叫「海四腔」，統稱叫「四海話」。
賴文英 2004a,b、 2008b,c	狹義四海話的聲調是以四縣調為主，但聲母、韻母及詞彙、語法方面卻有海陸話的特色，反之狹義海四話亦然，並將前述現象泛稱為廣義的「四海話」。其中，四海話也可能包括弱勢方言（如豐順）的成分。
吳中杰 2006	將國姓鄉四種客家次方言，包括海陸、四縣、大埔、饒平的混合使用，稱之為「大四海話」。主要和墾拓時移民來源的背景有關。
鍾榮富 2006	擴充四海話範疇，並從優選觀點引證：無論四縣和海陸話如何融合，只要分別取自四縣和海陸，都稱為「四海客家話」，含五種類型。
賴文英 2013	循 2004 年定義——以桃園新屋為例，其四海話聲調是以四縣調為主，但聲母、韻母及詞彙卻有海陸話的特色；同樣的，當地部分的海四話，其聲調是以海陸調為主，但聲母、韻母及詞彙卻有四縣話的特色，前者為狹義的「四海話」，而前述各種現象泛稱為廣義的「四海話」。同時另定出四海話的四項原則，指出四海話的兩大類型六次類型，並從土人感雙方言能力的立場以優選觀點來引證相關主張。[66]

---

66 所謂的「土人感」見本章後文註69。四海話優選觀點的主張，於後文第五節另外專論。

本文另調整定義如下——臺灣四海話的聲調是以四縣調為主，但聲母、韻母及詞彙語法卻有海陸話的特色；同樣的，海四話的聲調是以海陸調為主，但聲母、韻母及詞彙語法卻有四縣話的特色，前者為狹義的「四海話」，後者為狹義的「海四話」，而前述各種現象泛稱為廣義的「四海話」。同時另定出四海話的四項原則，指出四海話的兩大類型六次類型，並從土人感雙方言能力的立場以優選理論觀點來印證相關主張。可以看出，各地四海話的變異並不具有一致性，亦即聲韻非完全包舉，也非以四縣聲調為基礎，或內容非只涵蓋四縣、海陸兩種方言，且四海話類型的呈現也不同，但大致都可稱之為「四海話」。

　　本章對於四海話內容上的定義，主張「四海話」在定義時應該要具備幾個原則：（一）在原有的定義之下擴充或修正，畢竟四海話的形成是在原有的架構之下而成形的；（二）應符合臺灣客語兩大通行腔，四縣與海陸方言接觸的普遍事實，故即使有弱勢腔的混雜現象，也可視之為四海話；（三）應排除可能的語碼轉換（code-switching），[67] 畢竟四海話的形成因素，主要和語言使用者對「聲調」感知的雙聲帶有關，故而有時為語碼轉換現象，但有時卻為四海話現象，二者必須要區別；（四）應照顧到語言使用者的語感，亦即土人感原則，此點尤為重要，包括發音人對

---

67 語碼轉換（code-switching），指語言使用者或因說話的對象、場合、話題以及心理因素等等，在同一句或同一篇章中，有時以 A 言，有時又以 B 言，以詞彙、短語或句子為單位，此常發生在語言使用者為雙聲帶或多聲帶的情形，而且發音人通常有能力察覺語言轉換上的不同。所以若發音人時而以「四縣」講，時而以「海陸」講時，不管其為「四海」或「海四」，原則上發音人仍認為那是四縣與海陸兩種方言的轉換，此是由「聲調」扮演語言認知或語碼轉換的主要角色。

雙方言具一定的熟識程度。張屏生（2004）的定義未能將「雜有海陸腔的四縣腔」或「雜有四縣腔的海陸腔」較好的區分出「四縣腔」與「海陸腔」的成分所指為何？成分是聲調、聲韻，抑或都有可能？如果不做區分，基本上，定義的結果容易混淆四縣腔與海陸腔。鍾榮富（2006）的定義或過於泛化四海話的實質內容，因為當兩種方言具有接觸關係時，雖可在聲、韻、調方面有不同的組合關係而形成不同的四海話類型（見本章後文），但基本上，多數的四縣客或海陸客，不管方言在語音、詞彙或語法方面產生何種變化，原則上他們均能清楚的分辨出四縣或海陸客語在聲調上的差異，[68] 故筆者以聲調（也是以第四原則中照顧土人感為主要依據）區分四海話的類型，並以此來作為定義上的主要參照原則。[69]

　　四海話是臺灣客語因方言接觸而產生的一種中間帶混合語的語言現象。各地四海話或處在兼語（pidgin）、克里歐語（creole）的不同階段。（鍾榮富 2006）一般認為兼語是由第二語言（second language）學習者從兩種或多種不同的語言當中截合而成，在結構上盡量縮減以達到交流的目的，當兼語成為母語時（first language），即成為克里歐語，結構上逐漸較兼語繁複並趨於穩定，Lefebvre 對兼語與克里歐語不做區分，將 pidgin 與 creole 兩者合稱為「PCs」。（Lefebvre 2004: 5-6）基本上，臺灣四海話

68　以聲調做為區分的準則，這一部分將於後文以優選制約的理論觀點來分析，並探討相關問題。

69　即使聲韻為海陸的成分，土人感仍認為以四縣為聲調的客家話即為四縣話；或即使聲韻為四縣的成分，仍認為以海陸為聲調的客家話即為海陸話。學術上，則將前述兩種分別稱之為四海話與海四話，如此分析便能照顧到土人感。

的形成是屬於結構性質非常相近的兩種「方言」之間的接觸變化，演變的機制與過程或與兩種或多種語言接觸形成的兼語、克里歐語有別，大致上，四海話接觸變化後結構系統仍較為完整，兼語、克里歐語接觸變化後則以交際溝通、結構盡量簡化為原則。以臺灣目前的四海話來說，包含接觸者、學習者或習得者（包含四海話即為母語的使用情形）從主要的四縣與海陸兩種方言當中融合而成四海話（或含弱勢方言於其中），結構上較所謂的「兼語」或「克里歐語」成熟穩定許多，四海話也仍保有原社會文化的深層意義，音系上則包含較不穩定的兼容性音系，如「雞」e韻（或四縣的 ie 韻）與海陸 ai 韻的並存疊置；或包含較穩定的取代性音系，如「杯」四縣 i 韻的消失並被海陸的 ui 韻取代，以上情形均屬「四海話」現象，拙作在 2013 年時以廣義的「混合語」（mixed language）來統稱，[70] 在本書第二章則將此類混合語稱之為「兼容語」。此種兼容語已普遍認知為臺灣新一種的客語次方言，但各地四海話語言結構的穩定性仍有待觀察。

以下從前述提及四海話的四個原則來歸納四海話的特色，指出四海話的兩大類型及六次類型。

雖然各地「四海話」正處在不同的類型與變化之中，但以聲調分主要有兩大類型：四海話與海四話，各類型之下依聲、韻、調不同的組合再各分成三種次類型，亦即共六次類型，下表之 A-F。也就是說，在兩大類型之下各另有三種可能的音變方向，如下所示：（變項 x 表四縣、變項 y 表海陸）

70　混合語在語法結構上較兼語與克里歐語繁複。（Sebba 1997: 36）

【表6.8】四海話的類型與音變方向

廣義四海話類型 [71]		調	聲	韻	音變方向類型（x、y 分表四縣、海陸音類語法）
四海話（狹）	A	四縣	四縣	海陸	① x → x, y
	B		海陸	四縣	② x → x, y → y
	C		海陸	海陸	③ x → x, y → x
海四話（狹）	D	海陸	海陸	四縣	① y → x, y
	E		四縣	海陸	② y → x, y → x
	F		四縣	四縣	③ y → x, y → y

各地廣義「四海話」反映在結構上大致具有兩種特色：

I. 以四縣為聲調系統，但在其他方面（含語音、詞彙、語法）則大部分包舉海陸的系統，顯現區域中的海陸腔較為優勢，但聲調系統較為固守（四縣與海陸聲調大致相安），同時有兩套並存的音韻系統（coexistent phonemic systems）（含詞彙、語法），一套是相對弱勢的四縣，另一套是相對優勢的海陸，兩套系統競爭，成疊置或取代不等。

II. 以海陸為聲調系統，但在其他方面（含語音、詞彙、語法）則大部分包舉四縣的系統，原本較四縣多出的成分則與其他成分歸併，顯現區域中的四縣腔較為優

---

71 從本章的分析當中，廣義四海話的次類型應不只六種，例如在聲、韻相配的情形下而產生的其他音理變化，以及海四腔應該包括海陸聲調陰去、陽去混雜的情形，還包括極少數入聲韻的陰陽入混，在此，我們在劃分類型時先忽略細部的變化。

勢，但聲調系統一樣較為固守（四縣與海陸聲調大致相安），同時有兩套並存的音韻系統（含詞彙、語法），一套是相對弱勢的海陸，另一套是相對優勢的四縣，兩套系統競爭，成疊置或取代不等。

從音變的方向來看，x、y 競爭時，可能產生 x, y 疊置並存型，或 x 被取代成 y 型或 y 被取代成 x 型，抑或是競爭後仍維持原來的 x 型或 y 型。問題是，此種疊置並存型可以持續多久？正常之下它應該是一種演變中的過渡階段，可不可能在 x, y 並用階段時就中斷演變的方向而形成短暫的疊置，最後消失？以臺灣的母語及母語教育情形，我們不敢妄下定論，這問題只能留待時間來檢驗。從上述兩種類型來看，x、y 在不同的區域當中具有強弱之分，抑或是以上三種音變的方向視各類變體的發展或同時並存、兼容，並成為區域方言中的特色。

四、橫向滲透與縱向演變

海陸、四縣話的成型是屬不同的時代或地域層次，有其歷史上的淵源關係，但是當這兩種勢均力敵的方言，亦即兩種不同時代形成的層次進入到同一區域的共時系統之後，彼此開始互動、競爭、滲透等等，結果就產生了不同的方言變體。

客語音節結構基本為：（C）（M）V（E）／T，當四縣與海陸交會時，在音節結構維持不變之下，音節結構中的每個組成成分，如聲母、介音、主要元音、韻尾、聲調等會形成競爭，或成分間自由交替，如下所示：

【圖 6.1】 四海話音節結構的兼容性

四縣話　　　　　　　　　　　　　海陸話

（C1）（M1）V1（E1）／T1 ⟷ （C2）（M2）V2（E2）／T2

四海話

（C1/C2）（M1/M2）V1/V2（E1/E2）／T1/T2

　　上圖可見，四縣話與海陸話各自原有音節結構的成分，其組成成分相互滲透，從而產生變化，並導致變體的產生：C1/C2、M1/M2、V1/V2、E1/E2、T1/T2 等等，變體為二任選其一出現，非 A 即 B，或非 B 即 A，除了這種疊置外，也有被取代的情形，如：M1/V1/E1>M2/V2/E2 等等，大致是被另一強勢腔的聲母或韻母取代，抑或其他種音變情形等等，如：M1/M2 的存在與否，此通常與聲韻之間的互動有關，但無論如何，大體聲調不易變動，音韻、詞彙或語法系統為另一系統所取代。亦即音節結構不變，但組成成分會改變，成分改變後，四海話的音位種類除聲母容易增加四組外，其他音位種類並不產生劇烈的變動。

　　原則上，四縣與海陸腔對應上具差異性的，在接觸的過程中會產生某種程度的疊置使用或取代置換。各類韻母因對應關係或因聲韻互協而導致的變體如【表 6.9】。（以桃園新屋地區狹義四海話為例）

　　基本上，A、B 兩韻之間的對應會導致四海話兼具有 A 或 B 的特色，抑或 A 取代成 B，加上前述有關 i 介音的音理變化，也可能產生除了 A、B 對應之外的第三種變體。

【表6.9】各類韻母的疊置或取代

海陸話	四縣話	四海話	例字
-au	-eu	au~eu	朝、超、照、燒、少、紹
-iau	-eu	-iau~-eu	標、表、錶、票、苗、廟、小、笑
-ai	-ie	-ie~-e~-ai	介、界、屆、街、解、雞
-an	-ien	-an~-ien	簡、眼、奸
		-an~-en~-ien	研、圓、員、緣、院
-ui	-i	-ui	杯、肥、位、非、尾、味

　　以下從歷時成因的縱向演變與共時變遷的橫向滲透，來探究反映在群類字詞間之因果關連。包括（一）聲母兩可性與對立性間的抗衡（含：知章組與精莊組聲母的兼容與對立、聲母 ʒ- 與介音 -i- 的互動）；（二）古止深臻曾梗攝與精莊知章組的組合變化；（三）古流效蟹山攝的合流與分化（含：古效、蟹、山攝的兩可或三可性、古流效攝的分分合合）；（四）唇音合口韻母反映的假象回流演變；（五）聲調的錯落演變；（六）詞彙語法系統的消長。

（一）聲母兩可性與對立性間的抗衡

　　古音來歷為知₌、章兩組的聲母，表現在苗栗四縣主要為 ts-、tsʻ-、s-，表現在新竹海陸則主要為 tʃ-、tʃʻ-、ʃ-。當原先分立的兩組聲母在共時平面相互接觸感染後，ts-、tsʻ-、s-（以 A 稱）與 tʃ-、tʃʻ-、ʃ-（以 B 稱）。容易疊置使用或一組被取代。[72] 然而，這兩組聲母在拼合的韻母當中，苗栗四縣與新竹海陸對應上具差

72　海陸也會受四縣影響而成所謂的海四話，本章暫聚焦在一種演變的方向。

異的韻母分別為 i、im、in、ip、it（以 C 稱）與 ɨ、ɨm、ɨn、ɨp、ɨt（以 D 稱）。原先不同方言的聲韻組合：A+C 與 B+D，在共時平面接觸感染後，成分之間呈現重新分配而導致不同組合的可能性，如：A+C、A+D、B+D、B+C，甚至出現 ɨ 與 i 之間的過渡音，因而 ɨ 與 i 在此環境之下可中立化成 i。以桃園新屋地區而言，四縣與海陸在古音來歷為知ᵢ、章兩組聲母的演變逐漸趨同，趨同的動力來自於兩股力量：一為接觸干擾的力量，新屋地區以海陸為大宗，當地四縣在海陸的干擾之下，傾向於同海陸趨同；二為內部音變的力量，基本上，客語 -i、-im、-in、-ip、-it 等韻母與 tʃ-、tʃʻ-、ʃ- 等聲母拼合時，因聲母的捲舌成分稍重，使得韻母的主要元音較易偏於齊齒韻的前高元音。由於前述兩股力量的交互作用（接觸力量為主、音變力量為輔），四縣向海陸靠攏為主要，亦即以 B+D 的組合類型為主流發展，但更多的情形是兼容不分，即 ts-～ tʃ-、tsʻ-～ tʃʻ-、s-～ʃ-。如【表 6.10】之字群[73]。

古影、以、日母在海陸腔讀成 ʒ-，在四縣則讀成 i-，當四縣受到海陸影響較為深遠時，以 -i 為起始韻的零聲母會更容易強化成 z- 或 ʒ-，因此 i- 與 zi- 或 ʒi- 容易成混讀現象，事實上，ʒ- 或 z- 可能並非真正之音位，或由 i- 強化而來。如【表 6.11】之字群。

<hr>

[73] 因在不同時、不同點，每位發音人在同一類字群的聲母上發音不盡相同，有些趨於合流，有些趨於對立，但多數為兼容不分，故列舉的字群以古音類別為主。換句話說，對立與不對立間正形成互競的局面，不過卻朝海陸的聲、韻趨同中。

【表6.10】知章組與精莊組聲母的融合與對立

四縣	海陸	四海	中古條件	演變條件	字　　群
ts-	tʃ-	ts~tʃ-	章組	三	遮、者、蔗、諸、煮、硃、珠、主、蛀、制、製、知_文、支_文、枝_文、紙、指、之、芝、止、趾、志、誌、痣、招、照、周、州、洲、針、枕、執、汁、戰、折、專、磚、真、診、疹、振、準、章、樟、掌、障、蒸、證、症、織、職、眾、粥、正_{正月}、整、政、隻、鐘、鍾、種、腫、燭
			知組		豬、註、置、朝_{今朝}、超、潮、召、晝、轉、鎮、張、長_{長大}、漲、帳、脹、著、桌、卓、徵、中_文、竹
ts‘-	tʃ‘-	ts‘~tʃ‘-	章組		車、扯、處、齒、吹、炊、臭、深、川、穿、串、春、出、昌、廠、唱、倡、稱、充、銃、赤、尺、衝、觸
			知組		除、儲、箸、廚、住、池、遲、稚、癡、持、峙、治、鎚、錘、朝_{朝代}、抽、丑、沉、傳、陳、塵、陣、姪、長_{長短}、腸、場、丈、仗、杖、暢、直、值、蟲、鄭、重
s-	ʃ-	s~ʃ-	章組	等	蛇、賒、捨、射、舍、佘、社、書、舒、暑、薯、輸、殊、樹、世、勢、誓、逝、施、匙、氏、豉、尸、屍、屎、視、詩、始、試、時、市、侍、垂、睡、水、誰、燒、少、紹、收、手、首、守、獸、受、壽、授、蟾、審、濕、十、蟬、善、舌、扇、設、船、說、神、身、申、辰、晨、腎、脣、順、術、純、商、傷、賞、常、上、尚、食、升、勝、識、式、承、植、叔、聲、聖、釋、成、城、誠、石、春

【表6.11】聲母ȝ-與介音-i-的互動

四縣	海陸	四海	中古條件	演變條件	字　群
Ø-	ȝ-	Ø~z~ȝ-		以母	爺、也、野、夜、余、餘、與、譽、預、移、易、姨、夷、搖、謠、蚤、鷂、由、油、游、柚、釉、鹽、簷、葉、頁、延、演、緣、鉛、寅、引、殷、勻、允、羊、洋、楊、陽、揚、養、癢、樣、藥、蠅、孕、翼、贏、營、育、容、蓉、庸、用、勇、浴
				云母	雨、宇、尤、郵、有、友、又、右、炎、圓、員、院、園、遠、云、雲、韻、運、榮、永
				影母	於、醫、意、衣、依、夭、邀、腰、要、優、幼、闇、音、陰、飲、冤、怨、因、姻、印、一、熨、央、秧、約、應、鶯、鸚、櫻、英、影、映、煙、燕
				日母	如、然、燃、潤、閏、戎、絨

（二）古止深臻曾梗攝與精莊知章組的組合變化

在海陸腔較為強勢的區域，由於強勢腔向來具主導演變的方向，因此在不穩定或變化中的四海話，有些語言現象已與原本的四縣形成對立，有些則成兩可性或三可性。如「剎」（殺）階段性的語音演變為：ts'i → ts'i~tʃ'i~tʃ'i → tʃ'i；「陳」階段性的語音演變為：ts'in → ts'in~tʃ'in~tʃ'in → tʃ'in~tʃ'in → tʃ'in；「紙」階段性的語音演變為：tsi → tsi~tʃi~tʃi → tʃi。「剎、陳、紙」均為使用頻率高的字群，雖然說不是絕對性已演變到最後一階段，但似呈現不同調的演變速度，並可看出語音演變的過程性，實則

不同的發音人或有不同的演變速度，抑或同一發音人對不同字詞具有不同的感知程度，因而帶有不同的演變速度，如：「剿」（tʃʻi）趨向於演變的完成階段、「陳」與「紙」則處在尚未完成演變的兩可性或三可性階段中。如此的演變並非音韻內部單純的自然現象，即聲母與主要元音間的互動，也與另一方言的強勢主導有關。或說，由外部的接觸影響，而引發內部音韻產生化學變化，也就是說，由內外雙重力量的影響而造成變化。因為從音理上解釋，齒音聲母與前高元音組合時，聲母與韻母均容易在齟齬之間產生些微的語音變化。無論如何，相同一類字群的變化，通常來自相同類別的古音條件，如：

【表6.12】古止深臻曾梗攝與精莊知章組的組合變化

四縣	海陸	四海	中古條件	演變條件	字　群
-im -ip	-im -ip	-im~-im -ip~-ip	深攝	侵緝 開三	沉、針、枕、深、審
					執、汁、濕、十
-in -it	-in -it	-in~-in -it~-it	臻攝	真質 開三	鎮、陳、塵、陣、姪、真、診、疹、振、神、身、申、辰、晨、腎、質、實、失、姪
			曾攝	蒸職 開三	徵、直、值、蒸、證、症、織、職、稱、食、升、勝、識、式、承、植
			梗攝	清昔 開三	聖、釋、成、城、誠

（三）古流效蟹山攝的合流與分化

四縣、海陸的韻母，語音差異較明顯的為來自於古音效、蟹

二攝，也似乎因差異稍大，其競爭與共存的變體互動就更為長久。但從音理解釋，四縣與海陸二者內部的語音演變應有前後關係，從聲韻學家的擬音來看，海陸的 -au/-iau 與 -ai 是較古的語音形式，當主要元音高化一層級時，則分別容易演變為四縣的 -eu/-ieu 與 -e/-ie。即 $ai_1 \rightarrow ie_2$（四縣）、$ai_1 \rightarrow ai_2$（海陸），而後海陸的 ai_2 進入四縣的 ie_2 成 ai_3/ie_3 共存在同一平面系統之中，在舌根音聲母後接前高元音 e 時，前高元音之前往往會產生過渡音 [i]，而 e 本身也容易元音分裂成 ie，所以 [i] 是可選擇性的，也就是說可能形成三種方言變體 ai/ie/e。另外，山攝的部分字亦具類似的演變模式。相關字群演變過程，分別如下所示：

【圖 6.2】 效攝

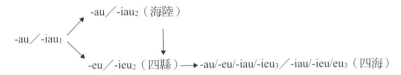

【圖 6.3】 蟹攝

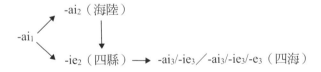

【圖 6.4】 山攝

【表6.13】古效、蟹、山攝的兩可或三可性

四縣	海陸	四海	中古條件	演變條件	字　群
-ie	-ai	-ie~-e~-ai	蟹攝	開二	皆、階、介、界、屆、戒、街、解、雞
-eu	-iau	-eu~-iau	效攝	開細	標、表、錶、漂、票、瓢、嫖、苗、貓、藐、秒、廟、妙、焦、蕉、醮、樵、嚼、宵、銷、小、笑
	-au	-eu~-au			朝、超、潮、召、招、照、燒、少、紹
-ieu	-iau	-ieu~-eu~-iau			驕、橋、轎、叫、嗷
	-au	-eu~-ieu~-au~-iau			夭、邀、腰、要、搖、謠、舀、鷂
-ien	-an	-ien~-an	山攝	開合	簡、眼、奸、研、圓、員、緣、鉛、院
		-en~-ien~-an （-an>-en,-ien）			然、燃、延、演、冤、怨、園、遠、煙、燕

　　對古音來歷為流攝尤韻開口三等字群的韻母來說，如「晝、抽、手」等等，此組字群在桃園新屋海陸腔中多屬舌葉音聲母，韻母可以唸成 -u 或 -iu，與新竹海陸較同質性的 -iu 不同，或與新屋四縣的 -u 具有合流的趨勢。（反之，新屋四縣的這組韻母，少數也可兼具 -u 或 -iu 自由變體的現象，不同於苗栗四縣較同質性的 -u）如「手」：苗栗四縣為 [su^3]、新竹海陸為 [ʃiu^3]、四海或海四腔則均有可能為 [su^3]~[ʃu^3]~[siu^3]~[ʃiu^3]。廣義四海話的變化雖為包容性、兼容性，但我們也不能忽略聲母與韻母之間因互協而導致的可能變化，亦即除了考慮因接觸而產生的變化之外，也要考慮到內、外之間相互影響的作用力。不同區域四海或海四腔，其變化方向或不一，各類變體的形式，不論從個別或不同發音人的角度來看，均可因變體類型的不同或因變體體現在量方面

的不同，而分別處在未變、變化中、已變的三種階段。因而四縣與海陸具差異性的部分，反映在古知、章組聲母當中，但四海卻不受海陸的影響而產生變化，因為這組字在桃園新屋四縣與海陸大體讀成 -u 為多，差別不大，並與古流攝非知、章聲母的其他 -iu 韻成對立。如字群：

【表6.14】古流、效攝的分分合合之一

四縣	海陸	四海	中古條件	演變條件	字　群
-u	-iu	-u	流攝	尤韻開三知章組	晝、抽、丑、周、州、洲、臭、收、手、首、守、獸、受、壽、授

另外，古流攝侯韻開口一等字群，這組韻母在海陸、四縣均讀成 -eu，因此在四海亦讀成 -eu，無其他變體，如：

【表6.15】古流、效攝的分分合合之二

四縣	海陸	四海	中古條件	演變條件	字　群
-eu	-eu	-eu	流攝	侯韻開一	某、牡、偷、頭、投、走、豆、漏、奏、湊、勾、構、溝、狗、後、候、歐、猴、嘔

與前述相較，中古來源不同的韻攝，在共時方言中產生了分合的情形，中古效攝在四縣為 -eu 產生了變體 -au，但同為 -eu 韻的字群在中古為流攝的，卻不產生相同的變體。更進一步說，原有差異的效、流二攝反映在海陸為分化的狀態、四縣呈合流的狀態，但反映在四海則又趨向於分化的狀態，這種從分化→合流

→分化的狀態，可以很確定它並非直接透過語音內部演變而來，而是透過方言接觸而產生的。因此，語言的變遷當以今音的方言對比為條件，並配合古音的來源條件，當更能看出其中歷時方面的淵源關係。

（四）唇音合口韻母反映的假象回流演變

同樣的，唇音聲母後的 -ui 韻發展：$ui_1 \to i_2$（四縣）、$ui_1 \to ui_2$（海陸），而後海陸的 ui_2 進入四縣的 i_2 成 ui/i 共存在同一平面系統中，甚至 ui_2 已取代了 i_2。以古音來看，唇音後的合口 -u 為較古形式，後 -u 消失。但反映在四海的 $-i \to -ui$ 的變化，表面看似為回流演變，其實只是一種回流演變的假象，因為這並非音韻內部單純的自然現象，主要是透過方言接觸的另一方言影響進來的。如字群：

【表6.16】唇音合口韻母反映的假象回流演變

四縣	海陸	四海	中古條件	演變條件	字　　　群
-i	-ui	-ui	蟹攝	合一	杯、輩、會_{會話}、匯、回
			止攝	合三	委、為、位、唯、非、飛_文、痱、妃、肥、尾、微、味、威、違、圍、偉、慰、胃、謂、彙

（五）聲調的錯落演變

在聲調方面，海四話的聲調呈現錯落演變。但以四縣聲調為主的四海話，在聲調部分並無產生系統性的變化。因為四縣話為偶數的六個聲調，海陸話則為奇數的七個聲調，系統上四縣為對

稱性的，且六個調值均不相近，海陸則為不對稱性，且其中兩個聲調（中平與低平）的調值語流中亦趨於接近，故當四、海交會區的這兩種方言接觸頻繁，導致兩種系統均受到滲透時，聲調不對稱的系統就容易趨同於聲調對稱的系統，尤其這兩種方言的調類與調值六種都呈現對應時，海陸多出的第七調中平調，對四縣人來說算是個較不易感知的調類，因而勢必會較容易轉變成對應於四縣當中的其一調類，即海陸陽去調對應於四縣為去聲，故而容易轉換成海陸陰去低平調；又海陸陽去調調值 [33] 的不穩定性在各區域中，似乎均有類似的變化與發現。

（六）詞彙語法系統的消長

　　在詞彙、語法系統方面，四海話呈現詞彙、語法系統的消長。詞彙系統實含語法層面。若說音韻的演變是以語音或音類為主要單位，那麼詞彙演變的主要單位應該是以整個詞位為單位，當然也不排除有合璧詞的出現（亦即詞彙 AAA+BBB → AAB 或 ABB 等）。從詞彙的透視來看，相同的詞彙條件卻產生混讀的語音變體，如四海話的「小學」、「國小」的「小」字，均可唸 [seu³¹] 或 [siau³¹]。以下從詞彙的觀點，列出聲、韻、調、詞彙各種變體的組合變化：

【表6.17】詞彙、語法系統的消長之一

	例詞	四海語音、詞彙	四縣語音、詞彙	海陸語音、詞彙	變體部分
A	「燒」火	[seu²⁴]/[ʃeu²⁴]/[sau²⁴]/[ʃau²⁴]	seu²⁴	ʃau⁵³	聲、韻

	例詞	四海語音、詞彙	四縣語音、詞彙	海陸語音、詞彙	變體部分
B	講「話」	$[fa^{55}]/[voi^{24}]$	fa^{55}	voi^{53}	聲、韻、調
C	「煮」「飯」	$[tsu^{31}]/[t\int u^{31}]$；$[fan^{55}]/[p'on^{55}]$	$tsu^{31}\ fan^{55}$	$t\int u^{24}\ p'on^{33}$	聲、韻
D	弓「蕉」（香蕉）	$[tseu^{24}]/[tsiau^{24}]$	$tseu^{24}$	$tsiau^{53}$	韻
E	「街」路（街上）	$[ke^{24}]/[kie^{24}]/[kai^{24}]$	kie^{24}	kai^{53}	韻
F	「樹」頂	$[su^{55}]/[\int u^{55}]$	su^{55}	$\int u^{33}$	聲
G	（明天）	天光日 / 韶早	韶早 / 天光日	韶早 / 天光日	詞彙
H	（筷子）	筷仔 / 箸仔	箸仔 / 筷仔	箸仔 / 筷仔	詞彙

　　四海話的詞彙語法特色在於疊置並用，如華語義的「明天、筷子、茄子……」等，抑或取代置換，如華語義的「累、餓……」等。例舉如下：

【表6.18】詞彙、語法系統的消長之二

華語義	明天	筷子	茄子	蘿蔔	（累）	餓	倒茶
四縣	天光日	筷仔	吊菜	蘿蔔仔	$k'ioi^{55}$	飢	斟茶
海陸	韶早	箸	茄仔	菜頭	$t'iam^{24}$	枵	淳茶
四海	天光日 / 韶早	筷仔 / 箸仔	吊菜 / 茄仔	菜頭	$t'iam^{31}$	枵	淳茶

華語義	下雨	花生	粥	添飯	話	飯	我的[74]
四縣	落雨	番豆	粥	添飯	fa^{55}	fan^{55}	ηa^{24}
海陸	落水	地豆	糜	裝飯	voi^{53}	$pʼon^{33}$	ηai^{55}
四海	落水	地豆	糜	裝飯	fa^{55}/voi^{24}	fan^{55}/$pʼon^{55}$	$\eta a^{24/55}$/$\eta ai^{24/55}$

華語義	洗澡間	韭菜	鼻子	耳朵	柿	含羞草	和,把,將[75]
四縣	浴堂	快菜	鼻公	耳公	$tsʼi^{55}$	見笑花	同
海陸	洗身間	韭菜	鼻空	耳空	$kʼi^{55}$	詐死草	摎
四海	洗身間	韭菜	鼻空	耳空	$kʼi^{55}$	見笑花/詐死草	摎/同/將

華語義	口水	燒香	湯圓	南瓜	身體	「仔」
四縣	口涎水	點香	惜圓/雪圓	番瓜	圓身	e^{31}
海陸	口水	燒香	粄圓	黃瓠	蕪身	$ɔ^{55}$
四海	口水/口涎水	燒香	粄圓	黃瓠	蕪身	e^{31}~$ɔ^{31}$

　　以客語三身人稱領格的語音現象來說，苗栗四縣分別為：ηa^{24}、ηia^{24}、kia^{24}；新竹海陸分別為：ηai^{55}、ηia^{55}、kia^{55}。但第一人稱領格的語音現象，四海或海四腔卻容易形成不具對應關係的

74　四海的第一人稱ηai^{24}可能是受到區域方言自身的變化而類推形成，因為當地四縣與海陸第一人稱的領格變化，均傾向於朝ηai^{24}而變。有關四海與海陸ηai^{24}的來源亦可參見賴文英（2012b: 52-56）。

75　四海話的「將」似乎與帶有「順便」之「續」字具共現關係，如：「將碗續洗洗a le」（順便把碗洗一洗），「將」字扮演的功能卻逐漸朝「同」或「摎」合流，或偏書面文讀層的用法，如：「將這東西抨忒」（把這東西丟掉），句意上等同於：「同（摎）這東西抨忒」。

不協調變化，三身領格分別為：四海 $\eta a^{24}/\eta ai^{24}$、ηia^{24}、kia^{24}；海四 $\eta ai^{24/55}/\eta a^{24/55}$、$\eta ia^{55}$、$kia^{55}$。這一部分的語言現象幾乎採完全兼容性，唯獨聲調仍是辨別四縣與海陸兩種方言的依據。

另外，對於小稱詞，臺灣客家話的小稱標記大致可分為三種類型：[76]「子」、「仔」與小稱變調。[77] 各地客語次方言大致均有「子」的用法，亦即多用在指稱動物的後代；[78]「仔」的語音在四海話的區域中則容易呈現四縣「e」與海陸「ə」混用的情形，混用程度不一，如張素玲（2005）新竹關西的客家話、鄭縈（2007）新竹新豐與南投埔里的客家話、賴文英（2008a）桃園新屋的四縣客家話等。

在歷時的演變過程當中，海陸、四縣的音韻、詞彙語法系統，部分各朝不同的方向分化，分化後的語言在某一時某一地又再度相遇時，便可能產生混合而成疊置式的音變與詞變。（賴文英2004a）在接觸初期，兩種方言並存，之後互動並互競，大體上，整個語音、詞彙、語法系統在互動的過程中，區域中的強勢方言多半主導著演變的方向。在新屋地區的四縣客話，大體逐漸朝海陸客話的音韻、詞彙、語法系統而趨同或變化著。

76　有關「仔」的用字問題，黃雪貞（1995）、葉瑞娟（1998）均採用「兒」字。客語小稱詞本字是否為「兒」仍有爭議，因為這牽涉到漢語方言小稱的來源問題，本章暫以「仔」表示。語言之間具有類同的小稱語義演變，但卻不一定為同源關係，就漢語方言有眾多的小稱語音形式來看，語音形式之間是否具有相同的來源仍有待進一步探究。有關東南各地小稱詞為單源還是多源的爭論亦可參見曹志耘（2001）。

77　此類小稱變調類型通常以臺中東勢腔與新屋海陸腔為代表。參見賴文英（2010a, c）。

78　賴文英（2008a）將不具有泛化現象的「子」稱之為類小稱詞。

五、四海話與優選制約

前文，我們先瞭解四海話的基本特色，以及各家對四海話的定義及其衍生的問題，再從四項原則來定義四海話，以瞭解各地四海話普遍性的音系、語法特色，接下來便要從優選制約的理論觀點來分析各地四海話的共時音變現象。在此先大致介紹優選論的觀點。

「優選論」（Optimality Theory, OT）是一個以制約（constraints）為本的理論架構，不同於以規則為本的生成音系學。其主要精神在於對語言間的類型變化，主張是透過對普遍性制約條件的不同等級排列表現出來的，且某些普遍原則可以違反，進而篩選出最優的一個形式。其中，有兩種主要的制約相互作用並競爭著：忠實性制約（faithfulness）與標記性制約（markedness）。基本上，在優選理論的架構之下，語言均具有普遍性與可違反性的制約，可違反性的制約即形成語言的特殊性，而語言或方言之所以具有差異性，是在於語言或方言間對相同的制約但卻各自採取了不同的等級排列。其輸入項與輸出項映射關係的基本架構，如下所示：（Kager 1999）

【圖 6.5】 優選理論的基本架構

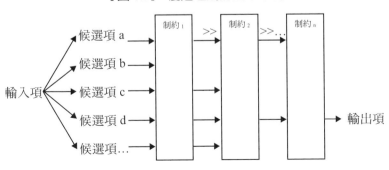

從優選制約的觀點，我們無法以較完整的制約模式來解釋各地四海話不同的音變現象，若四海話的變體繁多時，則難以優選制約的模式來篩選出最優選項，雖如此，我們仍能透過較高層級的制約模式來說明為什麼會形成四海話，以及各地四海話形成的普遍性規律與方向。

各地四海話的語言特色其實大同小異，但同一語言變體數多不多？我們實無法以較好的各種田調方式去採集到更多的語料，尤其自然語料的呈現往往更能反映出語言的真實性。田調的當下通常只能採集到一種語言形式，若非長期以同字多音的採集方式，則較難為實際的語音現象下定論。以南、北部的四海話來論，鄧盛有（2000）採集桃、竹地區的平鎮、楊梅、關西、峨眉、頭份、南庄等六個地點共十七種類型的四海話，似乎較不屬於自由變體的語音形式，而是一人一時一地一字之音，類型上，包含聲、韻或詞彙方面組合上的不同，非屬完全包舉式的四海話（包舉式的指聲調為四縣但聲韻完全為海陸，反之亦然）；黃怡慧（2004）在探討南部海四話時，也不是屬於自由變體的語音形式。臺灣四海話的異同，大致上可以從音節結構的聲、韻互動來看，聲調扮演較為「穩固」的成分，[79] 較不容易變動。從上述學者所調查到的語音形式來看，變體較有可能出現在不同的發音人或不同的字詞之中，賴文英（2008a, b）在探討桃園新屋四海話的語言變體時，基本上，變體會出現在同一發音人的同一字或字群之中。即使各地四海話的調查方式不同，呈現出的語言特色也不同，但我

79　這是從發音人有能力選擇聲調的立場來論。

們仍能透過優選制約的觀點來看出臺灣各地四海話的異同現象。

　　鍾榮富（2006）從優選理論的架構試圖解釋臺灣四海客家話形成的規律與方向，在論證的過程中卻似乎存在一些矛盾點，不過，鍾文拋出了一個值得探討的議題，究竟臺灣四海話的形成是透過何種制約模式來產生？本章以此為出發點，試理出廣義四海話形成的共同制約性，同時亦可為狹義的四海話與海四話做區分。基本上，鍾文站在母語背景者的立場從優選觀點分析四海話，但這樣卻會導致聲、韻或調不同制約等級的排列，但最終卻呈現出同一類型的四海話現象。本章站在土人感兼具雙方言能力的立場，不去區分發音人的母語是四縣或海陸話，因為不管母語為何，都有可能產生同一類型的四海話現象，因為四海話的形成是發音人以「聲調」制約排在最高層級之下而產生的，也就是「聲調」對土人感人士來說是最易被認知的成分，其原理不同於第二語言的學習者較無法完全掌握聲調的學習情形，故而本章從語言當中更為普遍性的優選制約來分析四海話。

　　首先，鍾文依據自主音段理論（autosegmental phonology）說明聲調自主於另一個獨立的面向，因而指出：「這種只保持聲調的現象絕非四海客家話的特色」，並以「第二語言學習上聲調無法完全的掌握」來印證其說法；又，作者從優選理論的觀點，認為「聲韻為四縣，調為海陸」的語言現象為：「以海陸為母語的人士在接受四縣客家話之時，由於語法內部的制約之中，聲調忠實制約所排的層次比較高，因此是海陸人士保存了海陸的腔調。」又「聲調為四縣，聲韻為海陸」的語言現象為：「原本講海陸客家話的人在語法裡把聲母及韻母的忠實性排在最高的層次。」也就是說，作者從「母語」的立場出發，當在說不同類型

的四海話時，依作者所言有五種類型的四海話，[80] 加上兩種不同形式的母語，便可能有十種聲、韻、調不同組合的忠實性制約排列，故而鍾文已經預設說話者的母語為何而說另一次方言，其解釋方式可能不符合語言的普遍現象，並且導致繁複的制約等級排列，因而其母語、四海話、制約三者至少有如下四種基本的關係：

（78）鍾文的詮釋之一

    a.   *母語為海陸*→接受四縣話時→*聲調*的忠實性位階較高→保存海陸的聲調（從本章定義為狹義的海四話）

    b.   *母語為海陸*→接受四縣話時→*聲韻*的忠實性位階較高→保存海陸的聲韻（從本章定義為狹義的四海話）

（79）鍾文的詮釋之二：

    a.   *母語為四縣*→接受海陸話時→*聲調*的忠實性位階較高→保存四縣的聲調（從本章定義為狹義的四海話）

    b.   *母語為四縣*→接受海陸話時→*聲韻*的忠實性位階較高→保存四縣的聲韻（從本章定義為狹義的海四話）

的確，四縣和海陸交會時基本上會有上述的四種情形，但卻呈現了矛盾點，且不能較好解釋語言的普遍現象，亦即當表層現象出現相同語音類型的四海話時，如之一 b 與之二 a，為什麼會

---

80 這五種類型分別為：（a）聲韻為四縣，調為海陸；（b）聲韻為海陸，調為四縣；（c）聲母為四縣，韻母及聲調為海陸；（d）聲及調為四縣，韻為海陸；（e）聲母為海陸，韻及調為四縣。若依鍾文對四海話的定義，應具有第六種類型，即：聲及調為海陸，韻為四縣。實際的語料也找得到此第六種類型。但這也有可能依區域而呈現出不同的類型。

呈現出聲韻與聲調制約等級排列的不同？（之一 a 與之二 b 的情形亦如是）依鍾文分析，四海話會因發音人母語不同而產生位階排列的不同，但本章認為發音人不會因其母語不同而有不同的位階排列，故主張「聲調」在四海話當中的位階是最高的，非如鍾文所示，有時聲調位階較高，有時聲韻位階較高，取決於不同的母語條件所致。事實上，有些四海話的語言現象是無法以「母語條件」來論的，當我們不知發音人的母語為何卻說出所謂的「四海話」時，我們如何去界定「位階」的問題？尤其當發音人的母語即為廣義的四海話時，更遑論制約的位階排列了。本文傾向從「四海話」、「海四話」的類型觀點來分析，不論其結果為何，以語言的普遍原則來說，優選制約的位階排列應都要滿足同為「四海話」或同為「海四話」的語言現象（或依作者所言，應滿足同為四海話的五種類型，甚或六種類型的情形）。以下為廣義四海話的六種類型：

【表6.19】「豬仔」（豬）為例的四海話情形

四海話	語音 1	語音 2	語音 3	母語
A（四縣聲調）	$t\int u^{24} \vartheta^{31}$	$tsu^{24} \vartheta^{31}$	$t\int u^{24} e^{31}$	四縣、海陸或四海均有可能
B（海陸聲調）	$tsu^{53} e^{55}$	$tsu^{53} \vartheta^{55}$	$t\int u^{53} e^{55}$	

上例若依鍾文主張，即無法解釋何者制約應位在較高的層級，因而必須尋求發音人的母語為何才能定出制約關係。然而，不論其母語為何，依土人感，A 型均視為四縣話的一種，或為四縣話的一種變體（即本章所謂狹義的四海話）；B 型均視為海陸話的一種，或為海陸話的一種變體（即本章所謂狹義的海四話）。

本書主張，無論四海話或海四話均把聲調制約置為最高層級，四海話把四縣聲調置為最高層級，海四話則把海陸聲調置於最高層級。即本章主張聲調的忠實性制約在廣義的四海話中是排在最高的層級，也因此才會形成四海話的兩種狹義類型：四海話與海四話。首先，我們在定義四海話時，其一原則是和語言使用者的雙聲帶或「聲調」感知有關。因此，當一位人士在我們不知其母語背景的情形之下，若說出了四海話或海四話時，通常無法準確猜測出發音人的母語，就算在同一區域發音人的母語分別為四縣或海陸時，他們所說的四海話（聲調相同的情形之下）原則上容易趨於同一類型，既是同一類型的四海話，就應具有相同的制約層級。當然，對於那些在方言轉換時可能「說不標準」的，尚無法成為成熟的四海話，因為四海話已傾向成為一種新型的客家次方言，或從母語習得而來，也或從另一方言的系統性影響而來，抑或以第二語言（此處為相近的方言系統）長期學習而來。因此本章的主張如下：

（80）本章對廣義四海話的優選分析
母語為四縣或海陸時→不管說四縣或海陸話時→聲調的忠實性位階較高→選擇四縣或海陸的聲調，但聲或韻變
（依本章定義，選擇四縣聲調的為狹義的四海話，選擇海陸聲調的為狹義的海四話，二者同為廣義的四海話）

也就是說，「聲調」在語言接觸區的雙聲帶語言中，抑或多

方言區域中，最容易被認知為固有且穩定的語言現象，尤其聲調對「雙方言」者而言，較不容易受到影響而產生變異（不同於外語學習或第二語言學習的情形），且相對來說較容易轉換，並成為另一腔調認知上的基本條件。因為不管是四縣人說四海話，或四縣人說海四話，抑或海陸人說四海話，或海陸人說海四話，在土人感的認知當中，無論對聽者或說話者而言，他們所說的分別就是四縣話（四海話）或海陸話（海四話），甚至不知說話者的母語原為四縣或海陸，甚至母語即有可能為四海或海四，而這種認知也是符合語言普遍的事實。為什麼會說出四海話或海四話？是因聲或韻與另一方言產生趨同的變化，因此對說者與聽者或雙方言使用者來說，聲調是固守、不易產生變化的，而聲與韻才是較容易在不知覺的情形之下發生轉移或變化的成分。四縣或海陸話中，誰才是第二語言？我們從實際的例子當中根本無法也不用去做判斷，因為會有三種情形：（一）發音人的母語雖為四縣話，但在海陸話的影響之下逐漸成為四海話，反之亦然；（二）發音人的母語為海陸話，但在說四縣時成為四海話，反之亦然；（三）發音人的母語就是四海或海四話。今將關係整理如下：

【表6.20】母語背景與四海話形成的可能組合性

母語背景	四海話（四縣聲調）	海四話（海陸聲調）
A. 四縣	講四縣時（以聲調為主），受海陸聲韻影響而成四海話	講海陸時（以聲調為主），受自身系統聲韻影響成海四話

B. 海陸	講四縣時（以聲調為主），受自身系統聲韻影響成四海話	講海陸時（以聲調為主），受四縣聲韻影響而成海四話
C. 四海（廣義）	四海（狹義四海話）	海四（狹義海四話）
D. 四海（廣義）	海四人講四海話時成四海話	四海人講海四時成海四話
E. ？（不知或其他）	四海（狹義四海話）	海四（狹義海四話）

　　鍾文或解釋了 A、B 兩種情形，卻無法解釋 C、D、E 三種情形，且發音人基本上能掌握四縣聲調或海陸聲調，「聲調」扮演語言認知的關鍵性，所以不管發音人是受海陸或自身系統的聲韻影響，對他們來說，他們要講的是「四縣話」（亦即四海話），「聲調」均為最高層級的制約。之所以形成狹義的四海或海四話，主要是受到另一方言或自身系統的聲韻影響才產生四海或海四話，對土人感來說，那是道地的話而不是屬於第二語言學習上轉不過來的話，[81] 故而上述情形不同於第二語言（尤其是第一外語）學習的情形。所以，對於「第二語言學習上聲調無法完全的掌握」，其情形和四海話是因一方言長期受另一優勢方言接觸干擾而不知不覺產生的語言轉移情形，兩者非屬於同一情形，就如同一個中、小學生甚或大學生在美國定居了很長的一段時間，其口

---

81 有些四海話的形成確實存在「轉不過來」的情形，如母語為四縣的發音人在說海陸話時成為海四話，或受本身母語影響，聲、韻有些轉不過來仍維持四縣的，但聲調其實也轉不過來但又非原母語四縣的聲調，原則上，土人感還是會認為那是海陸話，只是說的「不好」。（反之海四話亦有此情形）這是聲韻調可能同時轉不過來的情形，這種情形，暫且視之為不成熟的四海話。本章討論的以發音人能流利說四海話或海四話為主。

音必定不同於在國內以第二語言學習時，產生聲調或口音上的問題，更何況四縣與海陸同屬於客語，算是非常相近的次方言，在長期的相處之下，方言間容易自由轉換而無阻礙（但這裡的轉換指的是聲調方面有知覺性的自由轉換）。也如同不少客家人士會說流利的閩南話，部分客家人說的閩南話或可聽出有一種不同於閩南話的腔調，但也有部分客家人在說閩南話時是完全聽不出來與閩南話腔調上的差別，剛開始或以第二語言學習的心態來說閩南話，但閩客雜處久後，閩南話已經成為某些客語人士的雙聲帶之一，甚至閩語已凌駕於客語之上，對原生客語人士所說的閩南話當中，聲、韻、詞彙或仍可見少數客語的影子，但影響不大，一般人也聽不出差異性，因為「聲調」已被認知為閩南語，臺灣「福佬客」的形成亦可為證。對具有雙聲帶或已成單聲帶的土人感來說，「聲調」往往是各語、各腔當中最固有的認知成分。

故而聲調的忠實性制約在廣義的四海話中位在最高層級，土人感（不論母語為四縣或海陸）以此判別為四縣客語或海陸客語，此時輸入項的聲調調值應與輸出項的聲調調值相同，通常不可違反；[82] 而聲韻制約在四海話中則位在較低的層級，不管母語為何，一旦說四縣客語或海陸客語，輸入項的「聲」與「韻」應不完全等於輸出項的「聲」與「韻」。輸出項的聲韻可容許違反，此可從兩點來分析：（一）四縣與海陸聲韻對應相同的，此時輸

---

82 我們在調查當中發現，海陸腔陽去[33]與陰去[11]的音值常呈現不穩定，又海陸與四縣（或海四與四海）少數的入聲字會陰、陽入混（參見賴文英 2004a），如此則可能產生聲調方面的違反，但整體而言，這些聲調的變化並無損於音系本身的聲調系統，雖陽去、陰去混，但仍能識別出為海陸腔，又雖陰、陽入混，但只是少數字，並不動搖原有音系（指海陸與四縣）的聲調系統。

入的聲韻同於輸出的聲韻，無所謂違反；（二）四縣與海陸聲韻對應不同的，要求聲或韻其一違反，抑或二者均違反，由此形成狹義的四海話或海四話聲韻方面的特色。

我們從共時層面的優選理論來分析臺灣四海話的異同現象，聲調的忠實性制約在廣義四海話中應位在最高層級，除可包容狹義「四海」或「海四」在類型上的一致性之外，也照顧到土人感，並呈現出普遍的語言現象。

六、本章結語

臺灣四海話的產生與存在，是因為四縣話與海陸話兩套語言系統之間在共時平面上的相互影響，使得原先兩套系統存在的歷時差異性越變越模糊，最後使得當地人很難去區別音韻上的變化，也很難去區分因音變而產生的方言變體。在語言的變遷過程當中，它應該是根據某些原則而呈現出不同的語言形式，一般說來，常用詞（如：雞、街），或語音差異小的（如：$vi^{5/6}$~$vui^{5/6}$），會讓當地人在語感的認知中，不容易去區別出差異性，即使是語音差異度大（如：$k'ioi^{55}$~$t'iam^{31}$（累）），在社會趨向於「認同度」高，使得語音或詞彙在「隱性」且逐步的轉移之下，呈現了不同的語言變體，這些都是透過方言間差異性的對應並導致規律性的變化，非屬對應的則不會發生變化，換句話說，變體之所以產生是受選擇性制約的，在看似不規律中卻可導出規律性。從今音條件的橫向滲透來看，導致變體的產生與方音間共時形式的對應有直接的關連，凡對應不同的，即可能產生變體。規律如下所示：

（81）

$$Wpi \rightarrow \{Wp1，Wp2\} / D1Wp1 \approx D2Wp2$$
$$[i=1 或 2；p1 \neq p2]$$

「W」表詞；「p」代表語音或詞彙；「D」表方言；「≈」表語音與語義上的對應。在 D1 及 D2 方言上具有對應的詞中，經由接觸，一方言原有的語音或詞彙會受到另一方言語音或詞彙的影響而有 Wp1 或 Wp2 其中一個的形式，二者形成競爭，導致強勢的一方取代弱勢的一方，抑或是二者仍處在疊置兼用的過渡階段。故而各音類或詞彙間演變的速率不同，但大致上是往同一個方向在進行的。其演變的模式，構擬如下所示：

（82）

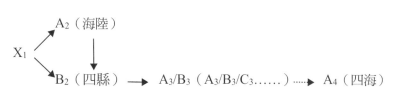

X1 在歷時的演變過程中，或因地理、社會背景的不同而分化成 A2、B2，B2 之後受到 A2 的影響而產生變體 A3/B3……不等，最終可能被取代成 A4。從某一方面來看，這也與 Wang（1969, 1979）詞彙擴散（Lexical Diffusion），主張「語音的演變是透過詞彙來完成的，而非一次全變」有異曲同工之妙。但是我們可以看到上述種種的變化，由於內、外部力量的雙重加強，語言演變在語音與詞彙系統上，卻是可以選擇同為漸變的（gradually）[83]（如「剾、陳、紙」類字群），抑或語音是突變的（abruptly），但透過詞彙逐漸完成演變（如中古效攝語音的兩可或三可性）。

　　四海話隨著研究地域的擴大而處在不同的演變規律與方向之中，本章提出定義的擴充修正原則、通行腔的方言接觸原則、排除語碼轉換原則、土人感原則等四項原則，對廣義的四海話做一定義，同時區分狹義四海與海四話的類型定義。一方面從語言橫向的共時變遷探索縱向的歷時成因，其中發現了語言演變過程中，不同的階段性與方言變體。也就是說，語言先在歷時產生了某一系列的詞往不同的方向分化，分化後的方言之後在共時平面再度相遇時，分化的部分就形成了差異上的對應，再加上語言內部有其自身的語音演變力量，在內外因素的互動之下，進而導致在另一種方言的系統中形成了不同的變體。變體呈現的豐富性，似乎也是混合方言的特色。（亦參見 Trudgill 1986）臺灣客語四海話正是因方言接觸而產生的一種中間帶的混合語，主要形成在四縣腔和海陸腔交會的地區。臺灣四海話的語言特色在於兼容海陸與四縣的聲韻、語法，形成疊置使用或取代置換等不同的變體形式。除了對應上具差異性的會產生變化之外，另牽涉到語音演變的音理問題，因為這會導致語言產生對應以外的其他變體形式。四海話在類型上，以聲調分主要有兩大類型：四海話與海四話，各類型之下依據聲、韻、調不同的組合共有六種次類型。另一方面本章從土人感「聲調」被認知的立場出發，從優選觀點來

83　類似的現象在 Trudgill（1986）的研究中亦有發現。

說明臺灣四海話的異同現象及其共同的制約層級，以此呈現普遍的語言現象，認為不論母語為四縣或海陸時，雙語或單語人士均流利於四縣或海陸，是因聲調的忠實性位階較高，故而選擇四縣或海陸的聲調，但聲或韻變（此處的「變」是站在學術的立場來論，因說「四縣」時，原應要聲韻調一致，若聲或韻非典型的「四縣話」，則為學術上指稱為狹義的「四海話」現象。反之「海陸」與「海四話」的關係亦然），由此形成所謂的四海話。從優選理論說明「聲調」無論在廣義的四海話或狹義的四海、海四話當中，均扮演最高層級的制約，此符合四海話定義中的土人感原則，亦符合普遍的語言現象。

　　Labov（1975）以一致性原則（uniformitarian principle），從共時音變機制解釋歷時的音變機制，也就是「以今釋古」來尋求合理的歷時音變解釋。然而，語言演變有其同質性（homogeneous），亦有其異質性（heterogeneous），在異質的方言變體當中，我們仍可導出有序異質（orderly heterogeneous）的結構。

　　本章從語言接觸與語音演變的層次問題探討語言的演變，在語言演變的過程中，產生不同的發展階段與方言變體。也就是說，語言先在歷時縱面中，或因內部音變而使得某一系列的詞往不同的方向分化，分化後的方言之後在共時平面中再度相遇時，分化的部分就形成方言之間對應上的差異，加上語言內部有其自身的語音演變力量，在外部力量主導以及內外因素的互動之下，導致方言系統產生不同的變體。本章，我們可看到方言變體的豐富性，這正是混合方言的特色之一，從 Labov（1984, 1994）、Trudgill（1986）等人共時的研究當中，即如是主張。語言隨著時間的演進與地理空間的變動，在長期的語言變遷中，我們很容

易混淆歷時語音層次的內部演變與因語言接觸而產生的外部層次變動，以及由內、外層次共同造成的互協變化。當然，這種共時變異的橫向滲透與歷時演變的縱向演變具有某種因果關係：由今音對應關係導致一系列的詞均往相同的方向演變，而古音來歷在方言中的分化卻是引發演變的間接因素。以下，我們將本章探討的語言接觸、語音演變、層次三者的縱聚合關係整理如下所示：

【表6.21】語言接觸的縱聚合關係

y軸：古音來歷[84]（音類的分化）

	海陸話	四縣話	四海話[85]
知三章組三等	tʃ-、tʃʻ-、ʃ-	ts-、tsʻ-、s-	ts-~tʃ-、tsʻ-~tʃʻ-、s-~ʃ-
以云影日母	ʒ-	ø-	ʒ-~z-~ø-
止深臻曾梗攝	-i+P/N	-i+P/N	-i+P/N~-i+P/N
	[P 表入聲尾，N 表鼻音尾，（ ）表可有可無]		
效攝	-au/-iau	-eu/-ieu	-iau~-ieu~-eu
蟹攝開二	-ai	-ie	-ie~-e~-ai
山攝	-an	-ien[ian]	-an~-ien~-en
蟹攝合一止攝合三	-ui	-i	-ui
聲調	7 個聲調	6 個聲調	6 個聲調（同四縣系統）
詞彙系統	X 語義 B 詞	X 語義 A 詞	X 語義 A~B 詞
語法系統	C 語法	D 語法	C~D 語法

x軸：今音對應（方音共時對應上的差異）

---

84 圖示的古音來歷在此只列出大類，是故列舉出的古音來歷並非全可套用，其中牽涉到更細部的條件，這部分參見文中各表所示的「中古條件」。

85 大體上，可含括臺灣或新屋地區廣義的四海話現象。

本章討論的四海話為同一客方言之下的四縣與海陸的交會與互動變化，不管是同一漢語方言下的方言間（如閩、客語）或同一方言下的各次方言間（如本章所舉例），彼此的對應關係多為整齊且具系統性。令筆者好奇的是，若二語非屬同一語系（如漢語方言與非漢語方言，抑或臺灣客語與原住民語，以及臺灣閩南語與原住民語等之間的接觸關係），當彼此接觸深遠時，在語音、詞彙或語法系統方面會引發什麼樣的變動格局？在未來，語言接觸這個領域應仍有更多探究的空間。

第七章　客語祖源論

　　客語作為漢語族體系下的一支方言，長久以來已為一種「約定俗成」的定論，我們也從《切韻》（以下以《切韻》泛稱《切韻》系韻書）的比較研究當中，探究出客語的音韻特色，在這一支以北方官話系統為正統自居的南下系統「本位」的分化探索中，實際上獲得不少的研究成果，從文化思維來看，這也正符合傳統以父系為主體的社會發展現象。不過，從單一線性的發展來研究客語，往往也會失去從另一角度或不同角度的研究當中所能發現到的客語其他特色，尤其在移民、地理環境的更迭之下，當以父系為主體的社會體系遇上了另一個新社會體系，或是遇上了另一個以母系為主體的社會體系時，這個社會的結構會產生如何的變動？而在變動的過程當中也會牽動彼此語言結構的發展。本章企圖從語言的混同理論與語言地理類型的推移現象來探究客語祖源的混同關係，也就是以語言接觸的觀點來分析客語的形成。客語或源自於雙語或多語的社會干擾，而形成混同語，來源於數支相關或不相關的語族，其本身並不具單一祖源的祖源，在此，僅就客語祖源的研究問題當中，提供另一種思索方向。本章架構如下：一、語言混同理論；二、語言地理類型的推移；三、客語祖源的混同關係；四、本章結語。

一、語言混同理論

世界上所有的語言或多或少都有語言接觸（含方言接觸，以下均以「語言接觸」來論），所謂「語言接觸」（language contact）的含意指的是「由接觸而引發的語言變化」，也就是說因為語言的接觸而帶來了語言干擾的現象，並引發語言產生變化，又，形成這種變化的主要因素並非由他們的語言結構所導致，而是由說話者的社會語言學歷史因素所導致的。（Thomason & Kaufman 1988: 35）因此社會層面的因素對語言接觸的方向及範圍具有決定性的影響機制，這種社會層面可以指個人同時使用兩種語言來表情達意並作為與人溝通的工具，進而延伸到某一區域的社會中有一定數量的人具有使用兩種語言的能力，此即稱之為「社會雙語」（societal bilingualism）。（曹逢甫 1998）也就是說這種社會雙語主要有兩種音變形成的方向：一為個人雙語的單向或雙向擴散，由個人進而影響擴散到群居的社會團體當中；另一種音變形成的方向面為群體社會雙語的單向或雙向擴散。（賴文英 2004b）

語言接觸常會引發一個問題：究竟要接觸到何種程度或具有怎麼樣的特色才可以形成混同語言呢？如前一章有關四海話形成，以及第二章提及的兼語（pdigin）、克里歐語（creole）或混合語（mixed language）的情形等等。基本上，混合語在語法結構上較兼語與克里歐語繁複。（Sebba 1997: 36）本章對此現象亦不做詳細之區分，並以廣義的「混同語」（mixed language）來統稱上述各種語言的混同現象。是故，前人與本書第二章已大致豎立語言接觸後所形成的不同語言類型，也經由不同的語言來

實證接觸語，而今，對於客語祖源的問題，我們僅集結前人之論述成果來實證客語祖源的混同關係確實存在著。

　　總括言之，語言接觸的起始可能進行擴散（diffusion），之後不同的語言逐漸相互融合（fusion），進而兼語化（pidginization）或克里歐語化（creolization），在某一種接觸程度之下，也有可能形成新的混同語，這中間會歷經不同演變的連續體（continuum）階段，即使在最終階段，產生的新語言仍舊為發展中的系統，但已屬穩定階段。不過，穩定階段的語言在歷史演變的洪流中，仍舊可能引發另一波的語言混同運動，此時，語言名稱的興起或異動，恐怕要從不同的層面來考量是否能「約定俗成」而具體化的產生另一語言名稱。

二、語言地理類型的推移

　　陳其光（1996）在〈漢語源流設想〉中結合歷史學、考古學、民族學等成果提出了「漢語語源多元論」，亦即漢語的由來是由羌、夷、蠻等融合而成夏族，而古羌語、古夷語、古蠻語等混合而形成了夏言，夏言之後成為漢語。因此漢語自古以來即是多元一體的交際系統。陳其光對於漢語久遠的歷史源流現象即有語言接觸此一設想，更何況相對於所謂的《切韻》系韻書，或漢語方言，如閩、客語的源流等也應要有此多元性的設想才是。以客語來說，其語言結構內部呈現不一致的語言現象，大體如下所示：

【表7.1】客語與《切韻》系韻書或官話體系大體之比較

	詞彙方面	語法方面	語音方面
比較	同源詞多，但不少客語底層詞卻無法與之對應，反而與南方少數族群語得以對應。	構詞、句法次序大體相同，但客語亦多詞序相反詞，且句法上不少賓語可前置亦可後置，定語可前置亦可後置，此均不同於北方漢語，而量詞的用法也較具多樣化。	客語具特殊之韻如：-ion, -on, -eu, -oi，以及特殊之聲母 v-、陰平聲調來源的特殊性等等，其來源是否為《切韻》系韻書？仍存疑中。
小結客語特色	客語具有雙重或多重特色的語言結構		

橋本萬太郎（1985）以語言地理類型的推移現象，分別從句法結構、基本詞彙、音韻結構等來論證亞洲大陸南、北地區不同的結構特徵，這些特徵分別從北而南或從南而北推移，以至到長江沿岸地區往往形成兩種不同類型的結構卻共現於同一方言之中，由於北方型強大的文讀系統滲透到南方型的語言結構之中，導致閩、客語中也不乏有雙型態結構的語言現象。若以北方型語言為主體來看，其南下發展勢必導致因為移民南下而產生方言分化為主體的演變；若以南方型語言為主體來看，受到北方南下強大的文教力量影響，原有的南方型勢必亦有某些語言結構逐漸產生以分化或合流為主體的演變現象，早期的歷史語言學自古以來多著重在本位（指北方漢語正統南下的系統）、以正統為自居的分化（split）探索，而後才逐漸有越來越多的學者展開非正統（指南方語，含客、閩語等）之下可能產生的分化或合流（merged）

的語言探索。

由於語言接觸的影響，不同地域的語言接觸，會導致本來同質型高的語言往不同的方向演變（**趨異** divergence）；而相同地域的語言接觸影響，則會導致本來異質性高的語言往相同的方向演變（**趨同** convergence）。故當語言分化時，兩種或數種原本具有親屬性或具有相似成分的語言或方言，可能因此漸行漸遠，終而分道揚鑣，或成為不同親屬系；同樣的，當語言合流時，兩種或數種原本不具有親屬性或不具有相似成分的語言或方言，可能因此而漸行漸近，終而形成具有親屬性的特徵，對於這種可能的歷史假設我們又該如何加強證實呢？此種因語言接觸而導致系統結構產生變化，通常不在傳統語音變化當中所注意的同質型研究範圍之內，因為在歷史的音變研究當中，此一系統往往排除了語言接觸干擾的因素，除了零散的外來借詞（borrowing）可見於系統中，其他有關語言接觸的早期文獻也付之闕如，所幸近年來，此類研究也如雨後春筍展現開來。經過久遠的時空變動，有些語言現象實已無法證明因語言接觸而帶來系統上可能的劇變，又，在相關論證不足之下，我們不禁疑惑，在當時所謂單一純淨沒有受污染的「同質型」語言，實際上應已滲有來自不同語言（包括同族的或不同族的語言）的干擾，或如中國聲韻學中奉為圭臬的《切韻》，一直以來被視為漢語單一體系文讀音（literary）的代表，由此上通上古音，下通現代音，其語音體系似乎一脈相承，較不關注外族語言或其他方言可能帶來的在語音系統格局上的影響與變化。即使在日後興起的語言異質性研究當中，也多以共時的語言變異研究為主，對於歷史上已發生過的當時的語言變異，則少有資料可供參考，或許這方面的研究有待結合考古學、地理

學或更多在語言學方面等等的證據，以獲得更進一步的證明。（賴文英 2005a）不過，Labov（1975）主張一致性原則（unifor-mitarian principle），即以共時的音變機制來解釋歷時的音變機制，也就是「以今釋古」來尋求合理的歷時音變解釋。雖然，今音的語言接觸與早期比較，已不可同日而語，但如今能做的，便是儘量從不同階段的研究當中，從中取得一個較為適切合理的推測與解釋，這便是「以今釋古」一致性原則的理念。

三、客語祖源的混同關係

客語祖源（Proto Hakka）究竟為何？學術界具不同的看法，不過，從以下幾派來看，大底可看出其立論之北、南兩大走向：

（一）客語為中原漢語南遷的延續，亦即北方漢語的線性移植至南方，此為傳統學術界的認定，如羅香林（1992）提出客家的五次遷移說。

（二）客語起源自西晉末年的司豫方言，亦即客語是在司豫移民進入閩粵贛交界地區轉成客家人之後才作為族群標幟出現的名稱，如張光宇（1996）。

（三）客語非北方漢語的移植，而是由北方漢人南遷到閩、粵、贛地區後，和當地土著畲族融合形成的，是北方漢文化到達閩、粵、贛區交界的客家大本營後地方化的結果，如鄧曉華（1996）。

（四）客語是以南方彝畲瑤語為基礎，與南來的北方漢語混合而成的，如羅肇錦（2002a, 2004, 2006）。

另外，有關南北漢語與西南少數民族語的關係，近年來也有不同程度的重視，例如，較早的 Jerry Norman（1988）從南方語族音韻與詞彙的比較來看待客語的形成，並提出「古南方漢語說」的論點；潘悟雲（2000）、鄭張尚芳（2003）等人著重從西南少數民族語言的對應關係來擬測上古音系；以及羅肇錦（2002a, 2004, 2006）著重從西南少數民族語的對應關係來看待客語的形成與特色等等。

　　隨著方言學研究的擴展，顯示出有越來越多的方言現象是《切韻》所無法解釋的。《切韻》成書的年代與地點、語料的來源等等本身就帶有許多的疑點，因此，學術的研究逐漸跳脫《切韻》的觀點來研究方言，故正當我們以最大的功力將各方言的音韻系統打入《切韻》系統當中時，之後，學術的研究又試著用最大的功力從其中打出來，而這也正是做學問的態度：以最大的功力打進去，然後以最大的功力打出來。或許因為有這些不同於傳統以《切韻》為單一主體的觀點來研究客語或其他漢語方言，故而才能以更多元的角度來看待客語研究這門體系各種歷史性的問題。（賴文英 2005a）

　　長期以來，客語以北方中原古音為源的立論，逐漸產生了不同的看法，並傾向以南方為主軸發展的主體性，由於各派之間論證充足，也因如此，使得客語的祖源問題，仍待更多更明確之證據來論斷。

　　基本上，語言的親疏關係，主要還是要從早期的語言當中，找出其共同特徵，亦即同源關係，看其是否呈現整組或整類的對應關係。不過，從各方面來看，客語當中的漢語特色，其整體比例是較多的，顯然漢語取得了主導音韻、詞彙、語法系統的優勢，

但是我們卻不能因此而忽略占比例較低的語言特色作為語言主體的可能性，因為擁有這些比例較低的語言特色往往也是代表著語言底層所固有的特色。

　　混同語的研究約於 1960 年代才受重視並興起成一學科，初期中國大陸的兼語與克里歐語的產生只限於與西方社會來往的通商口埠。但在歷史的洪流中，中國大陸的漢語方言及其周邊的語言區其實已存在著類似的混同語情形，只是作為當時的邊界語言（marginal），它並非主流語，也非標準語或書面語，又，早期的南方少數族群語未文字化，也未受到正視，故而往往也不會給予具有混同語特色的語言來另外命名。

　　不同於以西方語言形態豐富且以表音系統為主（如以英語為主（English-based））的克里歐語，漢語缺乏形態變化，並且是以方塊字形體為主的分析型語言（analytical language; isolating language），因此在形成像是克里歐語時，其特色不易顯現出來，尤其當非漢語區也受到漢語強大的文教力量影響時，雙方面很多語詞就變得具有共同的來源。漢字具有超方言的性質，甚至漢字後來也伸入到周邊的非漢語區，如苗瑤、侗臺、藏緬語族等，因而也具有超語言的作用，也因此，苗瑤語族和侗臺語族屬於漢藏語系或是南亞語系？多年來學術界亦常有爭論。

　　以單一混同語來看，客語的來源可能來自於數支相關或不相關的語族，因此客語本身並不具有單一祖源的祖源，故其祖源非只源自漢語，亦非只源自南方的非漢語，換句話說，它並非承接自任何祖語（parent language）單一線性而產生的，而是一種全新的語言形成。但因為客語本身在長期的演化發展過程中，實已帶有不少的漢語與南方少數民族語的語言成分，這些的語言事實

則是無法抹滅的，而這也正是混同語的特色。

　　客語分別與北方漢語、贛語、粵語、閩語、西南少數民族語
等分別具有密切之對應關係，除了《切韻》可找到北方漢語與客
語具整齊的語音對應規律之外，其他語言的相關性探討，如贛語
劉綸鑫（1999）、江敏華（2003），粵語羅肇錦（2000b），閩
語 Jerry Norman（1988），西南少數民族語鄧曉華（1999）、羅
肇錦（2006）等等，因而我們整理出客語與各語具密切之關係如
下：

（83）

　　客語的結構系統似乎又像 A 又像 B 或又像 C……等，一方
面似乎是以漢語為主體，但另一方面又似乎是以西南少數民族語
為底層結構的主體，對於這種種的混同特色，無論從哪一立論來
看，此些特色客語兼而有之。

　　在我們對客語展開多元角度的研究同時，對於客語祖源定位
的問題，至今仍有爭議，以往的探源工作多以歷史移民、比較為
主的北方漢語或中原漢語為中心點的起源說，抑或是站在以南方
非漢語為主體的南方起源說，抑或是南方漢語的起源說，在意見

如此紛歧的情形之下，或許我們可以再具有另一角度的思維——以語言接觸的觀點來看待客語的形成，以作為多元論點的參考，那就是客語源自於雙語或多語的社會干擾，並自行形成一套獨特的語法系統，亦即語言接觸下的產物——混同語，此混同語在時空的推移之下，大體接近於北方漢語的語言系統，但客語本體的特色卻非單單由北方漢語建構而形成。若以本書第二章所論，客語的形成在某種條件之下，或近於克里歐語，亦即由不同的語言系統所形成，語法結構相混合，但是一種穩定、複雜又具文化深層意義的混合語。

四、本章結語

　　本章主要從語言接觸的觀點來討論客語的形成，並從語言的混同理論與語言地理類型的推移現象來說明客語祖源所具有的混同特色。在客語的內部結構當中，畢竟存在了太多與北方漢語相同與相異的特色，對此，學術界大致也已從客語音韻、詞彙、句法結構等等各方面做系統性的論證，並找出不止一種單純的結構特色共現於客語之中，關於此點，本書也分別於前述各章有關音韻、詞彙、語法等章討論過，只是，問題是要以何種結構特色為多？又誰才應該是主體？抑或是本身即是語言混同之下所產生的已具有獨特性的主體？在本書有關客語陰平調的來源、客語語法結構，以及四海話各章中已點出相關的問題，而真正明確的答案恐怕也要配合不同的證據再深入加以分析，或許才能有一個更加明確的定位。

　　也如在第四章詞彙接觸的結語當中所提及的，當客語於歷時

發展過程當中找不到真正的一源源流時，或許客語真正的歸屬就是由這多層次的語源混同而成，亦即客語是在不同的時間流動層與空間移動層，與不同的語族融合而成的一支獨特又兼容的語言。

第八章 結論

　　本章架構具三節：第一節綜觀客語的語言接觸，先摘要本書第二章至第七章各章論述的要點；再來從第二節語言接觸理論的思維，思維本書所提出、主張有關的語言接觸理論，抑或理論應用上的新思維模式；最後第三節餘論，則討論本書之貢獻與未來發展與有待開發、繼續可供研究之議題。

一、綜觀客語的語言接觸

　　綜觀客語的變遷含括歷時層面與共時層面、內部層面與外部層面，故而其中也含括語言的分化與合流，以及歷時演變與接觸變化之間的關連。本書較著重在宏觀面以及歷時與共時層面之探討，客語在不同時、空之下與不同的語言產生接觸變化的情形，並分別從語言接觸論、音韻接觸、詞彙接觸、語法接觸、臺灣客語四海話、客語祖源論等六章來論。由於語言接觸的歷時部分較難梳理出完整的模式與明確的立論，但本書目前能做的即透過不同的多元思維來分別做一可能的初步探究，希冀拋磚引玉，引來更多有關客語語言接觸方面的思辯與思辨。

　　第二章語言接觸論，此章主要在於從第二節語言接觸與語言類型的研究當中，以方言比較語法探討與語言接觸的關連性，以及探討與語言類型之間的關連性，也由於長期的接觸效應，因而挑戰了語言類型學的界定與分類問題。第三、四節則分別討論語

言接觸常見的四種語言類型與十一種語言現象。其中對於臺灣的中介語類型則有不同的看法，此也是臺灣語言特殊的接觸現象，甚而臺灣的中介語類型應分成外省族群、閩南族群、客家族群、原住民族群等四類中介語才對，而「臺灣華語」實也為學習標的語「華語」而產生的一種中介語，「臺灣國語」則是以閩、客族群為主要學習華語所形成的中介語。當所謂的「臺灣國語」挑戰著「臺灣華語」時，兩語彼此間的「音位」或相互競爭，加上閩語之詞彙也大舉滲入臺灣的其他語言之中，之間或會產生另一類型的中介語，此也挑戰著語言系統中的「音位」問題。另外，本書也提出兼容語是因臺灣客語四海話的接觸情形而賦予的一類型，而此類型亦符合區域內多方言的接觸類型，基本上，兼容語的包容性很廣，故而因著地域而具有多樣性的變體。當一種語言具有不同的變體時，在編輯字辭典時如何對待這些變體，在一百多年前的客語字辭典中，也許已有跡有尋了。不過，當整個語言系統嚴重受到不同系屬的語言影響時，在久遠的歷時影響之下，此種新的語言類型還會與語言類型學產生挑戰。語言接觸後除會產生不同的語言類型外，還會產生許多的語言接觸現象，不管是語言被取代、消失、瀕危、死亡，其實我們都不樂見，因為那意味著某種文化資產也跟著不見了；而借詞往往可反映不同族群的詞彙文化，從另一角度來看，借詞應可豐富自身語言的詞彙與多元的社會文化；事實上，我們樂見本土化現象，因為語言的本土化，表示自身的語言文化還存在、使用著，而語言本身也與時俱進中，不排除新資訊的進入與本土化；至於語碼轉換、語言迎合、通行語的產生則是因地制宜的語言使用方法，也說明一種語言並非生硬的被使用著而拒絕著另一種語言的進入與活用；文白異讀

通常反映著語言在一定時間之下，被另一種語言讀書音，系統性的被沉積下來，因而在共時之中，似乎較難觀察到正在進行中的──另一種語言被系統性堆疊而產生另一語言層的文白異讀吧！此外，文白異讀往往也與疊置式音變、詞變，以及詞彙擴散具密切的關連性，也與雙語或多語現象有關；而語言趨異與語言趨同，則可能分別導致語言的分化與合流。

　　第三章音韻接觸，此章主要從內部演變與外部接觸的兩大力量，探討客語的音韻變化。第二節討論古次濁聲母與全濁上聲母與客語陰平調的來源，透過地域關連性與內部比較法的運用，提出古客語至少有過兩套鼻、邊音聲母，或是古客語的次濁聲母存在過帶前綴音與不帶前綴音的時期；亦即構擬出古客語可能有過清、濁鼻邊音聲母的對立，且和周邊非漢語方言的語音特點有關，文字系統的漢語方言與非文字系統多套鼻邊音聲母的非漢語方言，在交會時的語音轉換，兩大力量形成拉鋸。第三節對於古上去聲於客語次方言間的分合情形，其實很大一部分和次方言的地域分布有關，而地域分布又常與語言接觸有關。故而古上去聲於客語次方言間的分合是承歷時演變而來抑或承共時接觸而來？從方言所處的地域性與強弱性，或可見其語言變化常兼具內部系統與外部接觸演變的動因。第四節大埔客語特殊 35 調的來源，我們主張原先的大埔客語不存在小稱詞，與鄰近的豐順客語相同，特殊 35 調的形式是後來經由接觸加上內部系統規則的運作而進入系統之中，並形成與其他本字調語義上的區別。當然，我們無法為語言或方言之間的接觸鏈關係找到直接的語言證據，但透過標記理論說明大埔客語特殊的 35 調應非純內部語音系統所產生，加之地緣比較發現鄰近方言之間聲調調值的過於接近性，

應非巧同現象，故而大埔客語特殊 35 調，很有可能是因外部成分進入之後，由內部音系加以調和而生成，此亦符合語詞語義從非對立到對立演變的無標發展。

第四章詞彙接觸，方言詞的詞源大致可分為三種不同的來源，分別是：（一）古漢語之沿用；（二）方言之創新；（三）借詞。另有字源未明者，字源未明者或分屬於以上三種情形，只是至今未決。客語中的借詞，有來自於漢語方言，也有來自於非漢語方言，而非漢語方言又分來自南方少數民族，以及來自國外各族。本章藉探討客語借詞以瞭解其源流層次，主要從詞彙歷史源流的演變、語音和同源詞的對應關係，以及共時方言間的對比，並配合各家考證的語源文獻，嘗試將客語來自於漢語（主要包括閩、粵、贛語，以及臺灣客語次方言間等近代借詞）與非漢語方言（其中包括客語底層詞的壯侗、苗瑤、畬、南島語等，古借詞的蒙古語、古西域語、馬來語等，以及西洋、日語借詞等等）的借詞層次做一整理，以瞭解客語在歷時的演變當中，其民族的變遷與表現在文化層面的交替變化。

第五章語法接觸，客語語法結構當中反映出的層次問題，目前學界討論的尚少，本文就比較的觀點來探討客語特殊的語法結構及其反映出的層次問題。客語特殊語法結構有許多，包括筆者長期研究客語語法結構，目前整理出有十六項詞法特點，另外有十四項對客語來說是較為殊性的句型結構。詞法如客語特殊方位詞、人稱代詞與領格的特殊性、指示代詞的聲韻調屈折特色，以及遠指代詞與量詞、結構助詞、疑問代詞等的淵源與多元的用法等等，還包括客語特殊的派生詞與多層次的小稱詞系統，以及特殊的構詞法如合併法、屈折法與詞序相反等等，重疊構詞則包括

動詞、形容詞、象聲詞與四字格的重疊等等；句法如雙賓語句、動詞重疊句、「緊 V1 緊 V2」與「越 V1 越 V2」句式、「來去」句式、「有」字句、存在動詞句「在」與「到」、「分」字句、「同」或「摎」字句、「係…个」句式、句法成分特殊次序的句式、疑問句、比較句、否定句、時貌標記等等。對於一些客語殊性的語法結構來說，許多語法來源至今未決，然而，客語卻也存在著同一語義兩類語法結構共存並用的情形，或更加反映著有些語法結構應與西南少數民族同源，並形成語法接觸與底層語法疊置並用且互競的語言現象。

第六章臺灣客語四海話，本章先從共時平面呈現臺灣客語四海話音韻系統的大致樣貌，之後探究四海話的定義問題，並對四海話做一定義，提出四海話定義的擴充修正原則、通行腔的方言接觸原則、排除語碼轉換原則、土人感原則，並從此四項原則來對廣義的四海話做一定義，即四海話聲調是以四縣調為主，但聲母、韻母及詞彙卻有海陸話的特色；反之，海四話，其聲調是以海陸調為主，但聲母、韻母及詞彙卻有四縣話的特色，前述分別為狹義的「四海話」與「海四話」，而前述各種現象泛稱為廣義的「四海話」，同時指出四海話的兩大類型六次類型。之後再分別從四海話的縱聚合關係，以及土人感雙方言能力的立場以優選觀點來印證相關主張。本章透過橫向、縱向之間的關連演變，探究四海話變遷的基底機制，一方面透過共時方言比較，探討臺灣客語四海話音系、詞彙系統、語法系統的特色，再經由一系列的實證來觀察四海話演變中的「過程」，並透過古音、今音雙向條件的縱橫探索，以進一步掌握語言變遷的機制與成因，包括從聲母兩可性與對立性間的抗衡、古止深臻曾梗攝與精莊知章組的組

合變化、古流效蟹山攝的合流與分化、唇音合口韻母反映的假象回流演變、聲調的錯落演變、詞彙語法系統的消長等，探究四海話歷時成因的縱向演變與共時變遷的橫向滲透。最後則主張以土人感「聲調」被認知的立場出發，從優選理論觀點分析臺灣四海話的異同現象，並以此呈現普遍的語言演變現象。

第七章客語祖源論，在客語內部結構中，存在許多與北方漢語相同與相異上的特色，或者相同點多過相異點，但我們卻無法以相同多的而認定為主要的源流。故而此章主要從宏觀角度，以語言接觸的觀點來討論客語的形成，並從語言的混同理論與語言地理類型的推移現象來說明客語祖源所具有的混同關係，本書主張客語或源自於雙語或多語的社會干擾，具內部演變與外部接觸的兩大拉鋸力量，由此形成獨特的語法系統，即語言接觸下的混同語特色。

通常，我們在討論語言接觸下語言的變遷時，也不應該忽略內部演變的機制，由演變、接觸相互衝撞下的內、外因素，更是本書所著重探討，畢竟，語言的變遷存在許多的機制，往往無法單獨由接觸抑或內部演變得到單一而完美的解釋。

二、語言接觸理論的思維

語言接觸是個有趣的議題，而這個議題卻日新月異，因為世界地球村的到來，人們除母語外，實接觸了不同的語言，不管是同系屬或不同系屬，接觸的機制、變化可能都一直在變，因而在舊有的語言接觸觀點之下，也會產生新的語言接觸觀點，抑或提出新的語言接觸理論。本書於語言接觸理論的貢獻在於在舊有理

論架構之下，提出新的語言接觸思維，抑或提出新的語言接觸理論思維，包括從音韻理論的優選制約來探究四海話的形成機制，也從語言接觸鏈及其與標記理論的關連來探討客語聲調與詞彙互動之間的變化，以及提出語法結構呈現多層次現象的語法接觸理論，另外也提出客語祖源可能具有的混同理論。此外也整理出語言接觸常見的四種語言類型與十一種語言接觸現象，含對於兼容語的提出，以及對臺灣中介語不同觀點的探討等等。

　　本書第三章提出了「接觸鏈」的觀點，事實與常理上，語言應也存在著「接觸鏈」的關係。我們先從較為共時性的方言現象來分析，尤其在多方言的區域更為明顯，而此多方言的分布實際上就像不同區域的分布，其中弱勢腔多半不在市中心區，弱勢腔也容易受市中心區的強勢腔影響，而系統性的變化其音韻或語法結構，此從臺灣弱勢的豐順腔即可印證，豐順腔其一分布在桃園海陸腔為多的新屋地區，其聲調便有「海陸腔化」的情形，而豐順腔另一分布在桃園四縣腔為多的觀音某部分地區，其聲調便有「四縣腔化」的情形，但此時並未有接觸「鏈」的情形，是因在較為共時面的現在，交通利便，人與人、族群與族群往來交流方便，因而較少會有「鏈」的情形產生。但在舊有年代，區域範圍廣大，各方言分布較遠，交通不利便，人與人、族群與族群往來，往往是位於非中心區的弱勢腔，逐步往較為市中心的區域呈現經濟發展上的靠攏，而較為市中心的區域又往更市中心的區域靠攏，語言當然就逐步受強勢腔而被影響著。在臺灣客語當中，由於強勢的四縣與弱勢的大埔聲調調值較為接近，大埔聲調調值或受四縣影響而趨同，但同時比較原鄉的大埔腔，發現兩地大埔腔本就接近，故而又再比較更市中心區域的梅縣客話，發現梅縣、

四縣、大埔有著驚人的調值趨同關係，除了古客語分化為不同的次方言時，梅縣、四縣、大埔還保留著較為接近的調值關係，同時因著三者的地緣關係、強弱關係，故而本章大膽假設，大埔客語與豐順客語相同，亦即本無小稱詞、亦本無小稱調，高陂與東勢客語的「小稱變調」則是後起的接觸現象，且此種接觸現象存在已久，梅縣、四縣、大埔客語之間部分聲調與變調系統的「接觸鏈」具密切關係，也因此可為大埔客語特殊 35 調的來源找到合理的解釋。雖說「四縣」非屬大陸的一省或一腔，其來源是因大陸廣東省四個縣的合稱，但實際往往也包括第五個縣——梅縣的合稱，因而之間的聲調關連，本就密切。

本書第五章提出了「語法接觸理論」的觀點，並先從五個子題來探討客語特殊語法中所顯現出的層次問題，包含：（一）人稱代詞的複指與屬有構式的層次性；（二）「麼个」與「在个」的詞彙化與語法化演變；（三）句法結構的底層與外來層；（四）「敢」質疑問句的層次來源；（五）「分」字句與「同」或「摎」字句的特殊性。之後再從人稱方面的幾個語法差異點一章節來論，並分別指出人稱複指標記（們）、第一人稱複指形式（我們）、人稱領格的聲調走向（我的／你的／他的）、人稱屬有構式、旁稱代詞——人／儕／人儕／人家的用法等五個在人稱方面較為特殊的問題。大體上，若語言當中存在「反常」的語法次序，或具有五種可能：一、接觸影響；二、正常語法結構，此或因認知觀點不同而有不同的看法；三、語法化的中間階段，但此項也涉及結構的認知觀點；四、民族同源，當時代久遠後，往往接觸或同源的關係會成為模糊的底層現象；五、語言本身殊性的呈現。本文同具一至五的探討。另外，同一語言之中存在兩類不同的語

法結構，且語義幾近相同時，一般來說可能有三種情形：一、語言內部分化現象而形成的變體，但這一類變體的形成通常帶有條件分化，否則較難解釋變體形成的原因；二、語言的多元現象，亦即語言本身即帶多元的特質，有能力產生變體；三、語言外部接觸現象而形成的變體，此類變體的形成通常可從周遭外來語言當中得到合理的解釋。原則上，上述三種情形均反映了不同的語法結構層次，本文的討論則著重在第三種情形，並以此來說明客語部分特殊語法結構為底層結構。例如，與通行語相較，當客語存在所謂的特殊語法結構，但又存在一類形式與華語結構相似或相同時，此或可能反映一類為客語的底層結構，另一類則是反映了晚近外來層的結構，而不同層次的結構在方音系統的共時平面之中則形成了競爭，如客語「緊 V1 緊 V2」與「越 V1 越 V2」句式，兩式均表更加之義，但前式另有「一面……一面……。」之義，表更加之義時，「緊 V1 緊 V2」為客語底層結構，「越 V1 越 V2」則反映晚近外來層結構，不同層次結構在方音系統的共時平面中則形成了競爭。又如，客語句法成分特殊次序的句式當中，其位置順序與現代漢語不同，包括動詞後接副詞「加、多、少、往下、往出、先」、句尾助動詞句式「添、來」、動賓＋補語「著、落」等三類句式均與現代漢語不同，句式或受現代漢語影響，部分用法則出現副詞修飾其後的動詞順序、句尾助動詞不用，抑或賓語在後、補語在中的順序，大致上，前者句式反映客語底層的結構，後者句式則反映晚近外來層的結構，不同層次結構在方音系統的共時平面中亦形成了競爭。

　　語言有所謂共性與殊性的研究，從語言共性的研究當中，往往可以從中發現語言殊性的部分，Greenberg（1966）從功能語

法學派的類型學角度，並以大量語言的語料為基礎進行跨語言現象的類型學變異研究，亦即著重從語言的外部來進行對具體語料的解釋，抑或在語言形式之外的功能認知來解釋語言，較形式學派而言，講求的是在更大量語料的範圍之下，廣度與深度並行的分析語言。另外，Comrie（1989）也強調語言共性的研究，並提供豐富語料來分析語言的類型，含不同學派和方法論的背景介紹、語言類型學的概念、語序、主語、格標記的分布規律、關係從句與使成構式的類型學意義等，是繼 Greenberg 之後對當代語言類型學的發展起極大推動作用的學者。本文或還無法達到以「量」來分析客語特殊語法的程度，但先就部分漢語方言的內部比較以及外部的非漢語方言比較來說，卻可先釐清客語在語法結構與語序的方言類型與層次問題，包括和非漢語方言做一初步性的比較，從中瞭解其間的異同與關係，以作為類型學方面進一步的研究基礎。

　　本書第六章提出了「四海話與優選理論」的聲調制約觀點，從音韻理論的優選制約來探究四海話的形成機制，主張四海話的形成機制，以及臺灣四海話的異同現象，「聲調」是首要制約，以此呈現普遍的語言現象。海陸客語與四縣客語的形成是屬於不同的時代層次或不同的地域層次，當不同層次的語言變體進入同一區域中的共時系統之後，彼此相互感染，並在共時層面產生不同的變體，在臺灣，把這種海陸、四縣客語的接觸變化統稱為「四海話」。臺灣四海客家話的研究，隨著研究地域的擴大而處在不同的演變規律與方向中，本文提出定義的擴充修正原則、通行腔的方言接觸原則、排除語碼轉換原則、土人感原則等四項原則，對廣義的四海話做一定義，同時區分狹義四海與海四話的類型定

義，並以土人感對「聲調」認知的立場出發，從優選觀點來分析探究臺灣四海話的異同現象，並為普遍的語言現象。

　　本書第七章提出了「客語祖源的混同理論」觀點，主張客語無論從移民當中所接觸到的語族，以及本書論及有關客語音韻、詞彙、語法方面的特殊性，某一部分即和南方少數民族語具極大的關連，即便有些特殊的語言現象還不及為它們找到來源，但從類型學來看，必定非屬正統漢語而來，雖然在語音部分，大部分和中古漢語《廣韻》體系具對應關係，但客語陰平調的來源卻是特別。詞彙當中也不乏有許多和南方少數民族語呈現對應關係，說明具同源關係。語法結構上與漢語不同者，則或涉及更廣大的語言類型學關係。因而，客語祖源來自於混同理論的混合語，從客家的歷史移民、從客家語言的特色分析、從客語與其他語言的對應關係、從混同語言形成的可能機制，以及從 Labov（1975）的「以今釋古」，亦即從共時的音變機制來合理解釋歷時的音變機制，此些均是可以成立客語祖源的混同理論依據。同時，「以今釋古」往往也可以從中解釋歷史上一些難解的語言變化。

三、餘論

　　本書單元主題雖包含過往單篇正式與非正式發表論文，但卻不是僅將各單篇論文集結起來而已，而是把內容重新審視、修正內容觀點再做整合，使全書篇章組織架構具連結性，讓語言接觸在整個大架構之下的主題觀念更顯完整性，而各章單元更是呈現語言接觸的系統性，含語言接觸的類型與現象、音韻接觸、詞彙接觸、語法接觸、四海話與接觸、客語祖源與接觸的觀點等等。

除了探究臺灣客語的語言接觸，也從宏觀的視角探討客語源流方面的語言接觸。本書不僅對語言接觸理論有所貢獻，同時也探討了語言內外動力的層次問題，而層次也實含內部演變與外部接觸互協的層疊問題，含括音韻、詞彙、語法的層疊層次，尤其語法層次較少學者提及，又客語聲調層次的問題，也呈現複雜的變化。

本書討論語言接觸下客語的變遷，著重在語言系統性的分析，其中，音韻分析含括跨大陸、臺灣漢語與非漢語方言聲調方面的比較分析，詞彙分析則論及西南少數民族語的底層詞，以及其他族群的詞彙問題，語法分析則從結構方面探究不同的層次來源問題，繼而於第七章從更廣的層面討論客語祖源的問題。同時本書亦著重在臺灣客語四海話內部演變與外部的接觸變化分析。若站在臺灣客語的角度，本書較少著墨在與客語互動密切的閩南語接觸、原住民語接觸的議題分析，不過，在第二章提及了中介語及其他語言接觸的類型與現象的問題時，則與華語、閩南語較具關連性，以及在第四章的詞彙接觸當中，論及部分的華、閩語借詞。就臺灣客語的語言接觸而言，閩南語接觸及原住民語接觸均甚為密切，然本書暫不以臺灣客語地緣性的語言接觸為主要來論，但期待未來能另從此一角度切入探討，以豐富語言接觸的研究成果。

此外，本書亦較少論及臺灣客語各腔的接觸變化情形，含各腔分化的原因，抑或在區域方言中合流的原因。雖本書在音韻部分討論比較了客語次方言中的四縣、海陸、豐順、大埔等腔，詞彙部分討論比較了客語次方言中的四縣、海陸、豐順等腔，仍不夠全面，尤其是語法的比較或語法接觸領域的研究，更有待開

發。

　　雖然，本書從歷時方面亦簡單比較了一百多年前的《陸豐方言》與《客英大辭典》，但此部分卻無法實際印證語言接觸的成分，也無法實際印證語言內部演變的機制，但卻能補足不同時空下的客語次方言間的差異性，並觀察其中相關的音韻、詞彙、語法問題，甚至是四海話相關的問題。若從「以今釋古」的立場，臺灣四海話的形成與兼用階用，以及反映出的語言普遍現象，或可解釋《客英大辭典》中的音韻特色，含其中的區域多方言現象與語言接觸的可能性；而若從「以古鑑今」的立場，《陸豐方言》部分語料現象應確實反映了語言接觸的某些兼用階段。

　　然而，「以今釋古」與「以古鑑今」是否為千年萬年不變的道理呢？當然，語言因著時間流逝、空間地理的變化，加之現今媒體傳播的發達而豐富著不同的語言接觸議題時，也顯示著因網路傳播的效應，言說出來與書寫出來的語音、詞彙與語法，都有語言接觸的成分。相信只要語言不死、網路傳播媒介不死，就會持續產生新的語言接觸議題，而這樣的議題卻往往也挑戰著舊有的語言演變與語言接觸的觀點。本書在語言接觸的議題方面，立論或還嫌薄弱，但卻也大膽的提出一些學術觀點，或不成熟卻也值得一一來討論。希冀未來客語的研究、客語語言接觸的研究，能具有更加多元、更加開放的立論注入，以開拓不同的研究視野。

引用書目

《十三經注疏》整理委員會整理《十三經注疏》。北京：北京大學
　　出版社，2000年第1版。

（漢）揚雄撰《方言》。臺北：藝文，1975年臺3版影印本。

（漢）許慎撰；（清）段玉裁注《說文解字注》（經韻樓臧
　　版）。高雄：高雄復文圖書出版社，2000年初版2刷。

（宋）陳彭年等重修《新校正切宋本廣韻》（澤存堂藏版）。臺
　　北：黎明文化，1976年初版。

（清）馬建忠，1898，《馬氏文通》。臺北：臺灣商務，1978年臺
　　一版。

丁邦新，2000，〈論漢語方言中「中心語──修飾語」的反常詞序
　　問題〉，《方言》。第3期，頁194-197。

王力，1980，《漢語史稿》。北京：中華書局，新1版。

王力，1991，《同源字典》。臺北：文史哲，初2刷。

王士元、沈鍾偉，2002，〈詞彙擴散的動態描寫〉，《王士元語言
　　學論文集》（王士元著），頁116-146。北京：商務印書
　　館。

王士元、連金發，2000，〈語音演變的雙向擴散〉，《語言的探
　　索：王士元語言學論文選譯》（王士元著，石鋒等譯），頁
　　70-116。北京：北京語言文化大學出版社。

王均等編著，1984，《壯侗語族語言簡志》。北京：民族出版社出
　　版，第1版。

王福堂，2005，《漢語方言語音的演變和層次》。北京：語文出版

社，第2版。

王堯主編，1998，《苗、瑤、畬、高山、佤、布朗、德昂族文化
　　志》。上海：上海人民出版社，第1版。

中央民族學院少數民族語言研究所編，1987，《中國少數民族語
　　言》。成都：四川民族出版社。

中國語言學大辭典編委會，1991，《中國語言學大辭典》。中國語
　　言學大辭典編委會：江西教育出版社，第1版。

內田慶市，2009，〈Pidgin —— 異語言文化接觸中的一種現
　　象〉，《東アジア文化交渉研究》。第2號，頁197-207。

毛宗武、蒙朝吉編著，1986，《畬語簡志》。北京：民族出版
　　社，第1版。

石毓智，2004，〈量詞、指示代詞和結構助詞之關係〉，《漢語研
　　究的類型學視野》。南昌：江西教育出版社，第1版，頁
　　76-97。

平田昌司，1988，〈閩北方言「第九調」的性質〉，《方言》。第
　　1期，頁12-24。

北京大學中國語言文學系語言學教研室編，1995，《漢語方言詞
　　彙》。北京：語文出版社出版，第2版。

江俊龍，1996，「臺中東勢客家方言詞彙研究」。國立中正大學中
　　國文學研究所碩士論文。

江俊龍，2003，「兩岸大埔客家話研究」。國立中正大學中國文學
　　研究所博士論文。

江俊龍，2006，〈論東勢客家話特殊35調的語法功能、性質與來
　　源〉，《聲韻論叢》。第14輯，頁139-161。

江敏華，1998，「臺中縣東勢客語音韻研究」。國立臺灣大學中國
　　文學研究所碩士論文。

江敏華，2003，「客贛方言關係研究」。國立臺灣大學中國文學研究所博士論文。

江敏華，2006a，〈東勢客家話「同」與「分」的語法特徵及二者之間的關係〉，《語言暨語言學》。第7卷第2期，頁339-364。

江敏華，2006b，「東勢客家話共時與歷時語法研究」，國科會研究計劃案。

江敏華，2007，「東勢客家話共時與歷時語法研究（Ⅱ）──東勢客語動貌範疇的語法化及類型研究」，國科會研究計劃案。

伊能嘉矩，1998，《蕃語調查ノート》。臺北：南天書局，初版。

朱德熙，1980，〈北京話、廣州話、文水話和福州話裡的「的」字〉，《方言》。第3期。收錄於《朱德熙選集》。長春：東北師範大學出版社，2001年，頁308-316。

朱德熙，1985，〈漢語方言裡的兩個反復問句〉，《中國語文》。第184期。又收錄於2001，《朱德熙選集》，袁毓林編。長春：東北師範大學出版社，第1版，頁445-462。

朱德熙，1991，〈漢語方言裡的兩個反復問句〉，《中國語文》。第5期。又收錄於2001，《朱德熙選集》，袁毓林編。長春：東北師範大學出版社，第1版，頁463-481。

余靄芹，1988，〈漢語方言語法的比較研究〉，《中央研究院歷史語言研究所集刊》。第59卷第1期，頁23-41。

李方桂，1980，《上古音研究》。北京：北京商務印書館。

李如龍，2001，《漢語方言學》。北京：高等教育出版社，第1版。

李如龍、莊初升、嚴修鴻，1995，《福建雙方言研究》。香港：漢學出版社，初版。

李如龍、張雙慶主編，1992，《客贛方言調查報告》。廈門：廈門大學出版社。

李作南，1965，〈客家方言的代詞〉，《中國語文》。第3期，頁224-229。

李英哲，2001，《漢語歷時共時語法論集》。北京：北京語言文化大學出版社，第1版。

李榮，1983，〈關於方言研究的幾點意見〉，《方言》。第1期，頁1-15。收錄於《語文論衡》。北京：商務印書館，1985年第1版。

何大安，1988a，《規律與方向：變遷中的音韻結構》。臺北：中央研究院歷史語言研究所，初版（1997年景印一版）。

何大安，1988b，〈「濁上歸去」與現代方言〉，中研院史語所集刊第五十九本二分。

何大安，1994，〈「濁上歸去」與現代方言〉，《聲韻論叢》。第2輯，頁267-292。

何大安，1996，《聲韻學中的觀念和方法》。臺北：大安出版社，第2版。

何大安，2000，〈語言史研究中的層次問題〉，《漢學研究》。第18卷特刊，頁261-271。

吳中杰，2006，「國姓鄉的語言接觸與族群認同」，全球視野下的客家與地方社會：第一屆臺灣客家研究國際研討會。

吳瑞文，2011，〈閩東方言「進行／持續」體標記的來源與發展〉，《語言暨語言學》。第12卷第3期，頁595-626。

阿錯，2001，〈藏漢混合語"倒話"述略〉，《語言研究》。第3期，頁109-126。

阿錯，2002，〈雅江"倒話"的混合特徵〉，《民族語文》。第5

期，頁34-42。

邵敬敏，2010，《漢語方言疑問範疇比較研究》。暨南：暨南大學
　　　出版社。

林立芳，1996，〈梅縣方言的人稱代詞〉，《韶關大學學報》。第
　　　17卷第3期，頁66-72。

林立芳，1999，〈梅縣方言的代詞〉，《代詞》，頁176-200，李
　　　如龍、張雙慶主編。廣州市：濟南大學出版社。

洪惟仁，2003，「音變的動機與方向：漳泉競爭與臺灣普通腔的形
　　　成」。國立清華大學語言學研究所博士論文。

施朱聯主編，1987，《畬族研究論文集》。北京：民族出版社，第
　　　1版。

施添福，2013，〈從「客家」到客家（一）：中國歷史上本貫主義
　　　戶籍制度下的「客家」〉，《全球客家研究》。第1期，頁
　　　1-56。

胡坦，1980，〈藏語（拉薩話）聲調研究〉，《民族語文》。第1
　　　期，頁22-36。

高然，1998，〈廣東豐順客方言的分布及其音韻特徵〉，《客家方
　　　言研究》【第二屆客方言研討會論文集】。廣州：暨南大學
　　　出版社，第1版，頁133-145。

高然，1999a，〈廣東豐順客方言語法特點述略〉，《暨南學
　　　報》。第21卷第1期，頁108-118。

高然，1999b，《語言與方言論稿》。廣州：暨南大學出版社，第1
　　　版。

馬學良主編，2003，《漢藏語概論》。北京：民族出版社，第2
　　　版。

袁家驊等，1989，《漢語方言概要》。北京：文字改革出版；新華

發行，第2版。

袁家驊等，2001，《漢語方言概要》。北京：語文出版社，第2版。

徐杰主編，2005，《漢語研究的類型學視角》。北京：北京語言大學出版社，第1版。

徐通鏘、王洪君，1986，〈說"變異"〉，《語言研究》。第1期，頁42-63。

徐貴榮，2002，「臺灣桃園饒平客話研究」。國立新竹師範學院臺灣語言與語文教育研究所碩士論文。

曹志耘，2001，〈南部吳語的小稱〉，《語言研究》。第3期，頁33-44。

曹逢甫，1998，〈雙言雙語與臺灣的語文教育〉，《第二屆臺灣語言國際研討會論文集》第二集，頁163-180。新竹：臺灣語言文化中心。

曹逢甫，2006，〈語法化輪迴的研究：以漢語鼻音尾／鼻化小稱詞為例〉，《漢語學報》。第2期，頁2-15。

曹逢甫、李一芬，2005，〈從兩岸三地的比較看東勢大埔客家話的特殊35/55調的性質與來源〉，《漢學研究》。第23卷第1期，頁79-106。

曹逢甫、連金發、鄭縈、王本瑛，2002，〈新竹閩南語正在進行中的四種趨同變化〉，《閩語研究及其與周邊方言的關係》。頁221-231。

曹逢甫、劉秀雪，2001，〈閩南語小稱詞的由來：兼談歷史演變與地理分布的關係〉，《聲韻論叢》。第11輯，頁295-310。

曹逢甫、劉秀雪，2008，〈閩語小稱詞語法化研究：語意與語音形式的對應性〉，《語言暨語言學》。第3期，頁629-657。

教育部，2011，《臺灣客家語常用詞辭典》。線上版：http://hakka.dict.edu.tw/hakkadict/index.htm。

張光宇，1996，《閩客方言史稿》。臺北：南天書局，初版。

張光宇，2003，〈比較法在中國〉，《語言研究》。第4期，頁95-103。

張光宇，2004，〈漢語語音史中的雙線發展〉，《中國語文》。第6期，頁545-557。

張屏生，1998，〈東勢客家話的超陰平聲調變化〉，第七屆國際暨十六國聲韻學學術研討會論文。彰化師範大學主辦。收錄於《聲韻論叢》（第8輯，頁461-478。）另收錄於《方言論叢》（屏東縣，編者出版，頁83-96。）

張屏生，2004，「臺灣四海話音韻和詞彙的變化」，2004年中央研究院語言學研究所第二屆「漢語方言」小型研討會。

張素玲，2005，「關西客家話混同關係研究」。國立新竹教育大學臺灣語言與語文教育研究所碩士論文。

張雙慶、萬波，1996，〈贛語南城方言古全濁上聲字今讀的考察〉，《中國語文》。第5期，頁345-354。

連金發，1999，〈方言變體、語言接觸、詞彙音韻互動〉，石鋒、潘悟雲編《中國語言學的新拓展》，頁150-177。香港：香港城市大學出版社。

連金發，2007，〈約量構式探索：從方言比較語法入手〉，《中國語學》。第254期，頁29-50。

游文良，2002，《畬族語言》。福州：福建人民出版社，第1版。

陳其光，1996，〈漢語源流設想〉。《民族語文》，第5期，頁28-37。

陳秀琪，2006，〈語言接觸下的方言變遷〉。《語言暨語言

學》。第 7 卷第 2 期，頁 417-434。

陳保亞，1996，《論語言接觸與語言聯盟：漢越（侗台）語源關係的解釋》。北京：語文出版社，第 1 版。

陳保亞，1999，《20 世紀中國語言學方法論：1898-1998》。濟南：山東教育出版社，第 1 版，頁 396-456。

陳保亞，2005，〈語言接觸導致漢語方言分化的兩種模式〉，《北京大學學報》，第 42 卷第 2 期，頁 43-50。

黃怡慧，2004，「臺灣南部四海話的研究」。國立高雄師範大學臺灣語言及教學研究所碩士論文。

黃金文，2001，「方言接觸與閩北方言演變」。國立臺灣大學中國文學研究所博士論文。

黃雪貞，1988，〈客家方言聲調的特點〉，《方言》。第 4 期，頁 241-246。

黃雪貞，1989，〈客家方言聲調的特點續論〉，《方言》。第 2 期，頁 121-124。

黃雪貞，1995，《梅縣方言詞典》（李榮主編）。南京：江蘇教育出版社，第 1 版。

黃雪貞，1997，〈客家方言古入聲字的分化條件〉，《方言》。第 4 期，頁 258-262。

項夢冰，2002，〈《客家話人稱代詞單數「領格」的語源》讀後〉，《語文研究》。第 1 期，頁 40-45。

項夢冰、曹暉，2005，《漢語方言地理學：入門與實踐》。北京：中國文史出版社，第 1 版。

溫秀雯，2003，「桃園高家豐順客話音韻研究」。國立新竹師範學院臺灣語言與語文教育研究所碩士論文。

董同龢，1956，《華陽涼水井客家話記音》。北京：科學出版

社，第1版。

董忠司，1996，〈東勢客家語音系述略及其音標方案〉，《『臺灣客家語概論』》。臺北：臺灣語文學會出版，頁257-272。

楊秀芳，2002，〈論閩南語疑問代詞「當時」「著時」「底位」〉，《南北是非：漢語方言的差異與變化》，頁155-178，何大安主編。臺北：中研院語言所籌備處。

楊時逢，1971，〈臺灣美濃客家方言〉。《中央研究院歷史語言研究所集刊：慶祝王世杰先生八十歲論文集》。第42本第3篇，頁405-465。

葉瑞娟，1998，〈新竹四縣客家話"兒"的研究〉。《臺灣語言及其教學國際研討會論文集》。新竹：新竹師範學院，頁331-356。

詹伯慧主編，2002，《廣東粵方言概要》。廣州：暨南大學出版社，第1版。

趙元任，1968，〈方言跟標準語〉，《語言問題》。臺北：臺灣商務，初版，頁93-102。

趙元任，2002，〈音位標音法的多能性〉，《趙元任語言學論文集》。北京：北京商務印書館，頁750-795。Original: The non-uniqueness of phonemic solutions of phonetic systems，《歷史語言研究所集刊》（1934）第四本第四分。

潘悟雲，2000，《漢語歷史音韻學》。上海：上海教育出版社，第1版。

鄭張尚芳，2003，《上古音系》。上海：上海教育出版社，第1版。

鄭縈，2001，「從方言比較看「有」的語法化」，漢語方言調查研究研討會。臺北：中央研究院語言學研究所。

鄭縈，2003，〈從方言比較看情態詞的歷史演變〉，《慶祝曹逢甫教授六十華誕論文集》。《臺灣語文研究》。第1卷第1期，頁107-143。

鄭縈，2007，「從小稱標記的混用看四海客家話」，語言微觀分佈國際研討會。臺北：中央研究院語言學研究所。

鄧明珠，2003，「屏東新埤客話研究」。國立彰化師範大學國文學系碩士論文。

鄧盛有，1999，「臺灣四海話的研究」。國立新竹師範學院臺灣語言與語文教育研究所碩士論文。

鄧曉華，1994，〈南方漢語中的古南島語成分〉，《民族語文》。第3期，頁36-40。

鄧曉華，1996，〈客家方言的詞彙特點〉，《語言研究》。第2期，頁88-94。

鄧曉華，1997，〈論客家方言的斷代及相關音韻特徵〉，《廈門大學學報》。第4期，頁101-105。

鄧曉華，1998，〈客家話與贛語及閩語的比較〉，《語言研究》。第3期，頁47-51。

鄧曉華，1999，〈客家話跟苗瑤壯侗語的關係問題〉，《民族語文》。第3期，頁42-49。

鄧曉華，2000，〈古南方漢語的特徵〉，《古漢語研究》。第3期，頁2-7。

歐陽覺亞等編著，2005，《廣州話、客家話、潮汕話與普通話對照詞典》。廣州：廣東人民出版社，第1版。

魯國堯，2003a，〈泰州方音史與通泰方言史研究〉，《魯國堯語言學論文集》。南京：江蘇教育出版社，第1版，頁12-122。

魯國堯，2003b，〈客、贛、通泰方言源於南朝通語說〉，《魯國堯語言學論文集》。南京：江蘇教育出版社，第1版，頁123-135。

劉月華、潘文娛、故韡，1996，《實用現代漢語語法》。臺北：師大書苑。

劉秀雪，2004，「語言演變與歷史地理因素──莆仙方言：閩東與閩南的匯集」。國立清華大學語言學研究所博士論文。

劉堅、曹廣順、吳福祥，1995，〈論誘發漢語詞彙語法化的若干因素〉，《中國語文》。第3期，頁161-169。

劉澤民，2005，《客贛方言歷史層次研究》。甘肅：甘肅民族出版社，第1版。

劉綸鑫，1999，《客贛方言比較研究》。北京：中國社會科學，第1版。

劉綸鑫，2001，《江西客家方言概況》。南昌：江西人民出版社，第1版。

練春招，2001，〈客家方言與南方少數民族語言共同詞語考略〉，《嘉應大學學報》。第2期，頁107-113。

賴文英，2004a，「新屋鄉呂屋豐順腔客話研究」。國立高雄師範大學臺灣語言及教學研究所碩士論文。

賴文英，2004b，「共時方言的疊置式音變與詞變研究」，2004年中央研究院語言學研究所第二屆「漢語方言」小型研討會。

賴文英，2005a，「客家話研究方法論之面面觀」，2005年全國客家學術研討會。桃園縣中壢市：國立中央大學。

賴文英，2005b，〈客語祖源的混同關係初論〉，《"移民與客家文化" 國際學術研討會論文集（續編）》。陳世松主編。成都：四川省社會科學院，頁234-238。

賴文英，2005c，〈試析新屋呂屋豐順腔古上去聲的分合條件〉，《客家文化研究通訊》。第7期，頁143-151。

賴文英，2005d，「語言混同理論與客語祖源關係論」，第38屆漢藏語國際研討會。廈門大學。

賴文英，2006，「客語聲調演變的層次問題初探：古次濁聲母與全濁上聲母」，第廿四屆全國聲韻學研討會。高雄：國立中山大學。

賴文英，2008a，「區域方言的語言變體研究：以桃園新屋客語小稱詞為例」。國立新竹教育大學臺灣語言與語文教育研究所博士論文。

賴文英，2008b，〈臺灣客語四海話的橫向滲透與縱向演變〉，《客語縱橫：第七屆國際客方言研討會論文集》。張雙慶、劉鎮發主編。香港：香港中文大學，頁339-348。

賴文英，2010a，〈大埔客語特殊35調來源的內外思考〉，《客語千秋：第八屆國際客方言學術研討會論文集》。桃園縣中壢市：國立中央大學客家語文研究所；臺灣客家語文學會出版，頁353-364。

賴文英，2010b，〈客語人稱與人稱領格來源的小稱思維〉。《臺灣語文研究》。第5卷第1期，頁53-80。

賴文英，2010c，〈臺灣海陸客語高調與小稱的關係〉，《漢學研究》。第28卷第4期，頁295-318。

賴文英，2012a，〈客語疑問代詞「麼」的來源與演變〉。《語言暨語言學》。第13卷第5期，頁929-962。

賴文英，2012b，《語言變體與區域方言：以臺灣新屋客語為例》。臺北：國立臺灣師範大學出版中心；新北市：Airiti Press。

賴文英，2012c，〈論語言接觸與語音演變的層次問題〉。《聲韻論叢》。第17輯，頁153-182。

賴文英，2013，〈四海話與優選制約〉，《天何言哉：客家、語言、研究》，頁287-307，陳秀琪、吳中杰、賴文英主編。臺北：南天書局。

賴文英，2014，「客語特殊語法結構及其層次問題初探」，第五屆臺灣客家研究學會臺灣客家元素的建構學術研討會。桃園縣中壢市：國立中央大學客家學院。

賴文英，2015a，「臺灣四縣與海陸客語在人稱方面的幾個語法差異點」，「臺灣客家話的多樣性與同一性」工作坊。臺北：中研院語言所。收錄於「臺灣客家語南部四縣話と北部四縣話の比較研究」。日本：神戶山手大學現代社會學部觀光文化學科，2016年。【成果報告書】

賴文英，2015b，《臺灣客語語法導論》。臺北：臺灣大學出版中心。

賴文英，2016，《臺灣客語的語言變體：四海與小稱》。臺北：花木蘭文化出版社。

賴淑芬，2004，「屏東佳冬客話研究」，國立高雄師範大學臺灣語言及教學研究所碩士論文。

橋本萬太郎著、余志鴻譯，1985，《語言地理類型學》。北京：北京大學出版社，第1版。

謝留文，1995，〈客家方言古入聲次濁聲母字的分化〉，《中國語文》。第1期，頁49-50。

謝留文，2003，《客家方言語音研究》。北京：中國社會科學出版社，第1版。

謝豐帆、洪惟仁，2005，〈古次濁上聲在現代客家話的演變〉，

《臺灣語言及其教學國際研討會論文集》。董忠司編。新竹：全民書局，頁83-100。

鍾榮富，1995，〈美濃地區客家話共通的音韻現象〉。《臺灣客家語論文集》。臺北：文鶴。

鍾榮富，2004a，「四海客家話形成的規律與方向」，2004年中央研究院語言學研究所第二屆「漢語方言」小型研討會。

鍾榮富，2004b，《臺灣客家語音導論》。臺北：五南。

鍾榮富，2006，〈四海客家話形成的規律與方向〉，《語言暨語言學》。第2期，頁523-544。

藍小玲，1997，〈客方言聲調的性質〉，《廈門大學學報》。第3期，頁87-92。

藍小玲，1999，《閩西客家方言》。廈門：廈門大學出版社。

羅美珍、鄧曉華，1995，《客家方言》。福州：福建教育出版社出版發行，第1版。

羅香林，1992，《客家研究導論》。臺北：南天書局，臺灣1版。

羅常培，1989，《語言與文化》。北京：語文出版社出版，第1版。

羅肇錦，1990，《臺灣的客家話》。臺北：臺原出版，第1版。

羅肇錦，1997，「從臺灣語言聲調現象論漢語聲調演變的幾個規律」，臺灣語言發展學術研討會論文。

羅肇錦，1998，〈客話字線索與非本字思索〉，《國文學誌》。第2期，頁383-413。

羅肇錦，2000a，《臺灣客家族群史》【語言篇】。南投：省文獻會。

羅肇錦，2000b，〈梅縣話是粵化客語說略〉，《國文學誌》。第4期，頁119-132。

羅肇錦，2002a，「客語祖源的另類思考」，客家文化學術研討會。國立中央大學客家研究中心，頁1-11。

羅肇錦，2002b，〈試論福建廣東客家話的源與變〉，《聲韻論叢》。第12輯，頁229-246。

羅肇錦，2004，「文白對比與客語源起」，第二屆「漢語方言」小型研討會。中央研究院語言學研究所。

羅肇錦，2006，〈客語源起南方的語言論證〉，《語言暨語言學》。第2期，頁545-568。

嚴修鴻，1998，〈客家話人稱代詞單數「領格」的語源〉，《語文研究》。第1期，頁50-56。

嚴修鴻，2002，〈客家方言古入聲次濁聲母字的分化〉，第五屆客方言暨首屆贛方言研討會論文集，頁227-249。收錄於《客贛方言研究》（劉綸鑫主編。香港：香港靄明出版社，2004年第1版）。

Biq, Yung-o. 2002a. Classifier and construction: the interaction of grammatical categories and cognitive strategies. *Language and Linguistics* 3.3: 521-542.

Biq, Yung-o. 2002b. Constructional meaning in the interaction between the classifier *ge* and post-verbal elements in Mandarin. In: Proceedings of the 14th North American Conference on Chinese Linguistics（NACCL 14）, GSIL, USC, Los Angeles, CA, 1-18.

Biq, Yung-o. 2004. Construction, reanalysis, and stance: 'V yi ge N' and variations in Mandarin Chinese. *Journal of Pragmatics* 36.9: 637-1654.

Brown, H. D. 2000. *Principles of language learning and teaching*. New York: Longman, 4th ed.

Bybee, Joan L., Revere D. Perkins, and William Pagliuca. 1994. *The Evolution of Grammar: Tense, Aspect, and Modality in the Languages of the World.* Chicago: University of Chicago Press.

Chao, Yuen Ren.（趙元任） 1947. *Cantonese primer.*（《粵語入門》） Harvard University Press: Cambridge, Mass.

Chao, Yuen Ren. 1968. *A Grammar of Spoken Chinese.* Taipei: Caves Book Co. [趙元任著；丁邦新譯，1980，《中國話的文法》。香港：中文大學出版；臺北：臺灣學生總經銷，初版。]

Chen, Matthew Y.（陳淵泉）and Wang, William S. Y.（王士元）1975. Sound change: actuation and implementation. *Language* 51.2: 255-281.

Comrie, B. 1989. *Language universals and linguistic typology: syntax and morphology.* Oxford: Blackwell Publishing Ltd.

Corder, S. P. 1973. *Introducing Applied Linguistics.* Harmondsworth: Middx.

Crowley, Terry. 1997. The comparative method. *An introduction to historical linguistics.* pp. 87-118.

Greenberg, Joseph H. 1966. Some universals of grammar with particular reference to the order of meaningful elements. *Universals of Language.* Ed. by Joseph H. Greenberg. London: MIT Press. pp. 73-113.

Gumperz, John J. and Robert Wilson. 1971(1974). Convergence and creolization: a case from the Indo-Aryan/Darvidian border in India. *Pidginization and creolization of languages.* ed. by Hymes D. H. Cambridge: Cambridge University Press, pp. 151-167.

Heine, Bernd, Ulrike Claudi and Friederike Hunnemeyer. 1991. *Grammaticalization: a conceptual framework*. Chicago and London: The University of Chicago Press.

Hock, Hans. 1991. *Principles of historical linguistics*. Berlin; New York: Mouton de Gruyter, 2nd ed.

Hopper, Paul J. 1991. On some principles of grammaticalization. *Approaches to Grammaticalization*. ed. by Elizabeth C. Traugott and Bernd Heine. Amsterdam & Philadelphia: John Benjamins. 19.1: 17-35.

Kager, Rene. 1999. *Optimality theory*. 北京：外語教學與研究出版社，2001年第1版。

Labov, William. 1975.（2001） *On the use of the present to explain the past*.《拉波夫自選集》. 北京：北京語言文化大學出版社，pp. 328-374.

Labov, William. 1984. *Sociolinguistic patterns*. Taipei: The Crane, 1st ed.

Labov, William. 1994. *Principles of linguistic change: Internal factor*. Oxford and Cambridge: Blackwell.

Lai, Huei-ling. 2001. On Hakka BUN: a case of polygrammaticalization. *Language and Linguistics* 2.2: 137-153.

Lai, Huei-ling. 2003a. Hakka LAU constructions: a constructional approach. *Language and Linguistics* 4.2: 353-378.

Lai, Huei-ling. 2003b. The semantic extension of Hakka LAU. *Language and Linguistics* 4.3: 533-561.

Lakoff, George, and Mark Johnson. 1980. *Metaphors We Live by*. Chicago: University of Chicago Press.

Lefebvre, Claire. 2004. *Issues in the study of pidgin and Creole languages.* Amsterdam/Philadelphia: John Benjamins Publishing Co.

Lien, Chinfa.（連金發）1987. *Coexistent tone systems in Chinese dialects.* Ann Arbor, Mich.: Univ. Microfilms International.

Lien, Chinfa. （連金發） 1994. Lexical diffusion. *Encyclopedia of language and linguistics 4*, ed. by R. E. Asher, 2141-4. Oxford: Pergamon Press.

MacIver, Donald., M.C. MacKenzie revised. 1992. *A Chinese-English dictionary*: *Hakka-dialect.* （客英大辭典） Taipei: SMC Publishing Inc. [Original edition published by Presbyterian Mission Press, Shanghai 1926].

Norman, Jerry.（羅杰瑞）1975. Tonal development in Min. *Journal of Chinese Linguistics.* 1.2: 222-238.

Norman, Jerry （羅杰瑞）. 1988. *Chinese.* Cambridge: Cambridge University Press.

Norman, Jerry.（羅杰瑞） and South Coblin.（柯蔚南）1995. A new approach to Chinese historical linguistics. *Journal of the American Oriental Society* 114.4: 576-584. [〈漢語歷史語言學的新方法〉，《濟寧師專學報》。1998年第2期，頁42-48。]

Schaank, Simon H. 1897. *Het Loeh-Foeng dialect.* （客語陸豐方言）. Leiden: Boekhandel en Drukkerij.

Schaank, Simon H., Translated into English by Bennett M. Lindauer. 1979. *The LU-FENG dialect of Hakka.* （陸豐方言）。日本：東京外國語大學。

Selinker, Larry. 1972. Interlanguage. *International review of applied linguistics*. 10.3: 209-241.

Sebba, Mark, 1997, *Contact languages: pidgins and creoles*. New York: St. Martin's Press.

Thomason, Sarah. 2001. *Language contact*. Edinburgh: Edinburgh University Press.

Thomason, Sarah. G. and Kaufman, Terrence. 1988. *Language contact, creolization, and genetic linguistics*. Berkeley: University of California Press.

Trudgill, Peter. 1986. *Dialects in contact*. Oxford: Basil Blackwell Ltd.

Wang, William S. Y.（王士元）1969. Competing changes as a cause of residue. *Language* 45.1: 9-25.

Wang, William S. Y.（王士元）. 1979. Language change: a lexical perspective. *Annual Review of Anthropology* 8: 353-371.

Wang, William S. Y.（王士元）and Chinfa Lien.（連金發）1993. Bidirectional diffusion in sound change, *Historical Linguistics*, ed. by C. Jones, pp. 345-400. Essex: Longman.

Yue-Hashimoto, Anne O（余靄芹）. 1992. *The lexicon in syntactic change: lexical diffusion in Chinese syntax*.《第三屆中國境內語言暨語言學國際研討會論文集》，頁267-287。

國家圖書館出版品預行編目（CIP）資料

語言接觸下客語的變遷 / 賴文英著 . -- 初版 .
-- 桃園市：中央大學出版中心；臺北市：遠流出版
事業股份有限公司 , 2020.12
　　面；　公分
　　ISBN 978-986-5659-34-9（平裝）

1. 客語　2. 語言學　3. 語言分析

802.5238　　　　　　　　　　　109018521

語言接觸下客語的變遷

著者：賴文英
執行編輯：王怡靜

出版單位：國立中央大學出版中心
　　　　　桃園市中壢區中大路 300 號

　　　　　遠流出版事業股份有限公司
　　　　　台北市南昌路二段 81 號 6 樓

發行單位／展售處：遠流出版事業股份有限公司
地址：台北市南昌路二段 81 號 6 樓
電話：(02) 23926899　傳真：(02) 23926658
劃撥帳號：0189456-1

著作權顧問：蕭雄淋律師
2020 年 12 月 初版一刷
售價：新台幣 380 元

ＹＬ*ib*　遠流博識網 http://www.ylib.com E-mail: ylib@ylib.com